JN140842

新潮日本古典集成

世間胸算用

金井寅之助　松原秀江　校注

新潮社版

目次

凡　例

『世間胸算用』は、西鶴存生中、最後に出版された小説である。町人にとって、最も劇的な、大晦日の経済生活における哀歓を主として描く。加えて、各地の人情風俗や歳末風習などをも紹介する。多彩な語り口、構成また緊密、彼の傑作の一つである。（金井寅之助『世間胸算用』〈近世文学資料類従〉）
本書はその『世間胸算用』を現代の読者が原文で読み味わうことができるよう、本文を整え、注釈を加えたものである。

〔本　文〕

元禄五年（一六九二）刊の国会図書館本を底本とし、諸板本を参照して修訂した。翻字に際しては読みやすさを目的とし、なおかつ底本の趣を残すべく、以下のような処置を施した。

一、仮名遣いは本文・振り仮名ともに歴史的仮名遣いに統一した。清・濁・半濁については当時の諸文献を参照し、適宜改めた。

一、底本の振り仮名は適宜加除した。また、底本に振り仮名がない場合でも、難解と思われる語には振り仮名を付した。

一、句読点、中黒、会話・心中思惟を示す「　」を付し、適宜改行した。なお、序文は特に難解であるため、西鶴の文体に基づいて、あえて改行した。
一、漢字二字までの反覆記号には、「々」または「々々」を用い、「〱」は、呼び声、擬声音、擬態語に限って使用し、「ゝ」は用いなかった。
例　若えびす〱　くわつ〱　ふら〱
一、原則として通行の字体に従ったが、異体字のうち、当時広く慣用されており、原文の趣を伝えると思われる場合は、その表記を尊重し、原則として振り仮名を付した。
改めた例　迷→迷　㝡→最　諭→詮　䰟→魂　棉→木綿　敉→数
原文通りの例　白　娌　泪　寐　挊み　曖ひ　躰　肩
一、単純な宛字は仮名書きに変えたが、原文に振り仮名を付してある場合はその表記に従った。また、漢字の熟語表記は、原則として原文通りとした。
改めた例　去りとて→さりとて　浅間敷→浅ましく
原文通りの例　十面（渋面）　礼義（礼儀）　代々（橙）　子共（子供）　衣裳（衣装）　愚智（愚痴）　畳占（畳算）
一、誤読の恐れのある仮名表記を、一部漢字に変えたところがある。
例　ならちや→奈良茶　ほうらい→蓬莱
一、主に補助語の類（一部副詞を含む）の漢字を仮名に改めたところがある。
例　也→なり　又→また　是→これ　爰→ここ　其→その、それ　有→あり　故→ゆゑ　せし物を→せしものを　中々→なかなか　計→ばかり　迚も→とても

一、用言の送り仮名は活用語尾から送り、副詞類は、語幹の最後の音節から送った。

例　中す　強ちに　俄かに

以上の翻字の要領の対象とした語・語句は、底本の用例が全く同一である場合に限った。複数表記は、あえて統一しなかった。

一、明らかな誤記・誤刻・衍字は、訂した本文を掲げ、必要によって、注を加えた。

一、底本の目録章題と本文章題とが異る場合があるが、そのいずれにも整合しなかった。表記は本文に準じて改めた。また、巻一の一章と二章、巻五の一章は本文章題の番号を欠く。但し、目次には、章題の番号を補い、本文章題を掲げた。

一、原本の挿絵は筆者を特定できないが、蒔絵師源三郎風とされている。底本の挿絵には落書があるので、大阪府立中之島図書館蔵本を参照させていただいた。なお、本書の挿絵は、原本に忠実に書き起こしたものである。

〔注　釈〕

一、本文の通読・理解に資するための注解は、傍注（色刷り）と頭注とから成る。傍注には現代語訳、頭注には語句の説明を宛てるが、傍注に収まらない現代語訳を頭注に記す場合もある。頭注は、見開き二頁に収めるようにした。また、傍注では、原則として、本文に省略されている語を〔　〕内に示した。

一、頭注には小見出し（色刷り）を付した。

一、頭注に挿絵に関する簡単な解説（＊印）を載せ、その他に適宜＊印の箇所を設け、作品の理解や鑑賞を深めるための解説を加えた。

〔解　説〕

作品の主題追求を旨とした。従って、一つの作品論になっている。

〔付　録〕

巻末に「西鶴略年表」を付した。

この本をまとめるにあたって、多くの書物を参照させていただいた。特に次の書にはお世話になった。頭注欄に収まりきらず、書名を省略させていただいたものも含め、心から厚く謝意を表したい。

◇野間光辰校注『西鶴集下』（日本古典文学大系）　岩波書店刊
◇前田金五郎訳注『世間胸算用　付現代語訳』（角川文庫）　角川書店刊
◇谷脇理史・神保五彌・暉峻康隆校注・訳『井原西鶴集三』（日本古典文学全集）　小学館刊
◇麻生磯次・冨士昭雄訳注『世間胸算用』（対訳西鶴全集十三）　明治書院刊
◇金井寅之助解説『世間胸算用』（近世文学資料類従　西鶴編14）　勉誠社刊

〔付　記〕

金井寅之助氏は、本文の作成と巻三の二章までの校注をすすめられたのち、病床に臥された。氏の依頼により、巻三の三章以降は、松原秀江が担当することとなった。長年に亘る金井寅之助氏の西鶴研究の一端が、ここに示されたことを願うとともに、本書の上梓を見ることなく他界された氏の御冥福を、心よりお祈り申し上げる。

（松原秀江）

世間胸算用

入　絵

世間胸算用

一

大晦日は一日千金

序

一松の風静かに、
二初曙《はつあけぼの》の「若えびす〳〵」、〔若夷売の呼び声〕
三諸商人「買うての幸ひ、売っての仕合せ」。〔二日の初売の口上〕
さて、四帳閉ぢ、〔帳綴〕
五棚おろし、
納《をさ》め銀《がね》の六蔵びらき。
七春のはじめの天秤《てんびん》、〔は〕
八大黒《だいこく》の打出《うちで》の小槌《こづち》。〔である〕

一 天下太平で、松の梢に吹く風も静かに、の意。徳川氏の本姓は松平。「松」に松平の意を含む。「四海波静かにて、国も治まる時つ風、枝を鳴らさぬ御代なれや」（謡曲『高砂』）・「刀は鞘におさめ、御代長久、松の風静かなり」（『武道伝来記』八ノ四）。

二 元日の明け方。その未明より、七福神の夷《えびす》の像（時には大黒と並べた）を刷った紙札を売り歩く。人人は、門口に貼ったり歳徳棚《としとくだな》に供えて、幸福を祈る。

三 正月は四日から商売を始めた。但《ただ》し、初売りは、日用品を二日の未明から夜明けにかけて行った（『守貞漫稿』二三）。そのような縁起のよい日の売り口上（『難波鑑』一）。

四 職人や商家で、その年に使う帳簿を綴《と》じ、上書きをして祝う。『日次紀事《ひなみきじ》』では正月四日・十一日とするが、二日・十日など、家により一定しない。

五 商家で、年頭に、在庫商品の数量や品質を調べ、評価しなおし、財産の現在高を正確に記録すること。帳綴《ちょうとじ》や蔵開《くらびらき》と同日のことが多い。

六 旧年中に金銀米穀などを納めた蔵を、年頭の吉日を選んで開いて祝う行事。十一日に、帳綴や棚卸《たなおろし》と同時に行うことが多いが、家により一定しない。

七 新春に銀を計る天秤の響きはめでたく、打てば望みの財宝が出てくるという打出の小槌《こづち》を連想させる。銀を計る時、天秤の針口を小槌で叩いて調整した。

八 七福神の一。頭巾《ずきん》を被り、右手に打出の小槌を持ち、左手に大袋を掴《つか》んで後に背負い、俵の上に坐る。

〔天秤を叩いて〕
何なりともほしき物、〔は〕
一 それそれ《めいめい》の二 智恵袋より、
知恵を働かせて
取出《とりいだ》す事ぞ。
取り出すがよい
元日より、
三 胸算用《むねざんよう》油断なく、
四 一日千金の五 大晦日《おほつごもり》をしるべし。
のあることを忘れてはならぬ

元禄五 申歳《さるのとし》初春

難波 西鶴 六 松寿

一 「それそれ」と、当時は清音にいう。

二 知恵のはいっている袋。知恵。袋は大黒の縁語。

三 心の中での計算。心の中での見積り。ムネザンヨウと読む。西鶴の作品でもムナザンヨウの振り仮名は数例に過ぎない。

四 一日が千両にも値する。蘇東坡《そとうば》の「春夜」の詩「春宵一刻値《あたひ》千金、花有《リ》ニ清香一月有《リ》レ陰」をもじる。詩は清興の一刻を詠じ、ここでは危局の一日をいう。

五 オホミソカではなく、オホツゴモリと読む。十二月の月末。当時、収支決算期は、三月三日、五月五日、九月九日の各節句の前と、盆・暮の五回。暮の大晦日は、一年の総決算日として最も重要であった。

六 西鶴は大坂に住み、軒号を松寿軒という。

＊序の初三行は、元日二日の街頭の景。次の三行は商家年頭の行事。次の天秤の二行は、商家の仕事始めの景気のよさ。後は、商人への教訓で結ぶ。財宝は、神仏にのみ頼らず、各々《おのおの》の知恵と働きで産み出せ、元日から大晦日のあることを忘れず倹約せよ、と西鶴の例の町人教訓の眼目を示した。本文には、大晦日の暗い話が多いが、正月の刊行にもふさわしく、序には、新春のめでたさを連ねた。構成、また、見事である。

胸《むね》算《ざん》用《よう》　巻一

大晦日《おほつごもり》は一日千金

目録

＊内題「胸算用」と副題「大晦日は一日千金」は、共に序文に織り込まれ、意は明らかである（題簽《だいせん》には「胸算用」ではなく「世間胸算用」とある）。年末の危機的な総決算日を、胸算用のはてに、いかに切り抜けたか、のさまざまを描く。

七 貨物の買受・保管や委託売買、荷主の宿泊などを営む荷受問屋と、貨物を他地方へ運送する積出問屋とがあった。問屋は貨物の出入によって、金持らしく見え、従って生活も派手で、倒産も多かった。諺《ことわざ》に「問屋長者に似たり」という。「寛闊」は派手で贅沢なこと。

八 絹の着物。晴着。

九 不明。秋の千草を多くの色替りに染めた千草染のことか。高価なものであろう。

一〇 現在の銀行小切手の如きもの。両替屋への預金者が、両替屋を支払人として発行する所持人払の手形。

一一 手形は、多く「手形如《シ》レ件《ノ》（証文の内容は前記のとおりである）」と結ぶ、そのもじり。

一二 諺「昔の剣《つるぎ》は今の菜刀《ながたな》（昔の剣も使い古して今は菜包丁にしか使えない）」（『毛吹草』二）のもじり。昔の立派な長刀も残るは鞘ばかり、の意。売り尽した浪人のみじめさを示す。

一三 浪人の内職の手細工。「牢人」は浪人の通用語。

一四 弓に糸を張り、作りものの鯛を糸に宙吊りにして上下させる玩具（『嬉遊笑覧』六下）。

一五「泪」は涙と同じ。

三　伊勢海老《いせえび》は春の[一]栬《もみぢ》
状《じやう》[二]の書賃《かきちん》一通[三]一銭
大晦日に隠居の[四]才覚《さいかく》

四　[五]芸鼠《げいねずみ》の文《ふみ》づかひ
[六]居風呂《すゑぶろ》の中の長物語
大晦日に[七]煤《すす》はきの宿《やど》

一「栬」は「紅葉」の国字（『和漢三才図会』一五）。伊勢海老を時ならぬ紅葉と見立てる。藤原定家の「見渡せば花も紅葉もなかりけり浦の苫屋《とまや》の秋の夕暮」（『新古今集』四）と対立する表現と見てよい。
二 書状。手紙。
三 銅貨一文。
四 頭を働かせること。工夫。
五 当時、鼠に、水汲みや文使いや宮参りの芸をさせる、大道芸人がいた（『諸艶大鑑』五ノ二・『和漢三才図会』三九）。
六 下部に焚《た》き口《ぐち》のある桶形の風呂。水風呂《すいふろ》の転訛《てんか》。五右衛門風呂もその類。四三頁挿絵参照。
七 十二月十三日に行うのが、当時の一般であった。

八 西鶴の発句に「大晦日定めなき世のさだめ哉《かな》」（天和二年刊『誹諧三ヶ津歌仙』）。
九「神武此かた」（『好色盛衰記』一ノ一）と同様、大昔から、というのを誇張した表現。
一〇 近世では、他人のためではなく、自分自身の原因で困るのをも、迷惑するという。
一一 上方では、銀が主要通貨ゆえ、かねを銀と書き、金が主要通貨の江戸では、金と書く。
一二「桜井基佐まづしくて人々あなづりけるにや、歌

問屋の寛闊女《くわんくわつをんな》

大晦日に困るは胸算用の悪き故

[八]世の定めとて、大晦日《おほつごもり》は闇《やみ》なる事、[九]天《あま》の岩戸の神代《かみよ》このかた、しれたる事なるに、人みな常に、渡世《とせい》を油断して、毎年、ひとつの胸《むね》算用《ざんよう》ちがひ、節季を仕廻《しま》ひかね、[一〇]迷惑《めいわく》するは、面々《めんめん》、覚悟あしき故《ゆゑ》なり。

定まりごととして　分り　きったことなのに　暮の決算を　すませかね　困るのは　めいめい心掛けが　悪いからだ

子供や年中行事に案外の物入

一日、千金に替《か》へがたし。[一一]銭銀《ぜにかね》なくては越されざる、冬と春との峠《たうげ》。これ、借銭《しやくせん》の山、高うして、[一二]のぼり兼ねたるほだし、それぞれに子といふものに、[一三]身躰《しんだい》相応の費《つひ》え。さし当つて目には見えねど、年中につもりて、はきだめの中へすたり行く、[一四]はま弓・[一五]手まりの糸屑《いとくづ》。この外《ほか》、[一六]雛《ひひな》の摺鉢《すりばち》われて、[一七]菖蒲刀《しやうぶがたな》の箔《はく》の色替《かは》り、[一八]踊《をどり》だいこをうちやぶり、[一九]八朔《はつさく》の雀《すずめ》は、珠数《じゆず》玉《だま》につなぎ捨てられ、[二〇]中《なか》の玄猪《ゐのこ》を祝ふ餅《もち》の

大晦日の一日　千両　登り越えるのを妨げる手かせ足かせとして　子供　というものがあり　それに　その時どきには目立たないけれども　年中に　つもりつもって　［たとえば］廃物となって掃溜へ捨てられてゆく　つながれたまま

の集に入られざりければ、歎き思ひてよめる。あしなうてのぼり兼たる筑波山和歌の道には達者なれども」（寛文十二年刊『狂歌咄』一）の狂歌による表現。

一三 財産に相応した物入り。「身躰」は進退の宛字。身体・身袋・身代とも書く。

一四 はま（藁《わら》または藺《い》で円座の如く編んだもの。子供が転がして弓の的とする。破魔）を射る弓。後、正月に男児を祝って贈る飾物の玩具となる。

一五 綿などを芯《しん》にして、糸を巻きつけた毬《まり》。女児の正月の遊び用具。

一六 三月の雛祭に飾る、玩具の台所道具。

一七 五月の節句に男児が腰に差して遊ぶ木刀。金銀の箔を置き、初節句の飾物にもする。

一八 踊りに使う太鼓。七月七日・十五日に京の女児らの行った小町踊・盆踊をさすか。手ごとに太鼓を叩きながら、輪になって町々を踊り歩いた。

一九 八月の朔日の田実《たのむ》の祝に、主家や知友への贈物に添える飾物。雀を絹布で作り、薏苡仁《じゆずだま》に付ける。秋の豊穣を祈る予祝である。徳川家康の江戸入りした日ゆえ、幕府は式日とした。

二〇 陰暦十月の亥の日に、餅をついて食べ、猪の多産にあやかって、子孫繁栄を祝う。亥の日が、十月に二度の年は、初めの亥の日を祝うが、三度の年は中の亥の日を祝う。

米、氏神《うぢがみ》のおはらひ[一]団子《だんご》、弟子朔日《おとごついたち》[二]、厄払《やくはら》[三]ひの包銭《つつみぜに》、夢違《ゆめちが》[四]ひの御札《おふだ》を買ふなど、〔数えあげれば〕宝舟《たからぶね》[五]にも車にも積み余るほどの物入り（費用）。

近年の女房の奢り

ことに近年は、いづかたも、女房家《にようばいへ》[六]ぬし（主婦）奢《おご》りて、衣類《いるい》に事もかかぬ身の、（不自由しない身なのに）そのときの浮世模やう[七]の正月小袖をたくみ（当世流行模様の正月の晴着をつくり）、羽二重《はぶたへ》半疋《はんびき》[八]四十五匁の地絹《ぢぎぬ》[九]よりは、千種《ちぐさ》の細染《ほそぞめ》百色《ももいろ》がはりの染賃《そめちん》は高く、金子《きんす》[一〇]一《いち》両宛《りやうづつ》出して、これ、さのみ人の目だたぬ事に、（これは費用のかかったほど人目を引かないのに〔そんな事に〕）あたら金銀を捨てける。帯とても、（帯にしても）むかしわたりの（〔高価な〕昔の舶来品）本繻子《ほんじゆす》、一幅《ひとはば》[一一]に一《いち》丈《ぢやう》二尺、一《ひと》筋《すぢ》につき銀《ぎん》[一二]二枚が物を（もする物を）腰にまとひ、小判二両のさし櫛《ぐし》、今の直《ね》

一 六月晦日の夏越《なごし》のお祓い祭に供える団子。
二 一年の最後の月（十二月）の朔日、「弟子」（末子）のために餅をついて祝う。
三 節分の夜、齢の数の大豆を紙に包み、体を撫《な》でて厄を払い、その後それに銭を入れて、厄払いの乞食に与える。
四 夢を食うという獏《ばく》を描いた紙片。除夜または節分の夜、枕の下に敷けば、悪夢を見ないという。
五 七福神を乗せ、宝（時には獏）と大書した帆をあげた船の絵に、回文歌「ながきよのとをのねぶりのみなめざめなみのりふねのおとのよきかな」を記した紙片。除夜または節分の夜、枕の下に敷けば、吉夢を見るという。舟というべきを、景物の宝船に言い替えた。
六 女房家主《いわらじ》ともいう。
七 「浮世」は当世風、流行の意。
八 一疋は二反《たん》。長さは、種類・時代により異なる。寛文頃は、絹・紬《つむぎ》の一反は、大工の曲尺《かねじやく》で、長三丈《たけ》四尺、幅一尺四寸。
九 まだ染めていない絹。白地の絹。
一〇 金貨。「子」は接尾語。スは唐音。金銭の意にも。一両は小判一枚。約四匁三分。銀約六十匁、銭約四千文、米約一石に相当する。
一一 帯布の幅は二尺五寸、長さ一丈二尺を常とする。女帯は、これを二つ割にし、男帯は三つ割にして用いる（『万金産業袋』四）。
一二 丁銀（一枚四十匁前後）と豆板銀（五匁位まで大

小さまざま）とを併せて四十三匁として紙で包み、銀一枚と上書きする。

＊歳末の両替屋らしき店頭の風景。手代の一人は木槌で天秤の針口を叩き丁銀を計る。台の上と座右に丁銀があり、皿の中に豆板銀《まめいたぎん》がある。一人は算盤《そろばん》をはじき、一人は揚げ縁《えん》を下した店先で大福帳を拡げている。往来の人物はすべてこの店に向っているようだ。脚絆《きゃはん》に草鞋《わらじ》がけの人物は四組の掛取と見え、担《かつ》ぐは銀《かね》袋。店先の掛取が、手にもって差し出すのは、振手形か。むかって右下の、二人に担《にな》わせているのは十貫目銀入の箱。預け入れに来たのであろう。門松には竿《さお》をわたし、注連縄《しめなわ》、橙《だいだい》、裏白、昆布などが懸っている。

一三 廻米《かいまい》の俵入を決定すべき標準俵。

一四 湯具。腰巻のこと。

一五 紅花《べにばな》で染めた紅染《もみぞめ》。茜染《あかね》などより高価。

一六 白絖《しろぬめ》。絖は薄く光沢のある絹布。足袋は、古くは紫革、貞享頃から絹が流行する。

一七 大名や武家の内室に対する敬称。

一八 冥加は、神仏から人知れず与えられる加護。

一九 寛闊と同じ。派手で贅沢なこと。

二〇 自己破産。債務者は、全財産を債権者に提供し、債権者は、入札売却した金額を、債権額に応じて配分する。妻の衣類・粧飾品類や、隠居した父の家屋敷は提供することを免れた。

二一 所帯に同じ。一家を構え独立の生計を営むこと。

段《だん》の米にしては、本俵《ほんべう》[一三]三石《ごく》あたまにいただき、襠《ゆぐ》[一四]も本紅《ほんもみ》[一五]の二枚がさね、白[一六]ぬめの足袋《たび》はくなど、むかしは、大名《だいみやう》の御前《ごぜん》[一七]がたにもあそばさぬ事。おもへば、町人の女房の分《ぶん》として《分際として》、冥加《みやうが》[一八]おそろしき《神仏の加護もなくなるかと恐ろしい》事ぞかし。せめて、金銀我がものに持ちあまりて《自分のものとして使いきれないほど持っていて》すればなり《するのならまだよい》、降つても照つても、昼夜《ちうや》油断のならざる《気のゆるせない》、利を出す銀《かね》かる《利子を払わねばならぬ》人の身躰《しんだい》《身の上》にて、かかる女の寛活《くわんくわつ》[一九]、能々《よくよく》分別《ふんべつ》しては《考えるなら》、我《われ》と我が心の恥づかしき義なり《我ながら自分の心の恥ずかしいことである》。明日《あす》分散《ぶんさん》[二〇]にあうても、女の諸道具は《［差押えを］》遁《のが》るるによつて、打ちつぶして《［わざと財産を］》、また取りつき《商売を始める時》《［それを］》、世帯《せたい》[二一]の物種《ものだね》《元手》にするかと思はれける。

死んだ親仁の夢枕に立っての警告　のき道作っての分散

惣《そう》じて、女は[一]鼻のさきにして、身躰たたまる宵《よひ》まで、[二]乗《のり》ものに[三]ふたつ灯挑《ぢやうちん》、月夜に無用の外聞《ぐわいぶん》。[四]闇《やみ》に錦《にしき》のうは着《ぎ》、[五]湯わかして水へ入りたるごとく、何の役にも立たざる身の程。死なれたる親仁《おやぢ》、[六]持《ぢ》仏堂《ぶつだう》の隅《すみ》から見て、「うき世の雲を隔てければ、悔《くや》みても、[七]異見《いけん》はなりがたし。今の商売の仕《し》かけ、世の偽りの問屋なり。十貫目が物を買うて、八貫目に売りて、銀《かね》まはしする才覚。つまる所は、内証《ないしよう》のよわり。来年の暮れには、この門《かど》の戸に、『売家十八間口《けんぐち》、内に蔵三ケ所、[八]戸《と》立具《たてぐ》そのまま、[九]畳《たたみ》上中二百四十畳《でふ》、外《ほか》に[一〇]江戸船一艘《さう》、五人乗の[一一]御座《ござ》ぶね、[一二]通《かよ》ひ舟付けて売り申し候。来《きた》る正月十九日に、この町の[一三]会所《くわいしよ》にて[一四]札《ふだ》をひらく』と沙汰せられ、皆、人のものになれば、仏の目には、見えすきて、悲しく、定めて、仏具《ぶつぐ》も、人手に渡るべし。中にも、[一五]唐《から》かねの[一六]三つ具足《ぐそく》、代々《よよ》持ち伝へて、惜しければ、行く先の七月、[一七]魂祭《たままつ》りの[一八]送り火の時、蓮《はす》の葉に包みて、極楽《ごくらく》へ、取って帰るべし。迚《とて》も、この家、来年ばかり。汝《なんぢ》が心根《こころね》もそれゆゑ、丹波

だいたい　考えが浅く　財産をつぶしてしまう　［を吊らせ　まことに］　［家のために］　振舞い　［それを］　［冥土からは］　へだてているので　やり方は　嘘でなりたっている大変な問屋　［銀］　の値の物を　［銀］　金を運用する工夫　結局は　わが財力の衰え　［競売の公示］　間口　十八間　［との貼紙が］　世間の噂となり　［家財は］　人手に渡ることになるので　［そのことが］　きっと　渡るであろう　［人手に渡るのは］　来たる　帰ることにする　どうせ　［もっても］　来年いっぱい　心底も同じ予想ゆえ

一　諺《ことわざ》。「女の鼻の先智恵」とも。女の知恵の浅はかで目先のことしか分らぬをいう。

二　引戸《ひきど》のある上等の駕籠。公卿・門跡・高級武士および儒者・僧・医者や婦女などが使用を許された。

三　駕籠先に提灯《ちようちん》を持った供二人を歩かせる。「挑灯」が正しく「灯挑」は慣用。役に立たぬ見栄《みえ》を張る意味の諺「月夜に提灯」「月夜に提灯も外聞」（『毛吹草』二）を踏まえた行文。「外聞」は見栄。

四　諺「夜の錦」「闇の夜の錦」（そのもののよさが人に知られず惜しいことの意）を踏まえた行文。

五　「ゆをわかしてみづにいるる」（『日葡辞書』）。「湯を沸かして水にする」（『毛吹草』二）とも。無駄な苦労のたとえ。

六　持仏や位牌を安置する堂や仏間。ここは仏壇。

七　近世では意見よりも異見と書くことが多い。自分の考えを述べて諫《いさ》めること。忠告。

八　建具を戸建具ともいう。

九　畳の上等品と中等品。備後産を上、備中・備前産を次、江州産をその次とする（『和漢三才図会』三二）。

一〇　江戸へ下す貨物の輸送船。

一一　遊山用の屋形船。

一二　本船と陸地との間で荷物等の運送をする小舟。

一三　町役人（町年寄や町代）が町務を執る事務所。

に、大分田地《だいぶんでんぢ》買ひ置き、引込み所《隠れ所を》拵《こしら》へけるは、なかなか《まことに》無分別《むふんべつ》なり。我《お前が》賢ければ、我《お前に》に銀《かね》借一九《貸す》すほどの人も、また利発《りはつ》にて、ひとつひとつ《〔お前の財産を〕》吟味《ぎんみ》《調べはじめ》仕出し、皆、人の物になる事なり。よしなき《つまらぬ》悪事《あくじ》をたくまんよりは《たくらむよりは》、何とぞ、今一たび、商売仕返せ《商売を盛りかえせ》。死んでも、子は《わが子は》、かはゆさ《かわいいので》のままに、二〇枕神《まくらがみ》に立つて、この事をしらすぞ」と《という生前の親仁の姿がはっきりと見えたが》、見し姿ありありとの夢は覚めて《その夢はさめて》、明けければ十二月廿九日の朝《あさ》。寐所《ねどころ》よりも大笑ひして《寝床にいるうちから大笑いして》、「さてもさても、けふ《〔正月まで〕》と明日《あす》とのいそがしき中に、死んだ親仁《おやぢ》の欲の夢見《欲の深い夢を見たことだ》。あの三つ具足、お寺へあげよ。後の世までも《あの世へ行ってまでも》、欲が止《や》まぬ事ぞ」と、親をそしるうちに、諸方《しよはう》の借銭乞《しやくせんこ》ひ、山のごとし。

何とか埒《らち》を明くる事ぞ《どうして支払いをすませることかと思ったが》、と思ひしに、近年、銀《かね》なしの商人《あきんど》ども、手前に金銀有るときは《手もとに現金のあるときには》、利《利子》なしに二一両替屋《りやうがへや》へ預け、また入る時は《金が要る時は》借る《借りる》為《ためであって》にして、こざかしきもの《小利口な者が》、二二振手形《ふりてがた》といふ事を仕出して《考え出して》、手廻《てまは》しの《金の》たがひによき事なり《運用のお互いに都合のよいことだ》。この亭主《ていしゆ》も、その心得にして《振手形を使うつもりで》、霜月《しもつき》の末より、銀弐拾五貫目、念比《ねんごろ》《懇意な》なる両替屋へ預け置き、大払ひの時《大晦日の支払い時に》、米屋も、

一四「札を開き中候」と結ぶべき公告の全文を、結びを変形して、噂の内容に変える。西鶴の文体の一。
一五 銅と錫などの合金。青銅。
一六 花瓶・蠟燭立・香炉の三種の仏具。「具足」は道具。
一七 盂蘭盆会《うらぼんえ》、または盆ともいい、祖先の霊を祭る。近世は七月十三日から十六日まで。
一八 盆の最後の七月十六日の宵に、祖先の霊を送り返すために門前で麻幹《おがら》を焚《た》く。また供物を、その下に敷いていた蓮《はす》の葉に包んで川に流す。
一九 当時、「借」は貸・借の両義に使う。
二〇 夢の中に現れる神仏。枕上《まくらがみ》が枕神に転じたのであろうか。
＊ 西鶴の作品に現れる枕神は、はなはだ俗人的である。神仏を俗人化するところに諧謔《かいぎやく》があり、諷刺《ふうし》も暖か味を帯びる。
二一 種類の異なる貨幣を、手数料を取って、交換する店。これを銭《ぜに》両替という。その他に預金・貸付・手形振出し・為替取組みなど、今の銀行のごとき業務をもする店を、銭両替に対して本両替という。ここは本両替。
二二 今の小切手に相当する。預金している両替屋宛に振り出す。

呉《ご》服《ふく》屋《や》も、味《み》噌《そ》屋《や》・紙屋も、肴屋《さかなや》も、観《くわん》音《おん》講《こう》[一]の出し前《割り当ても》も、揚屋《あげや》[二]の銀《かね》も、乞ひにくるほどの者に《請求に来るすべての者に》、「その両替屋で請《う》けとれ」と、振手形《ふりてがた》一枚づつ渡して、「万《よろづ》仕廻うた《支払いはすんだ》」とて、年籠《としごも》[三]りの住吉《すみよし》[四]参り。胸には波[五]のたたぬ間もなし《不安な思いの静まる時もない》。こんな人の初尾《はつを》[六]は、〔神様も〕うけ給うてから《お受けになっても》、気づかひ仕《し》給ふべし。

されば《さて》、その振手形は、〔預け金〕弐拾五貫目に、〔対して〕八十貫目あまりの手形持《乱発した振手》ちかくる程に《形の現金替えを求めるので》、両替には《両替屋では》、「算用指引《さしひ》きして後に《収支を計算したあとで》渡さう。振手形大《だい》分《ぶん》あり」と、さまざま詮議《せんぎ》するうちに《調べているうちに》、また掛乞《かけご》ひも、その手形を先へ渡し《自分の債権者へ渡し》、また先からさきへ渡し《そのまた債権者へ渡し》、後にはどさくさと入りみだれ、埒《らち》の明かぬ《容易に金に替えられない》振手形を、銀《かね》の替りに握《にぎ》りて、年を取りける。一夜《いちや》明くれば、豊かなる春とぞなりける。

長刀《なぎなた》はむかしの鞘《さや》

一 観音を信仰する懇親団体。掛銭で寺院への参詣、講員の経済援助などをする。年末に決算を行う。
二 太夫・天神など高級の遊女を招いて遊ぶ家。
三 大晦日の夜から社寺に籠って新年を迎えること。
四 大坂の南の郊外の住吉神社。和歌や航海の神として有名。浜は潮干狩の名所。
五 波は住吉の縁語。謡曲『江口』の「随縁真如の波の、立たぬ日もなし」を踏まえる。
六 正しくは「初穂」。その年の新穀の意。転じて神仏へお供えする米穀金銭の意。ハツヲと訛《なま》り、初尾とも書く。賽銭《さいせん》。

振手形で大晦日の急場をしのぐ

* ここにも神の俗人化により生れるユーモア。
* 振手形の悪用は、実際に当時の新しい流行か。
* 大晦日に掛取の手から手に乱舞していた空手形は、トランプのばばつかみのごとく、掛取の誰かの手に摑《つか》まれて、一夜を越したはずである。そして「一夜明くれば、豊かなる春とぞなりける」と結ぶ。大晦日と正月との、情感の対比が鮮明である。正月刊行の草子の巻頭篇の結びとして、連句の揚句のめでたさで、余韻まことに嫋々《じようじよう》。
* 払い切れぬ負債を負うた商人の、隠れ住居を作っておいての倒産。女房のおどりの装身具も再起の元手、空手形を摑ませての大節季のがれ。すべて新聞の社会面記事的である。西鶴の小説は新聞雑誌の役割をも代用する一面を持つ。違うところ

元禄五年の日蝕

元朝《ぐわんてう》に日蝕《につしよく》、六十九年[七]以前《いぜん》にありて、また元禄《げんろく》五年みづのえ（壬申にある）、さ[八]る程に（さてさて）、この曙《あけぼの》めづらし。暦は、持統天皇《ぢとうてんわう》四年に儀[九]凰暦《ぎわうれき》より改まりて、日月《じつげつ》の蝕をこよみの証拠に（蝕が暦の通りなのを暦の正しい証拠に）、世の人、これを（暦を）疑ふ事なし。

貧民街の大晦日

[一〇]口より見尽して（暦の初めから）、末一段《すゑいちだん》の大晦日《おほつごもり》になりて、浄瑠り・小[一一]うたの声も出ず、けふ一日の暮れせはしく（になった年の暮は）、ことさら小家《こいへ》がちなる所は（の立て込んだ）、喧《けん》嘩《くわ》と洗濯《せんだく》と壁下地《かべしたぢ》[一二]つづくると（修理するなど）、何もかも一度に取りまぜて、春の用意とて（正月の準備でさえ）、いかな事（全く手につかず）、餅《もち》ひとつ小鰯《ごまめ》[一三]一疋《ぴき》もなし。世にある人と見くらべて（立派に暮している人と）、浅間敷《あさましく》哀れなり（みすぼらしく哀れだ）。この相借屋《あひがしや》[一四]六七軒、何として年を取る事ぞ（どんなにして年を越すことかと）と思ひしに、みな質《しち》だねの（質種の）心当てあれば、すこしも世をなげく風情《ふぜい》なし。常住《じやうぢゆう》[一五]身の取置《とりお》き、屋賃その（月々の）晦日切《つごもりぎり》[一六]にすます。その外《ほか》に、万《よろづ》の世帯《せたい》道具、あるいは米・味噌《みそ》・焼木《たきぎ》・酢《す》・醤油《しやうゆ》・塩・あぶらまでも、借《か》す人（貸す人）なければ、万事、当座《たうざ》買ひ（現金買い）にして、朝夕《てうせき》を送れば、節《せつ》季《き》々々《せつき》に（［掛取］）、帳《ちやう》さげて、案内《あんない》[一七]なしに（ことわりなしに）、うちへ入るものひとりもなく、

は、その表現や構成と人間を見る眼である。

七 六十九年前の元和十年には、日蝕の記録はない。

八 「さる」は壬申の申と「さる程に」とを掛ける。「さる程に」「口」「末一段」は浄瑠璃の縁語。

九 唐の高宗の麟徳二年に李淳風が作った暦。高宗の儀鳳年間にわが国に伝来し、この名がある。持統天皇四年に元嘉《げんか》暦とともに採用された。

＊ 暦は毎年十月に翌年のものを発売した。元日に日蝕のあるのを知った西鶴は、殆ど出来上った原稿の巻首近くに、その記事を付加した。ジャーナリスト的意識による当込《あてこ》み記事である。冒頭三行はそのため、構成上不自然である（八木書店刊『西鶴考作品・書誌』所収「西鶴小説のジャーナリズム性」）。前田金五郎氏の説のごとく『古暦便覧』をも見たのかも知れぬ。

一〇 「口」は暦の元日、「末一段」は暦の大晦日、の意。

一一 三味線に乗せて歌う俗曲。隆達節《りゆうたつぶし》・投節《なげぶし》など。

一二 壁を塗る時の骨組。割竹を縦横に組み、縄で縛る。

一三 田作りともいう。片口鰯《かたくちいわし》の素干し。正月の祝儀の料理に用いる。

一四 長屋作りの借家。

一五 平常の生活の仕方。

一六 家賃は、毎月末までに支払うのが当時の習慣。

一七 訪問して取次を乞うこと。

誰《たれ》におそれて詫言《わびごと》をするかたもなく、「[一]楽しみは貧賤《ひんせん》にあり」と、古人の詞《ことば》、反古《ほうぐ》にならず《今に生きている》。[二]書出《かきだ》し請けて済まさぬは《請求書をうけて支払わない者は》、世にまぎれて《良民にまぎれこんで》住みける《住んでいる》[三]昼盗人《ひるぬすびと》に同じ。これを思ふに、人みな年中の高ぐくりばかりして《一年間の大ざっぱな見積りばかりして》、毎月の胸算用《むねざんよう》せぬによつて、[四]つばめのあはぬ事ぞかし《収支の決算が》。その日過ぎの身は《その日暮しの分際の者は》、知れたる《たかが知れた》世帯《せたい》なれば、小づかひ帳ひとつ、付けるまでもない事なり。

ある相借屋の各々の年の越し方

さる程に《さて》、大晦日の暮れ方まで、不断《ふだん》の躰《てい》にて《様子で》、正月の事ども《正月を迎える準備は》、何として《どうして》埒明《らち》くる事ぞと《すますことかと》思ひしに、それぞれに質《しち》を置きける覚悟ありて、[五]身仕廻《みじま》ひすることそ哀れなれ。一軒からは、古き傘《からかさ》一本に[六]綿《わた》繰《くり》ひとつ・茶釜《ちゃがま》ひとつ、かれこれ三色《みいろ》にて《三種類で》、銀壱匁借りて、事すましける。またその隣《となり》には、[七]かかが不断帯、［を］[八]くわんぜこよりに仕《し》かへて一すぢ、男の《亭主の》木綿頭巾《もめんづきん》ひとつ、蓋《ふた》なしの小重箱《こぢゅうばこ》一組《くみ》、[九]七つ半《なから》の筬《をさ》一丁、五合枡《ます》・壱合枡二つ、[一〇]湊焼《みなとやき》の石皿《いしざら》五枚、[一一]釣御前《つりおまへ》に仏の道具添へて、取り集めて二十三色にて、[一二]壱匁六分《ぶん》借りて、年を取りける。

一 「飯ヒ二疏食ヲ一飲ミレ水ヲ、曲ゲテレ肱ヲ而枕トスレ之ヲ、楽亦在リ二其ノ中ニ一矣」（『論語』七）、諺「楽しみは貧家に多し」など。
二 「書出し」は、元帳から売上品目や代金を個人ごとに書き抜く意。請求書。
三 昼間、人目を恐れず、大胆に盗みをする者。
四 刀の鍔目《つばめ》から出た語かとも。
五 身仕度。正月を迎える準備。
六 綿繰車《わたくりぐるま》。棉花の種を除きさる道具。
七 嬶《かか》。下賤の者の妻。
八 観世紙縒《かんぜこより》。能役者観世又次郎が始めたともいう（『男色大鑑』二ノ一）。
九 機織《はたおり》の道具。糸四十本を一紀《ひとよみ》とし、七紀半は三百本。即ち三百本の縦糸を通す筬である。
一〇 和泉国大鳥郡湊村（堺市内）産の陶器。釉《うわぐすり》をかけぬ粗品ながら、茶人が愛玩した。「石皿」は陶器の皿。木皿に対していう。
一一 壁にかけて吊るようにした仏壇。門徒宗では持仏を御前《おまえ》という。
一二 銀一匁六分。分は十分の一匁。銀六十匁は金一両、一両は米一石。
一三 幸若舞《こうわかまい》の大道芸人。烏帽子《えぼし》・直垂《ひたたれ》・大口《おおぐち》の袴《はかま》を着け、幸若の詞章を唱えながら舞う。
一四 正月に、大黒天の面をつけ、打出の小槌を持ち、大黒舞の歌を唱えて、門付けをする大道芸人。その歌の一部「一に俵ふまへて、二ににつことわらうて、三

そのひがし隣《どなり》には、[一三]舞々《まひまひ》住みけるが、元日より[一四]大黒舞《だいこくまひ》に商売を替へければ、五文の面《めん》・張貫《はりぬき》の槌《つち》ひとつにて、正月中は口過《くちす》ぎすれば《暮しを立てるので》、この[一五]烏帽子《えばし》・[一六]ひたたれ・[一七]大口《おほくち》はいらぬ物とて、弐匁七分の質《しち》に置きて、ゆるりと年を越しける。

その隣は、むつかしき《気むずかしい》[一八]紙子《かみこ》牢人《らうにん》。武具《ぶぐ》・馬具《ばぐ》〔を〕、年久しく売り喰《ぐ》ひにして、[一九]小刀細工《こがたなざいく》に馬の尾にてしかけたる鯛釣《たひつり》も、はやりやめば《の玩具もはやらなくなったので》、今といふ今[二〇]小尻《こじり》さしつまりて、〔年の瀬の〕一夜を越すべき才覚なく、[二一]似《に》せ梨地《なしぢ》の長刀《なぎなた》の鞘《さや》をひとつ、〔女房に〕質屋へもたしてつかはしけるに、「こんなものが何の役に立つべし」と、手にしばしももたず、なげ戻《もど》しければ、牢人の女房、その[二二]儘気色《ままきしよく》を替《か》へ、「人の大事の道具を、何とてなげてそこなひけるぞ。質にいやならば、いやですむ事なり。そのうへ、何の役にたたぬとは。ここが〔大事な〕聞き所ぢや。それは[二三]われらが親《おや》、[二四]石田《いしだ》治部少輔乱《ぢぶのせふらん》に、ならびなき手がらあそばしたる長刀《なぎなた》なれども、男子《なんし》なきゆゑに、わたくしに譲《ゆづ》り給はり、世にある時《立派に暮していた時》の嫁《よめ》入りに、[二五]対《つい》の

に酒をつくつて…」（『淋敷座之慰《さびしきざのなぐさめ》』昔大黒翁）は、最近まで巷間によく知られていた。

一五 元服した男子が冠る略装の帽子。古くは紗《さ》や絹で作ったが、後世は主として紙で作り黒漆を塗る。立《たて》烏帽子・折《おり》烏帽子など種類が多い。

一六 もとは庶民の不断着。平安時代には、上・中流の男の不断着として多くは絹で作る。室町時代からは、武士の出仕の礼服となる。

一七 裾口《すそぐち》の広く大きい袴《はかま》。

一八 いつも紙子を着ている貧乏浪人。「紙子」は紙衣《かみぎぬ》とも。厚紙に柿渋を塗り、日干しにし、夜露にさらし、揉《も》み柔《やわら》げて作る。僧が着た。後、貧乏人の防寒着。

一九 小刀で細かな細工をすること。

二〇 刀の鐺《こじり》。どうにもやりくりができなくなって。

二一 金銀の粉末を使った梨地《なしじ》蒔絵《まきえ》に対して、真鍮粉《しんちゅうこ》・泥粉《でいふん》を使ったものをいう。梨の果実のざらざらした肌に似ているので梨地という。

二二 たちまち顔色を変え。

二三 わたくし。「ら」は卑下の意を添える。

二四 慶長五年（一六〇〇）九月十五日の関ケ原の合戦。西軍の総師石田三成は、当時、治部少輔だった。

二五 挟箱は、衣服や手回りの品を入れて、棒で担《かつ》ぐ。嫁入りの行列に、挟箱持二人が並び、その前に、この長刀を持った男が歩いたことをいう。五二・五三頁挿絵は、町人の嫁入り行列であるが、二つ提灯を先頭に、荷宰領、挟箱持と続く。

挟箱《はさみばこ》（一対の挟箱）のさきへもたせたるに、役にたたぬものとは。先祖の恥。女に（女には）こそ生れたれ（生れたが）、命はをしまぬ。相手は亭主《ていしゅ》」と、[女房は]取り付きて泣き出せば、あるじ迷惑《めいわく》して、さまざま詫《わ》びてもきかず。そのうちに近所の者集まりて、「あのつれあひ[の]牢人は、ねだりものなれば（ゆすりなので）、聞きつけ来《こ》ぬうちに、これをあつかへ（仲裁せよ）」と、いづれも亭主にささやき、銭三[一]百と黒米《くろごめ》[二]三升にて、やうやうにすましける（事をすました）。[三]さても時世《ときよ》かな。この女も、むかしは、[四]千二百石《こく》取りたる人の息女《そくぢょ》、万《よろづ》を花車《きやしや》にて（上品に）くらせし身なれども、今の貧につれて、無理なる事に（今の貧しさになるにつれて道理を外れた事）人をねだるとは（ゆするとは）。

一 三百文《もん》。「もん」は「匁《もんめ》」の略。唐の銅貨「開元通宝」一枚の重さを一匁としたことにならった銅貨。一枚を一文という。金一両は、銀六十匁、銭四貫（四千文）、米一石をおよそ等価とすれば、米一石の現在の価によって、相場の変動はあるが、大体の価格はわかる。

二 玄米。精白しない米。

三 さてさて、時勢によって、人間も変るものだ。

四 米千二百石の収穫から、四公六民の割合で年貢を納めさせる故、四百八十石の収入となる。

＊ 質屋の店先で、紙子浪人の女房が、主人と喧嘩している場面。近所の男三人が二人を引き分けている。足許に、似せ梨地の長刀の鞘《さや》が散らかっている。座敷では番頭らしいものが、小袖めいたものなどの上に見事な被《かずき》を拡げている。側に、大福帳があり、正月の飾付けのための橙《だいだい》・楪《ゆずりは》・柑子《こうじ》・山芋が散らかっている。

五 貧乏で、恥さらしなふるまいをしたままでは、死ぬにも死に切れない。

六 支点でささえられた柄を、足で踏み、柄の先につ

身に覚えて口をし《他人ごとならず残念である》。これを見るにも、[五]貧にては死なれぬものぞかし。すでに曖《あつか》ひ済みて《仲裁がすんで》、三百〔文〕・三升、請け取り、「この黒米取つて帰りて、〔も〕明日の〔正月の〕用にたたぬ」といへば、「幸ひ、これに[六]碓《からうす》あり」と、〔女房に〕かしてふまして帰しける。これぞ世にいふ「[七]さはり三百」なるべし。

また牢人の隣に、年ごろ三十七八ばかりの女、親類とても〔なく〕、かかるべき子もなく《老いを養ってもらえる子もなく》、ひとり身《独身》なりしが、五六年跡《あと》に男にはなれたるよし《前に夫に死なれたということ》にて、〔後家風に〕髪を切り紋《もん》なしのもの《無地の着物》は着れども、身のたしなみは目だたぬ《服装や化粧は》やうにして、昔を捨てず《昔の色香を大切に残している》。しかもすがたもさもしからず《見苦しくはない》。常住《じやうぢゆう》《ふだんは》は、[八]奈良苧《ならそ》を翫《なぐさ》み《遊びごと》のやうにひねりて、日をくらせしが、はや極月初《ごくげつはじ》めに、〔正月の準備を〕万事を手廻しよく《手順よく》仕廻《しま》ひて《片付けて》、割木《わりき》《薪》も二三月までのたくはへ、[九]肴《さかな》かけには[一〇]二番の鰤《ぶり》一本・小鯛《だひ》五枚・鱈《たら》二本、[一一]かんばし・[一二]ぬりばし・[一三]紀伊《きの》国五器《くにごき》、鍋《なべ》ぶたまでさらりと《すっきりと》新しく仕替へて《新しいものにかえて》、家主殿《いへぬし》へ[一四]目《め》ぐろ一本、娘御《むすめご》に[一五]絹緒《きぬを》の小雪踏《こせきだ》、[一六]お内義さまへ[一七]うね足袋《たび》一足《そく》、七軒の相借屋《あひがしや》へ餅に牛房《ごばう》一抱《は》《一把》づつ添へて、礼義《れいぎ》正しくとしを取りける。人のしらぬ

いた杵《きね》を上下させて、臼《うす》の中の穀物をつく。臼は地面に埋められている。「唐《から》」は、外国から伝来した意。
七 諺。物事に、ほんの少しかかわったために、思わぬ損をする意。
八 「苧《そ》」は麻の古名。奈良晒《ざらし》（奈良産の麻の晒布）の原料にする麻をいう。麻績《おう》みは女の手仕事である。
九 台所の竈《かまど》の上に吊り、食用の魚鳥を掛けておく棹《さお》。
一〇 中位の大きさの鰤。すべて、量や質のすぐれていないものを、「二番」という。
一一 羹箸。正月の雑煮を食べる時に使う。白木の柳の太い箸。
一二 漆塗りの箸。平常の食事に使う。
一三 紀伊国の根来《ねごろ》・黒江で作られる朱の漆塗りの食器。「五器」は飯を盛る蓋つきの椀。御器、合器《ごうき》とも。
一四 鮪《まぐろ》の小さな、二三尺位のものを、上方《かみがた》でめぐろという。
一五 絹の鼻緒の子供用の小さな雪踏《せった》。「雪踏」は、竹の皮の草履の裏に牛の革を張りつけたもの。席駄とも書く。せったともいう。
一六 町家の妻を敬っていう語。「大名のを奥様といふ。百姓のを御方《おかた》とも藺鞋《いはらじ》とも（中略）町人《まちにん》のを内義《ないぎ》といふ」（『女重宝記』一）。
一七 畝刺《うねざし》足袋。うねざしとは、布と布とを重ね、芯に木綿や綿を入れ、補強のために木綿糸で、畝の如く、盛りあがるように縫うこと。

渡世《とせい》、何をかして《何をしているのか》、内証《ないしよう》の事は《内情は》しらず。

その奥の相住《あひず》み《同居人》に、二人の女ありしが、一人は、年も若く、耳も目鼻も世の人に替る事なくて、一生ひとり過ぎして悲しく《今まで独り暮しをしてきて貧乏がつらく》、鏡見るたびに、我ながら《自分の事ながら》よこ手うつて[一]、「これでは人も合点《がてん》せぬ筈《はず》」[二]と、身の程を《身の不仕合せを》観《くわん》じける《あきらめた》。また一人は、東海道関《せき》[三]の地蔵《ぢざう》に近き旅籠屋《はたご》の出女《でをんな》[四]せし時、木賃泊《きちんどま》り[五]のぬけ参り[六]につらくあたり、米など盗《ぬす》みし科《とが》にや《罰か》、同じ世に報ひて《この世のうちに報いをうけて》、米の乏《とぼ》しき鉢《はち》ひらき坊主《ばうず》[七]となりて、顔を殊勝《しゆしよう》らしく作り《道心深げに見せ》、心の外《ほか》の空《そら》念仏《心にもない念仏を唱える》。思へば心の鬼、「狼《おほかみ》に衣《ころも》」[八]ぞかし。精進《しやうじん》の事は忘れて、「鰯《いわし》の頭《かしら》も信心から」[九]とて、墨染《すみぞめ》の麻衣《あさごろも》を着るゆゑに、この十四五年も仏のお影にて、毎朝修行《すぎやう》《托鉢に》に出しに、一町にて二ところ宛《づつ》[一〇]の手の中《うち》、二十所《ところ》を集めて、漸《やうやう》一合《がふ》あり。五十丁懸け廻らねば《駆け廻らなければ》、米五合はなし。道心《だうしん》[一一]も堅固《けんご》になくては《丈夫でなくては》勤めがたし。過ぎにし夏、くわくらん[一二]をわづらひて、せんかたなく、衣を壱匁八分《ふん》の質に置きけるが、そののち請くる事なりがたく《請け出すことができず》、渡世の種《たね》のつきけ《手段もなくな》

一　感心したり納得したりした時、思わず両手を打ち合せることをいう。
二　道理があると納得すること。がってんとも。
三　東海道の関の宿《しゆく》（三重県鈴鹿郡関町）の九関山宝蔵寺地蔵院。本尊は伝行基作の地蔵尊。
四　宿屋の客引き女。色をも売る。
五　米を持参し薪代を払って自炊で泊ること。
六　夫や親や主人に無断で伊勢参宮をすること、また、その者。
七　托鉢《たくはつ》して歩く僧形の乞食。女の場合は鉢開婆・鉢婆とも。
八　諺。狼に僧の衣を着せたようなもの。表面は殊勝で内心は恐ろしい者をいう。
九　つまらないものも信心によって信仰の対象になる意の諺。「信心から」は「信心がら」とも。精進の事は忘れて鰯を食べても、と掛詞にする。
一〇　僧や乞食に施し与える米や銭。
一一　乞食坊主。道心堅固（仏道を求める心の堅いこと）という賞讃の語を、物質的な意味に使った。世相を諷刺《ふうし》する。
一二　霍乱《かくらん》。夏期、暑気あたりや飲食物が原因で、激しく吐瀉《としや》する病気の漢方名。

る《つた》。人の《世人の》後世《ごせ》[一三]信心に替る事はなきに、衣を着たる朝は米五合ももらはれ、衣なしには弐合も勧進《くわんじん》[一四]なし。殊《こと》に極月坊主《しはすばうず》[一五]とて〔世人は〕、この月はいそがしきに取りまぎれ、親の命日《めいにち》もわすれ、〔施しを〕くれねば、〔尼は〕是非もなく、銭八文にて、年をこしける。

まことに、世の中の哀れを見る事《見るのは》、貧家《ひんか》の辺《ほと》りの小質屋《こじちや》〔であり〕、心よわ《この》くてはならぬ事《商売は〕できぬこと》なり。脇《わき》から見るさへ、悲しきことの数々なる、年のくれにぞありける。

三　伊勢海老《いせえび》は春の栬《もみぢ》

神[一六]の松、山草《やまぐさ》[一七]〔と共に正月に〕、むかしより毎年《まいねん》かざり付けたる《飾り馴れた》蓬莱《ほうらい》[一八]に、いせえびなくては、ありつけたるもの一色《ひといろ》《いつもあったものの一品が》にて《ないために》、春の心ならず《正月の気分がしない》。その年によりて、各別《かくべつ》ねだんの高き事ありて、貧家または始末なる宿《倹約な家では》には、こ

一三 後世安楽を願う信心。
一四 人々に仏教を勧めて仏道にむかわせることや、堂塔・仏像の建立に寄付をすすめることを意味したが、後には、喜捨・施しの意にいう。ここでも、その意。
一五 十二月は世間は忙しく、坊主は施しを貰えない意の諺。
＊ 贅沢な問屋の、大晦日の、破産しかかったやりくりを描いたのが、前章であった。この章では、最下層の、棟割長屋の住人七人の、年の越し方を扱う。この人たちは、掛買いなどできず、したがって、掛取に責められることなく、質種《しちぐさ》さえあれば、安らかに正月を迎えられる。日ごろの貧乏さえ耐えられれば、ここには、平和がある。人物と暮し方の、前章との鋭いコントラストをねらう。異例は、業の深い浪人の女房であり、ここに咄のアクセントがある。

何事も、老人の忠告にはずれてはならぬ

一六 正月、三宝荒神などの神棚に供える松。
一七 歯朶《しだ》の異名。裏白とも。注連《しめ》や蓬莱などに使う。
一八 正月の祝儀の飾物。三方に山草を敷き、米・柿・栗・榧《かや》・橙《だいだい》・昆布・熨斗《のし》・海老などを盛る。

れを買はずに、〔正月の〕一祝儀《しうぎ》をすましぬ。

この前も、二代々の三年ぎれして、ひとつを四五分《ふん》づつの売買《うりかひ》なれば、この替りに、九年母《くねんぼ》にて埒《らち》を明けける。これは、大かた色かたちも似たりよつたりの物なりしが、伊せえびの名代《みやうだい》に車えび、いかにしてもかり着のごとく、四ない袖《そで》ふる人は、是非もなし。世間をはつて五棟《むね》のたかき内には、それほどの風があたつて、六北雨吹《しぶき》の壁《かべ》に、莚《むしろ》ごももなりがたし。七渋墨の色付板《いろつけいた》包むなど、これらは奢《おご》りにあらず。分際相応に、人間、衣食住の三つの楽しみの外なし。家業《かげふ》は、何にても、親の仕似《しに》せたる事を替へて、利を得たるは稀《まれ》なり。兎角《とかく》、老いたる人のさしづを、もるる事なかれ。何ほど利発才覚にしても、若き人には、八三五の十八、ばらりと違ふ事、数々なり。

大坂の寛濶

さるほどに、大坂の大節季、よろづ、宝の市ぞかし。商ひ事がないといふは、九六十年このかた、何が売りあまりて捨《す》たる物なし。ひとつ求むれば、その身一代、子孫までも譲り伝へる挽碓《ひきうす》さへ、

〔正月の〕
不作の年で
事をすませた
橙の代りに
代りに 〔では〕 どうして
も借り着のようで
仕方がない
見栄を張って
家
それ相応の〔強い〕風が当って
莚菰の張付けもできぬ
で壁を包むなど〔するが〕
贅沢ではない
身分にふさわしく
三つを楽しむ この外に楽しみはない
親が 長年し続けてきた家業を変えて 儲けた例は
指図を〔守って〕外れた事をしてはならぬ
すっかり思惑違いになることは沢山あるのだ
大晦日は
あらゆる品〔が商われて〕宝の市といってよい
〔の商人の口癖だが〕何が売れ残って
廃物になると
いう物もない
〔のみか〕

一 祝いの儀式。
二 橙《だいだい》。果実は、冬黄熟し、翌年夏また緑色にもどる。年を越しても実が木についているので、代々続く、と解して縁起のよい正月の飾りとする。
三 不作の年に当って、果実の品切れすること。
四 金のないのにあるように見せている者。諺「あるそではふれどないそではふられず」(『毛吹草』二)、または「無い袖は振られぬ」のもじり。
五 裕福な家。諺に「大きな家には大きな風が吹く」。
六 北からはげしく吹きつける雨風。
七 柿渋と灰墨とを混ぜあわせたもの。防腐用に板塀などに塗る。
八 確実な見込みでもはずれることのある譬え。
九 六十年前は寛永九年に当る。寛永の半ば頃からの意であろう。「万《よろづ》の商ひ事がないとて、我人年々悔む事、およそ四十五年なり」(『日本永代蔵』六ノ五)。
一〇 神戸市東灘区御影町の北側の山。御影石を切り出す。
一一 盂蘭盆の供物《くもつ》。蓮の葉の上に盛り、お盆が終ると

日々年々に、《〔売れ〕》[一〇]御影《みかげ》山も《〔石工は〕》切りつくすべし。まして、[一一]蓮《はす》の葉《は》物、五月の甲《かぶと》、正月の祝ひ道具は、《〔消耗品で〕》わづか[一二]朔日《ついたち》・二日、三日坊主《ばうず》。[一三]寺から里への礼扇《れいあふぎ》、これらは《〔箱も〕開けずに》明けずに捨《す》たりて《廃物となって》、世のつひえかまはず《むだな消費を気にしない》。人の気、江戸につづいて寛活《くわんくわつ》なる所なり《はでな所である》。

たとへ[一四]千貫《ぐわん》すればとて、伊勢えびなしに、蓬莱《ほうらい》を餝《かざ》りがたしと、家々に《家々で》、調へければ《買い調えたので》、極月《十二月》廿七八日より、所々の魚の棚《たな》《魚屋で》に《〔人々が〕》買ひあげて、[一五]唐物《からもの》のごとく《〔珍重され〕》、次第にむつかしく《手に入れにくくなり》、はや大晦日には、[一六]髭《ひげ》もちりもなかりけり。浦《うら》の苫屋《とまや》の紅葉をたづね、「伊勢えびないか〳〵」といふ声ばかり。[一七]備後町《びんごまち》の中ほどに、永来《えら》といへる肴屋《さかなや》に、只ひとつありしを、壱匁五分より《〔値を〕》付け出し、《〔せり上げて〕》四匁八分までにのぞめども《四匁八分で買おうといったが》、「なかなか《とてもとても》、当年のきれ物《品切れ物》」とて、売らざれば、使がはからひにもなりがたく《使いの者の考えでははからえず》、いそぎ宿に帰りて《主家にもどって》、海老《えび》の高き事を申せば、親父《おやぢ》、[一八]十《じふ》面《めん》つくりて、「われ、一代のうちに、高いもの買うたる事なし。[一九]薪《たきぎ》は六月、綿《わた》は八月、米は[二〇]新酒《しんしゆ》作《つく》らぬ前、[二一]奈《な》ら晒《ざらし》は毎年盆過ぎて買ひ

その葉に包んで水に流す。転じて、すぐ廃物になるような粗末なものをいう。

一二 一日二日三日ぐらいで使い捨てられる。諺「三日坊主」(物ごとにあきやすい人)を掛けていう。

一三 物事の順序が逆の意の諺「寺から里へ」を掛けていう。里(檀家)から寺へ寄進するのが常道である。寺から檀家への年玉として粗末な扇を贈った。

一四 銭千貫文。

一五 舶来もの。多くは、高価な貴重品である。

一六 諺「塵も灰もなく」(『日本永代蔵』一ノ二)の灰を、海老の髭にとりかえた諧謔。定家の「見渡せば花も紅葉もなかりけり浦の苫屋の秋の夕暮」(『新古今集』四)を踏まえて次の文に連ねる。海老を紅葉に見立てた。

一七 大阪市東区。本町筋より北二筋目の東西の通り。一帯に魚問屋が多かった。「備後町　永来六兵衛」(『難波雀』八四、北国肴問屋)。

一八 渋面の宛字。

一九 薪は、盆過ぎには、醬油屋・酒屋が買置きしはじめ値上りする。暑い盆前には安価で、その頃を買時とする(『立身大福帳』六)。綿も、八月は、一番綿の収穫時で、出荷前は値が安い。

二〇 米は、新穀を酒屋が買付け始めると値段が高くなる。

二一 奈良付近で産する上等の麻布。夏衣料なので、盆過ぎには安価。

一　現金買いにして。

二　「相はてる」は「はてる」より改まった語調。

三　意志を通じあって。ぐるになって。

四　この場合は年始の礼。「わす」は、「おはす（座）」の転、おいでになるの意。

＊　「礼にわするに」と逆接に述べるところを、「礼にわせて」と順接にする。語調は穏やかになる。

内儀と息子、伊勢海老を求めに使いをやる

＊　大坂の魚屋町の風景。挿絵手前の大魚は鮪《まぐろ》か。隣の男は伊勢海老四匹を載せた盆を持ち、足許にあるのは鮑《あわび》、三箇は白い裏を見せる。尾を持ちあげているのは鰤《ぶり》か。次の筵《むしろ》は鯛《たい》、傍に転がるは帆立貝か。盆にあるのは二匹の大蛸《だこ》。男の手にするのは蛸を取りあげる鉤《かぎ》。隣は鱈《たら》と鰯《いわし》か。魚屋四人は脚絆《きゃはん》に草鞋《わらじ》ばき。二人は裸足《はだし》で片肌脱ぎ。買手の左の端の男は、籠に鯛などを買い込み、銭緡《ぜにさし》から支払いの銭を抜き出しかけている。籠を提げた前髪の若者は、その右の男の丁稚《でっち》か。丁稚以外は、すべて、髪は剃《そ》り下げ頭である。

置く。年中[一]限銀《げんぎん》にして勝手のよき事計《ばかり》《現銀で安く買い家計によい事〔してきた〕》。この以前、父親《てておや》の[二]相《あひ》はてられし時《亡くなられたときに》、棺桶《くわんをけ》ひとつ、樽屋まかせに買ひかづきて《任せにして高く買わされてしまい》、今に心がかりなり《いまも気になってならない》。伊勢えびがなうて、年のとられぬといふ事《年を取ることができないということは》、あるまじ。ひとつ三文する年、ふたつ買うて、算用を合はすべし《勘定を合わすがよい》。ないもの喰ふと云ふ年徳《としとく》の神は、御座らいでも《お越しにならなくとも》、くるしうない事《差支えはない》。四匁が四分にても《〔銀〕四分まで値下りしても》、えびは沙たのない事《えびは買ったりしないこと》」と、機嫌《きげん》わるし。

されども、内義《〔は〕》、男子《むすこ》とひと[三]つになつて《腹を合わせて》、「世間はともあれ《世間体は構わなくとも》、聟《むこ》が初めて[四]礼にわせて、《〔そこへ〕》伊勢えびなしの蓬莱が、出さるる

五 北浜の一筋南の東西の通り。一丁目より五丁目の間に、長崎問屋・江戸買物問屋・紙問屋・木綿問屋・布問屋・煎茶問屋など、問屋が多かった。
六 商家の手代をいう。
七 「尤も」は、ただしの意。
八 わずかな金銭をもいうが、ここでは、十、百の如く体裁よくまとまっていない、端数《はすう》の金銭をいう。
九 銭一貫文につき、銀十二匁の相場（一四四頁注九参照）で計算すると、五匁八分は四百八十文になる。
一〇 「絵に描いた海老」は正月の飾りにならぬが、写すべき海老がないので、絵にさえ描けぬの意。「絵にかける餅」（『為愚痴物語』六ノ三）のもじり。
一一 「津」は船の着く港をいう。転じて港町、更に人の多く集まる地域をいう。江戸・京・大坂を、「三箇《さんが》の津《つ》」ともいう。

親仁は張貫の伊勢海老を作る

ものか。何ほど（どれほど）にても（高い値段でも）、それを買へ」と、重ね（再び）て人をつかはし（使いの者をやると）ければ、はや、[五]今橋筋《いまばしすぢ》の問屋《とひ》の[六]若いもの（手代が）買ひ取りて、[七]尤《もつと》も五匁八分にねだんは定《さだ》めたれども、「正月のいはひの物、〔ゆえ〕[八]はしたがね（端数のかね）は心にかかる（気持がよくない）」と、[九]銭五百やりて、海老《えび》取つて帰る。その跡《あと》にて、色穿鑿《せんさく》（探したけれども）すれども、[一〇]絵にかかうもなかりき。これに付けても、この[一一]津のひろき事、思ひあたりし（大坂の広いことがなるほどとわかった）。

宿に帰りて、この事を語れば、内義は後悔らしき白《かほ》つき、おやぢはこれを笑うて、「その問屋心もとなし（その問屋は先が案じられる）。追付《おつ》け（間もなく）、分散にあふべき（破産の憂目に遭うにちものなり《がいない》。内証《ないしょう》[一]しらずして、さやうの問屋[二]、〔は〕銀《かね》〔その問屋に〕をかしかけたる《銀を貸しつけた》人の夢見悪かるべし《人の夢見がさぞ悪いだろう》。蓬莱《ほうらい》に海老がなうて叶はずは《なくてはすまされぬのなら》、跡の捨たらぬ《使ったあとも廃物にならぬ》分別あり《工夫がある》」とて、細工人《さいくにん》にあつらへて《注文して》、物の見事に、紅ぎぬ《もみ》[三]にて張ぬき《はり》《張子》にして《で海老を作って》、弐匁五分にて出来《でき》けり。「正月の祝義仕廻《しま》うて後、子共[四]がもちあそびにもなるぞかし《子供の玩具にも》。人の智恵《ちゑ》はこんな事ぞ。四匁八分を弐匁五分で埒《らち》をあけ《済ませて》、しかも跡の用に立つ事《使ったあとが役に立つ》」と、おやぢ、長談義をとかれしに《長々と説教されたので》、いづれも道理につまり《誰も話の道理に圧倒されて》、「これ程に身躰持ちかためたる《財産をつくり固めた》人の才覚は各別《かくべち》《違ったものと》」と、耳をすまして聞く所へ、この親仁《おやぢ》の母親、〔は〕裏に隠居して、当年九十二なれども、目がよく、足立つて《足も達者で》、面屋《おもや》[五]へきたり、「きけば、伊勢えびの高いせんさく《高いとやかくの論》、今日《けふ》までそれを買はずに置く事《伊勢海老を買わないでいたとは》、去《さ》りとては《さてさて》、気のつかぬ者どもよ。そんな事で、この世帯がもたるるものか。いつとても、年越し[六]の春〔に〕あるときは、海老が高いと心得よ。その子細《しさい》は、伊勢の宮々、御師《おし》[七]の宿々、あるいは町中、在々所々までも《あちこちの田舎までも》、この一国は《この伊勢の国は》神国《しんこく》なれば、日本の諸神《しょじん》を、家々に祭

一　内部の事情。財産状態。

二　「さやうの問屋」は、前の「その問屋」を再び提示して強調した。「そのような問屋（に）」と、目的語に解すべきではない。

三　「もみ」ともいう。紅色《べにいろ》の無地の絹布。紅花《べにばな》を揉《も》んで染めるゆえ、もみという（『和訓栞』下）。

四　子供に同じ。「もちあそび」は、もてあそびに同じ。

老母の説教——節分の正月にある年は伊勢海老の値上がりすること

五　「母屋《もや》」ともいう。屋敷内の主人の住む家屋。

六　節分。「春」は、新年になっての意。

七　身分の低い神職。その家は参詣人の宿をも兼ねていた。

八 後の祭。祭の翌日の後宴をいう。お下がりの神饌《しんせん》をいただく。

九 髭が折れたのをついだりしていない。海老の髭の折れたのは、他の海老のものをついで補修する。

一〇 目あて。

一一 底本「午房」。山野に自生する山牛房に対して畑作りの牛房の意。

一二 算用合。勘定。

＊ 伊勢の国では、節分にも、神棚に海老を供え、そのお下がりを、京・大坂へ正月用に売り、自家の正月用には新たに買い調えるのであろうか。節分が正月にあれば、伊勢のお下がりはなく高価になる。

老母の説教――五節句の贈答のこと

るによつて、海老、何百万と云ふかぎりもなう入る事なり《数限りもなく要るのである》。毎年京大坂へくるは、この神々に備へたる《お供えした》跡の祭り[八]なり《お下がりである》。この祖母《ばば》は、それを考へ、この月の中比《なかごろ》に、髭《ひげ》[九]もつがずに、生れながらのを《生れた姿そのままのを》、四文づつにて、弐つ買うて置いた」と出されしに、皆々横手を打ち《思わず手を拍って感心し》、「御隠居には《〔さて〕》、ひとつですみます物を《一つあれば済みますのに》、二つは《二つとは》奢《おご》つた事」と申せば、「こちに当所《あてど》[一〇]のない事はいたさぬ。定《さだ》まつて《きまって》、畑牛房《はたごばう》[一一]五抱《は》、ふとければ三抱、くるる人がある。それほどの物を返す《〔当方は〕それにふさわしい物を返す》。そこへ、このえびにて、壱匁《壱匁する》が牛房、四文《〔に対して〕》がものですます《〔お返しを〕》合点《つもり》ぢや。今に歳暮ものもてこぬが《まだ歳暮の品を届けて来ぬのが》、ここの仕合せ《当家の幸せである》。さりながら《しかしながら》、いかに親子の中でも、たがひの算用[一二]あひは、急度《きつと》したがよい《きちんとするのがよい》。海老がほしくば、五抱《〔女中に〕》もたして、取りにおこしや。どの道にも《どちらにしても》、牛房に替へる伊勢えび。いづれ《どうせ》、祝ひの物に、これがなうてもよいはと、いうてはおかれぬものぢや。

欲心でいふではなけれども、惣《すべ》じて五節句の取りやり《贈答は》、先《さき》から来た物を、能々《よくよく》ねうちして《充分に評価して》、それ程に見えて《それに見合うほどに見えて》、少しづつ徳のいくやう《得になるように》

にして、返す物ぢや。毎年《まいとし》[一]太夫殿から、[二]御祓箱《はらひばこ》に、鰹節《かつをぶし》[三]一連《れん》、[四]はらや一箱《はこ》、[五]折本のこよみ、正真《しやうじん》の[六]青苔《あをのり》五抱《は》、かれこれこまかにねだん付けて、弐匁八分がもの申し請《う》けて、銀三匁御[七]初尾《はつを》上ぐれば、高で[八]弐分あまりて、お伊勢様も損のゆかぬやうに、この家三十年仕来《しきた》つたに、そちに世をわたしてから、[九]銀壱枚づつ上げらるる事、いかに神の信心《しんじん》なればとて、いはれざる事なり。太神宮にも、算用なしに物つかふ人、うれしくは思《おぼ》しめさず。そのためしには、[一〇]散銭《さんせん》さへ、壱貫といふを、六百の[一一]鳩《はと》の目を拵《こしら》へ置き、宮めぐりにも、随分《ずいぶん》物のいらぬやうにあそばしける」。

さる程に、欲の世の中、[一二]百二十末社の中にも、銭の多きは恵美《ゑび》酒《す》・大黒。「[一三]多賀《たが》は命神《いのちがみ》、[一四]住《すみ》よしの船玉《ふなだま》、[一五]出雲《いづも》は仲人《なかうど》の神、[一六]鏡の宮は娘の顔をうつくしうなさるる神、[一七]山王《さんわう》は二十一人下々《したじた》をつかはさしやる神、[一八]いなり殿は[一九]身躰《しんだい》の尾が見えぬやうに守らしやる神」と、[二〇]宮《みや》すずめ、声々《こゑごゑ》に商《あきな》ひ口をたたく。皆、これ、さし当つて、耳より

返しをするものだ　総計で　いただいて　お伊勢様も損にならないように　世帯をゆずってからは　必要のないことである　太神宮のほうでも　勘定なしに金銭　を浪費する人は　その証拠には　一貫文というが六百文しかない　費用　のかからぬようなさっておいでである　さて　賽銭の　［である］　二十一人の　奉公人をお使い　になる神　財産の破綻が人に知られぬようにお守り下さる神　商いの口上を言い立てる　その場に臨んで　聞いて好

神様も金儲けに御苦心、まして人間は

一 伊勢の御師をいう。何々太夫と称した。
二 伊勢神宮のお祓い（厄除けのお札）を納めた箱。毎年末に御師が諸国の檀那《だんな》に配って歩いた。
三 鰹節などを縄で何本も繋いだものを一連という。
四 伊勢白粉《おしろい》。水銀粉に明礬塩《みようばんえん》を和して作る。
五 伊勢の暦師が刊行する伊勢暦。横長に継いだ紙を折り畳み、綴《と》じない本。
六 伊勢の内膳浦で正月に採取されるものは特に香味がよいという（『和漢三才図会』九七）。
七 神仏にお供えする米や金銭。その年最初に稔った穀物の意。先ず神社や朝廷にささげるゆえ。
八 銀二匁八分の頂き物に対し三匁お供えするゆえ。
九 銀四十三匁。丁銀と小粒銀とで四十三匁とし、紙包みにして、銀壱枚と上書きして、両替屋の判を捺す。
一〇 賽銭《さいせん》。古くは米を供え、初穂とも散米ともいう。後、銭を供えるにいたり散銭という。
一一 中央に鳩の目の如き穴を明けた鉛の私鑄銭。伊勢神宮に限って通用した。伊勢の宮銭とも。ただし鳩の目一貫文は、実際には六百文しかなかった。それを銀一匁四、五分（銭約百文に当る）に売った。（『西鶴織留』四ノ三）。
一二 内宮八十末社、外宮四十末社、を併せていう。
一三 外宮第一の別宮である多賀宮（伊勢市檜尾山）を、近江の寿命の神である多賀神社と混同したか。
一四 住吉神社（大阪府住吉区）。「船玉」は船霊とも。

なる《ましい》神なれば、これらにはお初尾上げて、その外の神のまへは、殊《神々》勝《しくて》にて〔しかし〕さびしき《お賽銭は少ない》。神さへ、銭まうけ、〔は〕只はならぬ世なれば《ただではできない世であるから》、まして人間、油断する事なかれ。伊勢より、例年諸国へ[二一]旦那《だんな》廻《まは》りの〔年始の〕祝義状、大分《だいぶん》の事《たくさんなこと》なれば、[二二]能筆《のうひつ》に手間賃《てまちん》にて《を与えて》書かせけるに、〔書き手は〕一通《つう》一文《もん》づつにて、大晦日から大晦日まで、書きくらして、同じ事に気《精根を》をつくし、年中《ねんぢゆう》に弐百文取る日は、一日もなし。〔万事〕「[二三]神前長久《しんぜんちやうきう》、民安全《たみあんせん》、御祈念《きねん》のため《ためであり》」、口過ぎのため《また生活のためである》なり。

四　鼠《ねずみ》の文《ふみ》づかひ

大晦日に煤掃きして
一年に一度の水風呂

毎年煤払《まいねんすす》ひは極月《十二月》十三日に定めて、旦那寺《菩提寺》の笹竹《ささだけ》を、[二四]祝《いは》ひ物とて月の数十二本もらひて、煤を払ひての跡《煤払いに使ったあとを》を、[二五]取葺《とりぶき》屋ねの押へ竹につかひ、枝は箒《はうき》に結はせて、塵《ちり》もほこりもすてぬ《むだにはしない》、随分こまかなる人《こまかく始末する人》

船を守る神をいう。
一五 出雲大社（出雲市）は縁結びの神。
一六 内宮の末社（伊勢市朝熊《あさま》町）。石上御前の宮とも。石の上に日月の二面の神鏡をまつる。
一七 日吉《ひえ》神社（大津市坂本）の別称。末社が二十一あるのを奉公人に見立てた。
一八 稲荷神社（京都市伏見区）。五穀豊穣・現世利益の神。狐《きつね》を神使とする。
一九 経済の破綻《はたん》を知られるのを、化けた狐が、尾を見られて正体を知られるのに譬える。
二〇 宮巡りの案内をする下級の神職。雀のようにしゃべりつづけるゆえ。
二一 「旦那」は特定の社寺に属して、その財政を援《たす》ける信者。「檀家」とも。御師の手代が、十一月ごろから、年玉と共に祝儀状を配って廻り、初穂を集めた。
二二 能筆家。字のうまい人。暇な医者や浪人が多い。
二三 祝儀状の決り文句。
* 正月飾りの伊勢海老の暴騰をめぐっての、始末屋の亭主と、世間体を思う内儀と、亭主を上廻る老母との葛藤を描く。当時の話題らしい太神宮の鳩の目などをも挿入、神仏を利用する人々を諷刺《ふうし》する。しかし、西鶴は、神仏そのものは崇拝する。
二四 煤はきは、年始めの行事なので、祝い事である。
二五 薄い板で葺き、竹などで押さえた粗末な屋根。

人の生死より、年玉銀の紛失を嘆く隠居

ありける。過ぎし年《去年》は、十三日にいそがしく、大晦日に煤はきて、年に一度の水風呂《すいふろ》[一]を焼《た》かれしに、五月の粽《ちまき》[二]のから、盆《ぼん》[三]の蓮《はす》の葉《は》までも、段々に《次から次に》ため置き、湯のわくに《湯のわくのには》違ひはなしとて《と言って》、こまかな事に気をつけて、世のつひえぜんさく《世間の浪費をこまかく調べることが》人に過ぎて、利発《りはつ》がほする《賢こそうな顔をする》男あり。

同じ屋敷の裏に、〔所を〕隠居たてて、母親の住まれしが、この男〔を〕うまれたる母なれば、そのしはき事《けちなこと》かぎりなし。ぬり下駄《げた》片足《かたし》なるを、水風呂の下へ焼《た》く時、つくづくむかしを思ひ出し、「まことに、この木履《ぼくり》《下駄は》は、われ十八の時、この家に娌《よめ》入りせし時、雑長持《ざふながもち》[四]に入れて来て、それから、雨にも雪にもはきて、羽《は》[五]のちびたるばかり《歯がすり減っただけで》、五十三年になりぬ。我一代は、一足《そく》にて埒《らち》を明けん《すまそうと》とおもひしに、惜しや、片足《かたし》は、野《の》ら犬めに喰はへられ、はしたになりて《はんぱになってしまい》、是非もなく、けふ煙《けぶり》[六]になす事よ」と、四五度《ど》もくりごと《愚痴を》をいひて、その後、釜《かま》の中へ、なげ捨てられ、今ひとつ、何やら物思ひの風情《ふぜい》して《様子して》、泪《なみだ》をはらはらとこぼし、「世に《まことに》月日のたつは夢ぢや。明日《あす》は、そのむかはり[七]

一 風呂桶の下部に焚《た》き口《ぐち》を付ける。茶の湯に用いる水風炉の構造から学び造り、その名称をも取った（穎原退蔵『江戸時代語の研究』）。蒸風呂・塩風呂などに対していうとの説もある。据《すえ》風呂の訛《なまり》ともいう。

二 もち米・米・葛などの粉を長円錐形に練り固め、茅《ちがや》・笹・菰《まこも》などで巻いて蒸した餅。茅巻《ちまき》。

三 盂蘭盆《うらぼん》。陰暦七月十五日（中元という）に先祖や死者の霊を迎え、供物《くもつ》をそなえ供養《くよう》する。供物は蓮の葉を敷物とする。

四 雑具を入れる長持。衣装長持に対していう。

五 下駄の歯。「羽」は歯、刃に通用させる。

六 火に燃やす。火葬にする意もある。

七 向かわり。一周年。一周忌の意もある。

になるが、惜しい事をしました」と、しばし、なげきのやみがたし。

折ふし、近所の医者、水風呂にいられしが、「先づ以て《何はともあれ》、目出たき年のくれなれば、御なげきをやめさせ給へ。して《そして》、それは、元日《ぐわんじつ》に、どなたの御死去なされた」と尋《たづ》ねられしに、「いかに愚智《ぐち》[八]なればとて、人の生死《しやうじ》を、これ程になげく事では御座らぬ。わたくしの惜しむは、去年の元日に、堺《さかひ》の妹《いもと》が、礼に参つて《年始の挨拶に来て》、年玉銀《としだまがね》一包《つつみ》くれしを、何ほどかうれしく《どんなにかうれしく思い》、元方棚《えはうだん》[九]へあげ置きしに、その夜盗まれました。そもや《それにしても》、勝手しらぬ者《内部の事情を知らぬ者が》の、取る事では御座らぬ。その後、色色の願《ぐわん》を、諸神《しよじん》にかけますれども、その甲斐《かひ》もなし。また山伏《やまぶし》[一〇]に祈りを頼みましたれば、『この銀、七日のうちに出ますれば《出ますと》、だんの[一一]《護摩》上なる《壇の上の》御幣《ごへい》が、うごき、御灯《みとう》が、次第に消えますが《消えます それが》、大願《だいぐわん》の成就《じやうじゆ》せしるし』といひける。あんのごとく、祈り最中《さいちゆう》に、御幣ゆるぎ出で、ともし火かすかになりて消えける。これは、神仏《かみほとけ》の事、末世《まつせ》[一二]ならず、ありがたき御事、と思ひ、お初尾《はつを》[一三]百弐十〔文〕上げて、七日待てど

八 「愚痴」の慣用語。おろか。仏語。
九 恵方棚。その年の恵方の鴨居《かもい》に吊り、歳徳神《としとくじん》を祭る神棚。恵方は、陰陽道の歳徳神の宿る方角。その年の干支《えと》によって定まる。歳徳神は福徳をつかさどる。「だん」は「だな」の訛か。「元方」については、一三一頁注一一参照。
一〇 修験者《しゆげんじや》。兜巾《ときん》を戴き、篠懸《すずかけ》と結袈裟《ゆいげさ》を著け、笈《おい》を背負い、金剛杖《こんごうづえ》をつき、法螺《ほら》をならし、山野に露宿して、呪法《じゆほう》と霊験を得るために修行する。聖護院《しようごいん》を本所として熊野三山修行の本山派と、醍醐寺《だいごじ》を本所として大峰修行の当山派とがある。
一一 護摩壇。不動明王などを本尊とし、その前で、乳木《ちぎ》を焚き、供養物を捧げ、息災・増益・降伏などを祈願する修法のための壇。智慧の火で迷いを焼く形を現す。
一二 末法の世。釈迦入滅後、仏法は、正法・像法・末法の三期を経過するという。末法は、仏法の衰えた時で、教法だけが残る最後の期に当る。日本では、正法・像法各千年、永承七年（一〇五二）に末法に入ったとする（『扶桑略記』）。
一三 普通は十二灯といって、月の数（十二文、閏年は十三文）だけ上げる。ここはその十倍。

も、この銀は出ず。さる人に語りければ、『それは、盗《ぬす》人[一]におひと（追い銭）いふ物なり。今時《いまどき》は、仕かけ[二]山伏《やまぶし》とて、さまざまごまの壇《だん》にからくりいたし、白紙人形《しらかみひとがた》[三]に土佐踊《とさをどり》[四]さすなど、このまへ、松田[五]といふ放下《はうか》[六]師がしたる事なれども、皆人賢《かしこ》過ぎて、結句《けつく》、近き事[七]にはまりぬ（簡単な事で騙されるのだ）。その中その御幣のうごき出づるは（出すのは）、立て置きたる岩座《いはざ》[八]に壺《つぼ》ありて、その中に鯲《どぢやう》を生け置きける（生きたまま入れておいたのです）。珠数さら〳〵と押し揨《も》[九]んで、東方《とうばう》に、西《さい》方に、と、とつかう[一〇]・錫杖《しやくぢやう》[一一]にて、仏壇を、あらけなくうてば（荒々しく打つと）、鯲が、これにおどろき、上を下へとさわぎ、幣串《へいぐし》[一二]にあたれば（当るので〔御幣が〕）、しばらく動きて、しらぬ目からは（〔からくりを〕知らない者の目から見ると）、おそろし。また灯明《とうみやう》は、台に砂時計を仕くはし（仕込み）、〔時を計って〕油をぬき取る事ぞ』と。この物がたりを聞くから（聞く上は）、いよいよ（たしかに）損のうへの損をいたした。我、この年まで、銭《ぜに》一文落さずくらせしに、今年の大晦日は、この銀の見えぬゆゑ、胸算用《むなざんよう》[一三]ちがひて、心がかりの正月（気がかりな正月）をいたせば（をするので）、よろづの事おもしろからず」と、世の外聞《ぐわいぶん》もかまはず、大声あげて泣かれければ、家内《けない》[一四]の者ども興《きよう》をさまし（気を悪くして）、「我々

一 諺。盗人に、さらに金を与えること。損の上に損を重ねる譬え。「おひ」は「追ひ銭」の略。払った上に、あとから付け足して与える余計な金。
二 からくり（巧みなしかけ）をしかけて、人を欺く山伏。延宝三年刊『囃物語』上九に、鯲《どじよう》を壇の下に巧みにしかけて失敗する山伏の咄がある。
三 白紙で人の形に切ったもの。祈禱の際に用いる。
四 土佐の念仏踊。鉦《かね》を叩きながら念仏を唱えて輪舞する。後には刀・脇指を抜いて切り合い踊る。
五 江戸のからくり細工人松田播磨掾《はりまのじよう》。ぜんまい仕掛の人形を使って興行した。寛永二十一年頃より天和頃にかけての興行が、記録されている。
六 小切子《こきりこ》を打ちながら、歌舞・手品・曲芸などを演ずる者。
七 手近かな、簡単に分ること。
八 岩組の形をした仏像の台座。ここでは、御幣《ごへい》を立てる台。
九 「揨」の異体字か。「揨モム」（『色葉字類抄』）。
一〇 独鈷。とくこ・とつこ、とも。金剛杵《こんごうしょ》の先端の分岐していないもの。煩悩を破砕する菩提心の象徴として用いる法具。
一一 上部は錫《すず》、中部は木、下部は牙や角で作り、塔婆の形の頭部に、六箇又は十二箇の環を付ける。僧・修験者の杖。底本は「釻杖」。
一二 麻・木綿《ゆう》などを掛けた榊《さかき》や竹。
一三 ここでは「ムナ」と訓んでいる。「ムネ」と訓む

ことの方が多い。

一四 かない。家の中。

＊ 煤払いの場面。三人の男は、軽衫《カルサン》を穿《は》き、着物は襷《たすき》がけ・尻はしょり、頭には鉢巻・投頭巾《なげずきん》。寺から貰った笹竹の箒《ほうき》で、梁上の鼠三匹を追う。水風呂の医者は、手拭で剃髪《ていはつ》の頭をぬぐう。老婆は、両袖を背中で結び、手拭《てぬぐい》を姉さんかぶりにして、焚《た》き口《ぐち》の前にしゃがみ、木切れをくべている。土間には、畳が積まれ、水手桶の傍にあるのは雑巾《ぞうきん》か。逃げる黒鼠の動きの描写は巧みである。

鼠の引いた銀の利息を取り、独り寝の正月

一五 祈誓。誓いを立てて、願いがかなうよう神に祈るのを、祈請（祈誓・起誓）をかけるという。

一六 播磨《はりま》の杉原村（兵庫県多可郡加美町杉原）原産の奉書紙の一種。後に諸国で作られる。慶弔・贈答に用いられる。

一七 家の中の物をかすめる者を鼠に見立てていう。『徒然草』九十七段に「家に鼠あり、国に賊あり」。対するに、白鼠は、大黒天の使いとされ、その住む家は繁昌すると信ぜられた。

一八 はげしく人を詰問、叱責する時のしぐさ。

疑はるる事の迷惑」と、心々に［各自が］、諸神《しよじん》に[一五]きせいをかけける。

大かた、煤《すす》もはき仕廻ひて、屋ねうらまであらためける時、棟木《むなぎ》の間《あひ》より、[一六]杉はら紙の一包をさがし出し、よくよく見れば、隠居の尋ねらるる、年玉銀に、まぎれなし。「人の盗まぬものは《人が盗まないものは》、出まするぞ《出ますよ》。さるほどに《さてさて》、悪《にく》い鼠め」といへば、お祖母《ばば》、なかなか合点せられず、「これほど遠ありきいたす鼠を、見た事なし。[一七]あたまの黒いねずみの業《わざ》［に違いない］。これからは、油断のならぬ事」と、[一八]畳たたきてわめかれければ、薬師《くすし》、水風呂よりあがり、「かかる事には、古代にもためしあり。[一]仁王《にんわう》三十七代孝徳天皇《かうとくてんわう》の御時、大化《たいくわ》元年十二月晦日に、[二]大和の国岡本《をかもと》の都を、難波《なには》長柄《ながら》の豊崎《とよさき》に移させ給へば、和州《わしう》の鼠も、つれて《一緒に》宿替《やどが》へしけるに、それぞれの世帯道具をば、はこぶこそ、をかしけれ。穴をくろめし古綿《穴を人目につかぬようにした古綿》、鳶《とび》にかくるる《から隠れる為の》[三]紙ふすま、猫《猫が》の見付けぬ《見付けないようにとの》守り袋《ぶくろ》、[四]鼬《いたち》の道切るとがり杭、[五]桝《ます》おとしの[六]かいづめ、油火《ともしび》を消す板ぎれ、鰹節《かつをぶし》引く[七]てこまくら、その外、[八]娌入《よめい》りの時の熨斗《のし》、ごまめのかしら《あたま》、[九]熊野《くまの》参りの小米《こごめ》づとまで、[一〇]二日路《ぢ》ある所を、くはへてはこびければ《運んだので》、まして、隠居と〔所〕[一一]面屋《おもや》、わづかの所、引くまじき《引かないもので》事にあらず《もない》」と、[一二]年代記《ねんだいき》を引いて《引用して》申せど、なかなか同心いたされず《納得されず》、「口がしこくは《言葉たくみには》仰せらるれども、目前《もくぜん》に見ぬ事は、まことにならぬ《ほんとの事とは思えぬ》」と申されければ、何ともせんかたなく、やうやう案じ出し《考えついて》、[一三]長崎水右衛門がしいれたる《芸を教えこんだ》、[一四]鼠づかひの藤兵衛を、やとひにつかはし、「只今あの鼠が、人のいふ事を聞き入れて、さまざまの芸《げい》づくし。若い衆《しゆう》にたのまれ、恋の文づかひ」といへば、封じたる文くはへて、

一 人皇（人王とも）と書くのが普通だが、仁王とも書く。神代に対して人代になってからの天皇。当時は神功皇后を第十五代に数えたため、代数は以後一つ多くなる。寛文九年跋『日本歴代遷都考』に「三十七代孝徳天皇、大化元年乙巳冬十二月、乙未朔癸卯、天皇遷ス二都ヲ於摂津難波長柄《ナガラ》ノ豊崎宮ニ一。老人等相謂テ之ヲ曰、自レ春至テレ夏ニ、鼠向ノユキシハ二難波ニ一、遷都之兆《シルシ》ナリト矣」とあり、十二月九日だった。ただし、遷都の完了したのは六年後の白雉二年十二月晦日である。以下、史書の鼠の記事を諧謔《かいぎやく》化する。

二 『遷都考』は、皇居の名を項目にして、遷都の史実を書く。「和州飛鳥岡本宮」の項には、舒明天皇のこの宮に遷都され、皇極天皇の、この宮より、近くの権宮へ移り、更に、飛鳥板蓋《あすかいたぶきの》新宮に遷られることなどを記して、次の項目「摂州難波長柄豊崎宮」を掲げて、孝徳天皇の、この宮に遷都あった事を記す。西鶴は、これを簡略に記したのである。

三 綿の代りに藁《わら》を入れた紙の蒲団。貧乏人用。

四 鼬の通路をさえぎる尖り杭。

五 升をふせて棒で支え、その下に餌を置き、鼠が触れると、升が落ちかぶさり、鼠を捕えるしかけ。

六 掻い詰めの意。物に入れて物の落ちないようにするもの。つっかえ。

七 梃子《てこ》を使って物を動かす時、梃子の下部にあてがうもの。

八 「鼠の嫁入り」咄《ばなし》による発想。「のし」は熨斗鮑《のしあわび》の

跡先《あとさき》を見廻し《前後を見回し》、人の紬口より文を入れける。また銭壱文なげて、「これで、餅かうてこい《餅を買ってこい》」といへば、銭を置いて、餅くはへて、戻る。「何と何と《どうですどうです》、我《が》を折り給へ《［鼠のした事だと］納得して下さい》」といへば、「これを見れば、鼠も、包みがねを引くまじきものにあらず《引かないものでもない》。さては《それにて》、うたがひはれました。さりながら、かかる盗み心のある鼠を、宿しられたるふしやうに《住まわせた災難として》、まん丸一年、この銀をあそばして置きたる利銀を、急度《きつと》《必ず》、[一五]おもやからすまし給へ《支払いなさい》」といひがかり《いいがかりをつけ》、[一六]一割半《わりはん》の算用にして、十二月晦日の夜請け取り、「本の《本当の》正月をする」とて、この祖母《ばば》、ひとり寐《ね》をせられける。

略。あわびの肉を薄くそぎ、のばして干したもの。祝儀の食用として贈答する。「ごまめ」も正月の祝儀の肴《さかな》。片口鰯を干したもの。田作りともいう。

九 熊野三社（本宮・新宮・那智）に参詣すること。平安時代以後、貴賤の間に流行した。山国であり米不自由のため、参詣には小米を藁苞《わらづと》に入れて持参した。

一〇 二日かかる道程。

一一 母屋・表屋とも書く。屋敷内の主人の住む家屋。

一二 重要事件や天変地異などを年代順に記述したもの。類似の刊行多し。『日本歴代遷都考』などによるか。

一三 江戸湯島天神前に住んでいた獣使い（『江戸鹿子』六）。「長崎」は長崎仕込みの意。

一四 大坂長堀に住んでいた水右衛門の弟子（『好色二代男』五ノ二）。

一五 母屋と隠居所の生活費は別。

一六 年利一割五分。

＊ 何のために始末倹約をするのか。正当な目的を忘れると、始末は吝嗇《りんしょく》となる。始末心と吝嗇との、誇張による滑稽をねらう。隠居の母親は、鼠の匿《かく》したお年玉の一年間の利子まで息子から取りあげ、「これにて正月らしい正月を迎えることができる」と、心地よげに引きあげるが、あとは淋しく、独り寝の床に臥せるばかりであった。滑稽の底のペーソス。西鶴独特の味わいといってよい。

絵入

世間胸算用　二

大晦日は一日千金

胸《むね》算《ざん》用《よう》　巻二

大晦日は一日千金

目録

一 講の仲間。「講」は、同志のものが定期的に集合して親睦する団体をいう。もとは仏教・神道など信仰を同じくする者の団体であったが、近世になると、娯楽を目的とする会員組織をもいう。ここでは、一回の会費が、銀一匁の会員仲間のことである。

二 大坂の堺筋の日本橋より南の、両側に細長く続いた町をいう。九丁目まであった。紀州街道である。石橋の短い紀国橋を渡ると今宮村である。

三 大晦日に贈る歳暮の祝儀。

四 紙で作った衣服。和紙を糊《のり》で張り合せ、柿渋を塗り、日に曝《さら》して乾かし、一晩夜露にあてて臭気を去り、揉《も》み柔らげて作る。渋を塗らぬ白紙子もある。軽くて保温に適し、廉価ゆえ、近世では、多くは、貧しい人々が着た。

五 「詭《くわ》」には、うそ、なまりの意がある。『詩経』では「詭言」は、うそ、を意味する。

六 ここでは、色茶屋。

七 産婆。当時、助産婦は年輩の者が多かった。

八 歌のとまりを、「やん」と歌ったので投節《なげぶし》と名づけたか。『松の葉』五には、「古へ、(島原の)大坂屋(の遊女)河内風《ふう》と云ひて歌ひしは、かみしもの句さらりと、三味線あひしらひも短く、歌のとまり、やんと歌ひしなり」といい、今の歌いぶりは、「ふしのたけゆるやかに、鳴らし物、合の手、撥《ばち》かずも少なく、歌のとまりは、節にていひすて、悠々ときこえ侍る」という。

三　[一]尤《もつと》も始末《しまつ》の異見《いけん》
　　宵寐《よひね》の[二]久三《きうざ》がはたらき
　　大晦日の[三]山椒《さんせう》の粉《こ》うり

四　門柱《かどばしら》も皆《みな》[四]かりの世
　　[五]朱雀《しゆじやか》の鳥おどし《かかし》
　　大晦日の喧嘩屋《けんくわや》殿《どの》

一　倹約せよとの意見は、なるほど道理にかなっている。「異見」は、意見に同じ。訓誡する意。
二　「久七・久三・久助、皆下男の異名也」（『俚言集覧』上）。
三　山椒の木の皮を粉にしたもの。下痢をとめ、消化を促し、口臭を去る。正月の屠蘇《とそ》に入れるものとして、大道商人が、歳末に売り歩く。
四　「借」に「仮」を掛ける。門柱はもとより、すべて未支払いのままのかりずまい。
五　島原の異名。島原の遊里は、寛永十七年（一六四〇）に、東寺の北、葛野《かどの》郡朱雀野村に置かれた。

一　銀壱匁の講中

人の[六]分《ぶ》限《げん》になる事、仕合せといふは言葉。まことは、面々《めんめん》の智恵《ちゑ》才覚《さいかく》を以てかせぎ出し、その家栄《さか》ゆる事ぞかし。これ、福の神の[七]ゑびす殿の、ままにもならぬ事なり。

[八]大黒講《だいこくかう》をむすび、当地の手前よろしき者ども集まり、諸国の大名衆への、[九]御用銀の[一〇]借《かし》入れの内談《ないだん》を、酒宴遊興《しゆえんいうきよう》よりは増《ま》したる世の慰みとおもひ定めて、寄合《よりあひ》座敷も、色ちかき所をさつて、[一一]生玉下寺町《いくだましたでらまち》の客庵《きやくあん》を借《か》りて、毎月[一二]身躰詮議《しんだいせんぎ》にくれて、命の入り日かたぶく[一三]老躰《らうたい》ども、後世《ごせ》の事はわすれて、只利銀《りぎん》のかさなり、富貴《ふうき》になる事を楽しみける。世に、金銀の[一四]余慶《よけい》あるほど、万《よろづ》に付けて目出たき事、外になけれども、それは、二十五の若盛《わかざか》りより油断なく、三十五の男《をとこ》

よい回り合せというのは言葉だけの事　真実は
思い通りにもならないことである
裕福な者たちが
この世の楽しみと
色里に近い場所を避けて
日を送って　残る命もわずかになった
利息がつもって
結構なことは
〔働き〕

分限は知恵と才覚による

大黒講

六 「金持」（五二頁注九参照）より格は上である。『日本永代蔵』一ノ一に「親の譲りを受けず、その身才覚にして稼ぎ出し、銀五百貫よりしてこれを分限といへり」と。

七 七福神の一柱。恵比須（寿とも）とも書く。夷《えびす》の神（外来神）の意か。神話の言代主神《ことしろぬしのかみ》や蛭子《ひるこ》にあてる。像は風折烏帽子《かざおりえぼし》に狩衣《かりぎぬ》・指貫《さしぬき》をつけ、釣竿でつりあげた鯛を持つ。商家の福の神である。元日の早朝、この神像を刷物にして呼び売りすることは序文にある。

八 大黒天を祭って親睦をはかる講。大黒天は七福神の一柱。大国主命を本地とし、福徳や財宝を授けるという。狩衣を着て米俵の上に坐し、左肩に大きな袋を背負い、打出《うちで》の小槌《こづち》を持つ。

九 大名が出入りの町人に融通を依頼する金銀。「ゑびす」の縁語。

一〇 「借」は、当時、借ると貸すとの両義に用いた。

一一 大阪市天王寺区生玉町。生国魂《いくくにたま》神社の西下方にある。そのあたりには寺院が多く、集会に座敷を貸した。これを客庵という。

一二 大勢集まって、借手の大名の財産を調査すること。底本「詮議」。詮議、僉議と同じ。一同で評議する。

一三 老人連中。

一四 余計とも。たくさん。

一匁講

盛《ざか》りにかせぎ、五十の分別《ふんべつ》ざかりに一家を納《をさ》め、二惣領《そうりやう》に万事をわたし、（長男に世帯をゆずり）六十の前年《まへどし》より三楽隠居《らくいんきよ》して、四寺道場《だうぢやう》へ五まゐり下向《げかう》して、世間むきの（世間に対して体裁のよい頃であるのに）よき時分なるに、六仏《ぶつ》とも法《ほふ》ともわきまへず（仏教のことは少しも知らず）、欲の世の中に住めり。死ねば、〔銀〕万貫目《まんぐわんめ》持つても、七かたびら一つより、皆、〔ほかは持って行けず〕うき世に残るぞかし。この寄合《よりあひ》の親仁《おやぢ》ども、弐千貫目より内の分限《ぶげん》、壱人もなし。

また、近年我々がはたらきにて（めいめい自分の働きで）、わづかなる身躰《しんだい》の者ども、金銀を八仕出《しだ》し、〔銀〕弐百貫目、三百貫目、あるいは五百貫目までの九銀持《かねもち》、二十八人かたらひ（相談して）、一〇壱匁講といふ事をむすび、毎月宿《やど》も定めず

一 家業を安定させ家庭を円満にととのえる。「納」は「齊」の宛字か。
二 家督を相続する長男。
三 家督を譲って世事に一切関与しない隠居。
四 「道場」は、寺格のない寺や真宗の小さな寺をいうが、「寺道場」と熟すると広く寺院をいう。
五 「下向」は神社仏閣に参詣して帰ることをいうが、「まゐり下向」と熟すると、参詣の意となる。
六 仏法を知らぬことを強調するために、「仏とも」と「法とも」と分けていう。
七 「かたびら」は、夏用の裏のないひとえの着物をいうが、ここでは経帷子《きようかたびら》の意。葬る時死者に着せる麻の白衣。衽《おくみ》や背に名号や題目などを書く。
八 金銀をかせぎ出す。
九 にわか成金《なりきん》をいう。『諸艶大鑑』六ノ四に「金持といふは、近代の仕合せ、米のあがりを請《う》け、万の買置き、又は銀借《かねかし》、自身に帳面も改むるなるべし」と。
一〇 本文によれば、「分限」より下の格の金持である。会食費銀一匁の親睦会である。
＊ 北浜から堺へ嫁入りする行列中の敷銀を運ぶ部分の図。二つ提灯《ちようちん》を先立たせ、小草履取（前髪あり）と挟箱持を従えている上下姿は荷宰領《にさいりよう》である。大男の六尺に担がれた拾貫目箱が五つ。拾貫目箱には五百目包みの銀が二十はいる。本文にい

う敷銀である。その右側に、大草履取をつれ、袴《はかま》の股立《ももだち》を取った上下姿は荷宰領の介添《かいぞえ》か。宰領以外は、尻からげをし、六尺以外は脇差を差す。紋章は、提灯持・挟箱持・荷宰領・介添は釘抜《くぎぬき》、小草履取は丸、六尺は枝橘《えだたちばな》である。本文によれば、嫁入道具の行列は、先頭が今宮村につくと、殿《しんがり》は長町一丁目だったという。行列の最後に、この敷銀の荷が続くのである。長町は九丁目まであり、その南のはずれの石橋を渡ると今宮村である。行列は二キロにわたっていたことになる。

一一 料理茶屋・弁当屋で作った安価で手軽な食事。天和・貞享の頃から京・大坂・江戸の三都に流行した。「仕出し」は新案・工夫で作り出す意。

一二 穿鑿。細かく調べること。詮議。

一三 ふとどきな。正常でない。

借手の財産の詮議

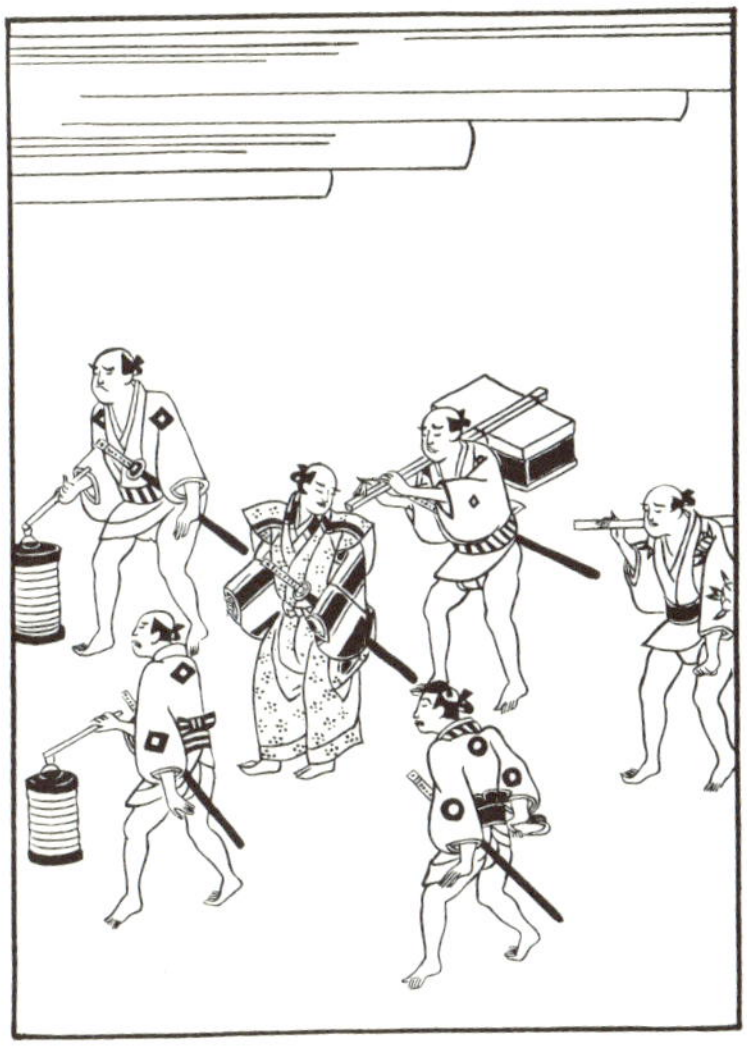

一匁の仕出し食《めし》一一をあつらへ、下《げ》戸《こ》も上戸も酒なしに、あそび事にも始末《しまつ》第一、気のつまるせん一二さくなり。朝から日のくるるまで、よの事なしに、身過ぎの沙汰。中にも、借銀《かしがね》の慥《たし》かなる借手《かりて》を吟味《ぎんみ》して、一日も銀をあそばさぬ思案を、めぐらしける。

この者どもが手前よろしくなりけるはじめ、利銀《りぎん》取り込みての分《ぶ》限《げん》なれば、今の世の商売に、銀《かね》かし屋より外に、よき事はなし。然れども、今程は、見せかけのよき、内証《ないしょう》の不埒《ふらち》一三なる商人《あきんど》、大分かりこみ、こしらへてたふれければ、思ひもよらぬ損をする事、たびた

を第一と
気づまりな
ほかの話題はなく
世渡りの話し合い［ばかり］
えりわけて
身代がよくなったもとは
見せかけが立派で
多額の借金を
した上で
計画的に破産するので

一 難波橋南詰の東西の町筋。土佐堀川の南岸に北向きに家が並んでいた。大坂で川岸《かし》を浜という。米問屋・両替屋、そのほか諸問屋など、大商人が多く、商業の中心地であった。一丁目から四丁目まである。

二 「財宝」は財産と宝物。「諸色」は色々の物品。財宝にいろいろな物品を合わせて、動産不動産すべてを合わせて。

三 嫁入りの諸道具。

四 摂津国西成郡今宮村（大阪市浪速区恵美須町）。当時は大坂の郊外で、堺街道に沿う村であった。

五 『万買物重宝記』（元禄五年刊）の「かうやくや」の項に「日本橋南一丁目藤丸久兵衛」とある。日本橋南一丁目は長町一丁目である。もと駿河国興津《おきつ》の清見寺門前から売出した膏薬で紫金膏といったが、家紋の藤の丸を商標としたので藤の丸の膏薬ともいう。京・江戸・大坂に出店があった。ここは大坂の出店である。

六 金は千両を一箱、銀は丁銀十貫目を一箱とする。

七 身長の揃った大男。景気よく見せるためである。

八 六月の晦日に行われる夏越《なごし》の祓をいうが、大坂では、六月二十一日の高津宮《こうずのみや》、二十二日の座摩《ざま》神社、二十五日の天満宮、晦日の住吉社などの夏祭をいう。神輿を御旅所に奉遷し、修祓の儀があり、夜、本社に還幸する。その神輿の渡御をもお祓いという。

びなり。されども、人を気《借手を不安に思って》づかひして、金銀借《か》さずにも置かれず。「随分内証《できる限り借手の財力を人に聞き合わせ》を聞き合はせ、この中間《なかま》は、たがひに様子をしらせ、向《きやう》後《こう》は借入《かしい》れをいたすべし」「いづれも《どなたも》、かく云ひ合はすからは《言い合わしたからには》、出《だ》しぬきにあはし給ふな」「さあらば《では》、各《おのおの》《みなさん》心得のために、当地で定《さだ》まつて銀《かね》かる人を、ひとりひとり書き出し、こまかに詮議《せんぎ》して見るべし」「これ尤《もつと》もなり《異議なし》」「先づ、北浜《きたばま》[一]で何屋の誰《たれ》、財宝諸色《ざいほうしよしき》[二]かけて、七百貫目の身躰《しんだい》」、といひ出づれば、「その見立ては各別《全く違う》、八百五十貫目の借銀《しやくぎん》」といふ。この有《あり》なしの相違に、一座《ざ》の衆中肝《きも》をつぶし、「ここが大事のせんさく《調べどころ》。両方のおぼしめし《お考えを》入れ、とくと《十分に》承《うけたまは》り《〔たい〕》、人の心得のため」とぞ聞きける。

「先づ、分限《ぶげん》と見たる所《分限との見立》は、去々年《きよきよねん》の霜月《十一月》に、娘《むすめ》を堺《さかひ》へ縁組せしに、[三]諸道具、[四]今宮《いまみや》から、長町《ながまち》の[五]藤《ふぢ》の丸《まる》のからやく屋の門《かど》まで、つづきし跡《あと》から、[六]拾貫目入り《〔の銀箱〕》五つ、青竹《あをだけ》にて、[七]揃《そろ》への大男《おほをとこ》に、さし荷《にな》はせ、そのまま、[八]御祓《おはら》ひの渡るごとし。外にも、あまたの男子《なんし》あれば、余《財産に》

慶なくて《余裕もなくて》、娘に五十貫目《〔銀〕》は付けまい、と思ひまして、いやと《〔相手が〕》いふものを、無理に、この三月過ぎに、弐拾貫目[九]預《あづ》けました」といはるる。「さてさてお笑止や《お気の毒なこと》。その二十貫目が、[一〇]壱貫六百目ばかりで《だけで》、戻《もど》るで御座ろ」といへば、この親仁《おやぢ》、顔色かはつて、箸《はし》もちながら、[一一]集《あつ》め汁《じる》喉《のど》を通らず、「今日の寄合《よりあひ》に口をしき事を《くやしいことを》聞きける」と、様子《やうす》を《事情を》きかぬ内から、泪《なみだ》をこぼされける。

「とてもの事に《いっそのこと》、その内証が聞きたし《その家の内情が知りたい》」「されば《では話します》、その聟《むこ》どのかたも、よくよくせはしければこそ《遣繰りに困っているからこそ》、[一二]芝居《しばゐ》並《なみ》の利銀《りぎん》にて、何程《なにほど》でも借《か》らるるなり。この利をかきて《利子をはらって》、芝居の外、何商売《なにしやうばい》して、胸算用《むねざんよう》があふと、おぼしめすぞ。[一三]十貫目箱《ばこ》壱つは、[一四]かなものまでうつて、三匁五分づつ。拾七匁五分で、箱五つ《〔買える〕》。中には、世間にたくさんなる《どこにでもたくさんある》、石《いし》瓦《かはら》《〔の筈〕》。人の心ほど、おそろしきものは、御座らぬ。両方《〔聟方と嫁方〕》の、外聞、見せかけばかりに《見せかけだけをよくしようと》、内談と存ずる《をした上の事》。われらは《私は》、その箱を明けて、正真《しやうじん》の[一五]丁銀《ちやうぎん》にしてから《だとしても》、まことにはいたさぬ。あの身躰《しんだい》の[一六]敷銀《しきぎん》は、[一七]弐百

九 預り金は、無期限・無利息が建て前であるが、利息つきが常であった。借金は、期限と利息がつく。預り金は、期限はないが、要求があれば、いつでも返さねばならぬ。

一〇 いずれ相手は分散するだろうから、一貫六百しか返ってこないだろう。分散は、債権者に四割以上支払うのが普通で、悪くすると一割か二割しか返らぬ時もある（中田薫『徳川時代の文学に見えたる私法』）。二十貫貸して一貫六百は八分に当り、極めて悪い分散である。

分限ならずとの見立

一一 大根・牛蒡・芋・豆腐・竹の子・串あわび・干河《ひふ》豚《ぐ》・いりこ・摘入《つみいれ》など種々の野菜・魚貝を入れた味噌汁、またはすまし汁（『料理物語』九）。

一二 当時の法定利息の最高は二割である。芝居への融資は、投機事業ゆえ、それ以上の高利を払う。

一三 銀五百目包二十箇を詰める。挿絵参照。

一四 十貫目箱に付けられている帯鉄や海老錠などの金具。

一五 海鼠《なまこ》形の銀貨。四十匁前後。豆板銀を添えて四十三匁として紙に包み、銀一枚として使う。

一六 嫁入りの際の持参金。

一七 銀二百枚。銀八貫六百匁。

一 銀五貫目が相応なところだ。

二 「ひとつ」の誤り。

三 屑繭や真綿をつむいでよりをかけて作った紬糸《つむぎ》で織った絹布。丈夫なので日常の衣料に用いる。「一疋」は一匹。布の二反《たん》をいう。一反は、一人分の衣服の料。反物の尺は江戸時代初期までは曲尺《かねじゃく》を用い、のちは鯨《くじら》尺を用いる。絹紬の一反は、曲尺で長さ三丈四尺、幅一尺四寸であった。

四 親しく交際するようにしむけ。

五 陰暦六月二十五日（現在は七月二十五日）の天満天神の夏祭。「天満」は大阪市北区の南東部、淀川と天満堀川とに囲まれた地域の総称。天満宮があるゆえの地名。神事の練物《ねりもの》は天神橋を南へ渡り、難波橋までゆき、そこより神輿二社を船に移し、堂島川を恵比須島の御旅所まで船渡御あり、夜に入って本社へ還幸する。「祭礼の船、行列魏《ぎ》々玲瓏《れいろう》として浪花の美観なり。数百の楼船《やかたぶね》川の面に所せきまで双《なら》び、陸《くが》には桟敷を打つて幕引きはえ金屏立てわたし稲麻《たうま》のごとし」（『摂津名所図会』四）であったという。

預け金取戻す工夫

枚も過ぎもの《多すぎる》。こしらへなしに《嫁入仕度ぬきで》、「持参金は」五貫目[一]。何と、各《おのおの》《みなさん》、われらが《私が》、沙《さ》汰《た》する所が《申すこと》、違うたか。先づ《さしあたり》、あれには、一両年、二貫目ばかり、預《あづ》けて見て、それに、別《べち》の事なくば《不都合がなければ》、また、四貫目程、五六年もかして、慥《たし》かなる事を、見とどけての、「上の」二十貫目」「ならばよろしい」といへば、一座、「これ尤も《これはもっともなこと》」と、同音に申す《声を揃えていう》。

段々利につまつて《一々道理に適って返す言葉もなく》、この親仁《おやぢ》、帰りには、足腰《あしこし》立たずして、なげき、「我、この年まで、人の身躰、見違へし事のなきに、このたびは、ふかくなる《あさはかな》事をいたしました」と、男泣《をとこな》きにして、「何とぞ、御分別《よいお考えは》はないかないか」とあれば《と言われると》、時に、最前《さいぜん》のせちがしこき人の《抜け目のない男が》いふは、「千日千夜、御思案なされても、この銀子、無事に取りかへす工夫《くふう》は、只ひとり[二]より、外になし。この伝授、上々の《最上等の》紬《つむぎ》[三]一疋《ぴき》ならば、慥かに取りかへして、進上申す」といへば、「それはそれは「有難い」。中わたまで《中に入れる綿まで》添へまして、御礼申さう。何とぞ、頼む」といふ。「然らば、只今までより、念比《ねんごろ》[四]に仕かけ、天満《てんま》[五]の舟祭りが「その家から」見ゆるこそ、幸《さいは》ひなれ。『浜[六]にかけたる桟敷《さじき》へ、女房どもをおこして《よこして》、見せたし』と、廿[七]五日に、お内義をやりて、さきのかかと《先方の妻女と》、しみじみと内証《家の隠し事などを》をかたらせ、一日あそぶうちに、〔先方の〕男子《むすこ》どもが、馳走《ちそう》[八]に出るは《もてなしに出て来るのは》、しれた事ぢや。時に《その時に》、二番目のむすこが生れつきを《生れついた姿かたちを》、ほめ出し《はじめ》、『かしこさうなる眼《まな》ざし。こなたの御子息《しそく》にしては、お心に掛け《失礼ですが》さしやるな、鳶《とび》[九]が孔雀《くじやく》を産《う》んだとは、この子の事。玉のやうなる美人《びじん》[一〇]。ちかごろ《たいへんあつかましい》押し付けたる所望《しよまう》なれども《願い事でございますが》、わたくしもらひまして、聟《むこ》にいたします。酒ひとつ過ごしまして《いただき過ぎまして》〔酔って〕、いふでは御座らぬ。われらが子ながら、これ[一一]、娘《むすめ》も、十人並《なみ》よ[一二]。そのうへ、親仁《おやぢ》のひとり子なれば、五十貫目付けてやるとは、つねづねの覚悟《心づもり》。また、われらがわたく[一三]しがね三百五十両。長堀《ながほり》[一四]の角屋敷《かどやしき》[一五]、捨《す》てうりにしても弐拾五貫目がもの。仕《し》てから《作ってから》、袖も通さぬ衣装六十五。〔いずれも〕ひとりの娘より外に、やるものが御座らぬ。これが、こちの《私の》聟殿《むこどの》』と、思ひ入りたる《思い込んだ》皃《かほ》つきして、〔親しい〕これを言葉のはじめにして、その後《のち》、折ふし、すこしづつ物を

六『物類称呼』一に「江戸にて『かし』といふ（本町河岸　或は浜町がしなど云）。大坂にて『はま』といふ（浜の芝居などいふ）。京にて『川ばた』といふ」。祭の船渡御を見物するために、川岸に桟敷を仮設する。

七 六月二十五日は、天満の天神の夏祭の日である。

八 来客のもてなしをすること。

九 平凡な親から想像もできぬほど勝れている子の生れたことをいう諺。

一〇 美男子をも、当時は、美人という。

一一 酒に酔った語調である。「酒ひとつ過ごしまして、いふでは御座らぬ」は、すでに、酔った人の言いぐさである。ここでは、わざと酔ったふりをするのである。「これ」は、注意をひく呼びかけ語。

一二「よ」は、版本では行頭にあり、その上の枠が破損し、「よ」の上部も傷んでいる。しかし「ょ」（に）の傷みとは見えない。「十人並よ」は、女客の語として荒々しすぎるが、酔態を示すととるべきであろう。

一三 内証の金。自分の自由になる金。へそくり。

一四 大阪市南区、長堀川沿岸の一帯。材木商が多かった。

一五 町角にあって、二方が道路に面している屋敷。商売に便利なので、屋敷の価格が高い。

やれば《贈れば》、かへしを請け《お返しを受け》、これ以て《これは》、損のいかぬ事《損にはならぬ》。それより《その後》、よいほどを見合はせ《適当な頃を見計らって》、やとひに《〔息子を〕雇いに》つかはし《〔人を〕さしむけ》、[一]銀掛《かねか》くる《銀貨を天秤で量る》そばに置きて、[二]数をよませ《数えさせ》、[三]こくいんをうたせ、[四]内蔵《うちぐら》へはこばせなどして、一日つかうて帰し、そののち、さきの身になる人を見たて《先方の家の為に親身になって働く人を選び》、ひそかによびにつかはし、『その人の二番目の子を、女房《にようばう》どもが、何と思ひ入りましたやら《どのように思いこみましたやら》、是非に《〔聟に〕》と望みます。いそがぬ事ながら、次而《ついで》もあらば、この方の《当方の》娘を、[五]囉《もら》うてもくださるか、たづねて《〔先方に〕》くだされ。こなたへ《あなたへ》、取りつくろうて申す事も、御座らぬ《体裁をつくろっていうこともございません》。[六]銀千枚《〔持参金として〕》は、いづかたへやりま《〔娘を〕》すとても、その心得《心づもり》』と云ひわたし、先へ《〔その話が〕》通じたと思ふ時分に、『内々の預《あづ》け銀、入用』と申しつかはせば、欲《よく》から、才覚して済ます事《返済すること》、手にとつたやうなり《手にとったように明らかである》。この仕かけ《やりかた》の外、あるまじ《〔方法は〕》」と、いひをしへて、わかれける。その年の大晦日に、かの親仁《おやぢ》、門口《かどぐち》より笑ひ込み《笑顔で入って来て》、「御影々々、御かげにて、右の銀子、元利《ぐわんり》ともに、二三日前に、請け取りました。こなたのやうなる《あなたのような》[七]智恵袋《ちゑぶくろ》は、銀《かね》かし中間《なかま》の

一 銀貨は、丁銀も豆板銀も、天秤にかけて、銀一枚包み（四十三匁）や五百目包みとする。
二 数をかぞえることを、数を読むという。
三 極印。金銀貨に、金座・銀座の極印の外に、盗難防止のために、所蔵者は、自家の合印《あいじるし》をうつ。
四 金・銀や貴重な道具類を入れる蔵。母屋の軒続きにある。
五 「囉」は「貰」に通用する。
六 銀四十三匁包み千箇。四十三貫目。
七 智恵者。智恵のつまった袋の意。
八 自分を卑下し、相手に感嘆と感謝を表す。
九 陸奥国の白石領の倉本村（宮城県白石市）産の紙子。地紙が強く、柔らかで、光沢があり、上等品であった。
一〇 五六頁注三参照。二反は一疋のこと。

重宝《ちようほう》々々」と、あたま（〔自分の〕）[八]をたたき、「さて、その時は、紬《つむぎ》一疋とは中せしが、これにて御堪忍《かんにん》あれ」と、白石《しらいし》[九]の紙子《かみこ》、[一〇]二たんさし出して、「[一一]中わたは、春の事（正月になってからのこと）[一二]」と、いひ捨てて、帰りける。

二　詭言《うそ》も只《ただ》はきかぬ宿《やど》

大晦日に借金取りを逃れて家を出て行く亭主

万人《ばんにん》ともに（一様に）、月額剃《さかやきそ》[一三]つて髪結《かみゆ》うて、衣装着替《いしやうきか》へて出《で》た所は、皆《みな》正月の気色《けしき》ぞかし（〔めでたい〕様子である）。人こそしらね、年のとりやうこそ、さまざまなれ（しかし人には分らぬが正月の迎えようは実にさまざまである）。内証《ないしよう》[一四]の（やりくりの）、とても埒《らち》の明かざる人は（どうしてもできない人は）、買《かひ》[一五]がかり（掛買いは）、万事（すべて）、一軒《けん》へも払はぬ胸算用《むねざんよう》を極《きは》め（腹をきめて）、大晦日の朝めし過ぎるといなや、羽織《はおり》、脇《わき》ざしさして、きげんのわるい内義に、「物には堪忍《かんにん》、といふ事がある。すこし、手前取り直したらば（財産が持ち直したならば）、駕籠《のりもの》[一六]に（〔おまえを〕）のせる時節《じせつ》も、またあるものぞ。夕べの（昨夜の）鴨《かも》の残りを、酒《さか》[一七]いりにして喰《く》やれ。掛《かけ》ども（売掛金を）をあつめて来《き》たら

一一　紙子の中に入れる綿。

一二　年末の挨拶に「いずれ春永に参上」などという言葉を利用して、巧みに、約束のお礼の一部を遅らせる。

＊　綿は、春・夏は需要が少なく、値下がりする。この男からは春も暖かくならぬと貰えぬであろう。僅かの中綿まで安価になってから提供しようとする、吝嗇《りんしよく》の誇張に、滑稽な落ちがある。

一三　京都の童唄《わらべうた》に「おらがとなりのぢいさまが、あんまり子供をほしがつて、月代そつて鼠《ねずみ》をとらまへて、京都髪ゆうて、あすは御城の御普請で、牡丹餅売に出たれば、石垣なんどのあはひから、隣の三毛猫おでやつて、牡丹餅ぐるみにしてやつた」（文政三年頃、行智編『童謡集』）。

一四　家の経済。

一五　買掛り。現金ではなく、後払いで買うこと。その代金をもいう。

一六　引戸のある上等な駕籠《かご》をいう。武家・僧・医者・婦女や特に許されたものが乗る。

一七　雁《がん》・鴨などの肉を鍋で煎《い》り、醤油・酒・塩で味付けしておき、食前に酒を少し加えて煮立てる。

一 宝引の賭銭《かけせん》。「宝引」は福引の古称。多くの緒を束ね、その一本に橙《だいだい》の実をくくりつけておき、緒一すじ何文と定めて、引き当てたものに賭け物を与える。辻で行われた正月の遊戯。
二 借金取に責めたてられぬように、来ぬうちに、家から出て行くのである。
三 「つづくべき」と反語の結びであるべきところを、平叙体にする。西鶴に殊に多い文語くずれである。
四 全くの不運。「因果」は、前世の行いが因となって、現世に果となって現れたもの。多くは、前世の悪行の報いを現世で受けることをいう。
五 一両小判の四分の一にあたる、長方形の金貨。

亭主の行く先は色茶屋

六 小粒銀。最小一分《ぶん》から五匁位の銀貨。日常、紙入に入れて携帯し、支払いや心付けに用いた。「三十目」は三十匁。
七 まるで千束もあるようだ。「千束」から「千束の錦木」(恋を訴える手紙やしるしの数の多いこと)の連想となり、「太夫の恋文は、貰うのに多くの遊興費がかかるが、これはたかが」と洒落《しゃ》れて皮肉った。
八 銀二貫目。「二貫目」は二千匁。銀六十匁は金一両。米一石は金一両。
九 入費。費用。
一〇「じょろう」の訛り。
一一 手廻しのよすぎる意の諺。「獨ムツキ」(『倭玉篇』下)。

ば、先づ、そなたの宝引銭《ほうびきぜに》[一]一貫のけて置いて、あり次第に払うて（手持の金のあるだけは支払い）、寐《ね》ない所はままにして（金のない所はそのままにしておいて）、掛乞ひの㒵《かほ》を見ぬやうに、こちらむきて、てゐやれ」と、口ばやにいひ捨てて出[二]て行く商人《あきんど》、何として身躰つづくべし（[三]どうして財産を長持ちできよう）。一日々々物のたらぬこしらへ（やりくりの仕方は）、おのれも合点《がってん》ながら、俄《には》かに分別《ふんべつ》もなりがたし（よい考えも出てこない）。こんな者の女房《にょうばう》になる事、世[四]の因果《いんぐわ》にて、子をもたぬうちに（子を産まぬうちから）、年をよらしける（〔女房は〕年をとってしまう）。

一銭《せん》も大事《だいじ》の日、鼻紙《はながみ》入れに、壱歩[五]二つ三つ、豆板[六]三十目ばかりも入れて、かかりのない（まだ遊んだことのない）茶屋に行きて、「ここには、まだ得しまはぬかして（支払いをすませぬと見えて）、取りみだしたる書出し（請求書）、千束《ちづか》[七]のごとし。これ皆、ひとつにしてから（ひとつにまとめても）、高で[八]（せいぜい）二貫目か、三貫目。人の家には、それぞれの物入り（それぞれ家相応の生活費がいるもの）。われらが所は、呉服屋《ごふくや》へばかり、六貫五百目。物好《ものず》き過ぎたる（衣裳好みのすぎた）奥さまに、迷惑いたす。さらりと隙《ひま》あけて（離縁して）、この入目《いりめ》[九]を、女郎《ぢょうろ》[一〇]ぐるひにいたすで御座る。さりながら（しかしながら）、さられぬ事は（離縁できない事は）、三月から、お中にありて（身ごもっていて）、日もあるに（日も日とて大晦日の）、今朝《けさ》からけがつきて（産気づいて）、けふ生るるとて（〔諺通りに早手廻しに〕）[一一]、うまれぬさきの襡《むつき》さだめ。乳母《うば》をつれてくるやら、三人四人の取りあげ祖母《ばば》《産婆》。[一二]旦那《だんな》山伏が来て、[一三]変生男子《へんじやうなんし》の行ひ。[一四]千代の腹帯《はらおび》、[一五]子安貝《こやすがひ》、左《ひだり》の手に握《にぎ》るといふ[一六]海馬《かいば》をさいかくするやら《工面して手に入れて来たり》。[一七]不断医者《ふだんいしや》は、次の間に鍋《なべ》を仕かけ、[一八]はやめ薬の用意。何に入る事ぢややら、[一九]松茸《まつたけ》の石づき迄《まで》取りよせて、[二〇]姑《しうとめ》が来てせわをやく。さてもさてもやかましい事かな。されども、[二一]『こなたは内に御座らぬもの』《〔こんな時には〕あなたは家においでにならぬもの》といふを幸《さい》はひに、ふら〳〵と、ここへ《〔産所ならぬ〕》、[二二]御見廻《おみまひ》申した《参上した》。われら《私の》が身躰《しんだい》しらぬ人は、もしは、借銭《しやくせん》こはれて《を請求されて》、[二三]出違ふか、とおもふもあれば《思う人もあれば》、気味がわるい。この[二四]嶋中《しまぢゆう》に、一銭も指引《さしひ》きなしの男《貸し借りのない男》。ことに、現銀《げんぎん》にて、子のできるまでの宿をかし給ふか。ここの、[二五]さかなかけの鰤《ぶり》が、ちひさくて、われら《私は》気にいらぬ。早々《さうさう》買ひ給へ《〔大きいのを〕》」と、[二六]一かくなげ出せば、「これはうれしや。亭主《ていしゆ》に隠《かく》しまして、ほしき帯《おび》よ帯よ」と笑《わら》ひ、「この年のくれには、心よき《気前のよい》お客《きやく》の御出《おい》で、来年中の仕合せ《幸運》はしれた事。さて台所《だいどころ》は、あまり[二七]しやれ過ぎました《洒落気が過ぎます》。ちと奥へ」と申す。

一二 その家を檀那として修法を行う山伏。
一三 変成男子の修法。胎児が女子であっても男子に変らせる真言秘密の加持祈禱。
一四 妊娠五カ月目の吉日につける腹帯。安産を祈っての名称。
一五 安産の呪《まじない》に産婦の手に握らせる。また、この貝にはやめ薬を入れて飲めば、安産するともいう。
一六 たつのおとしご。安産の呪に産婦の左の手に握らせる。
一七 不断診察して貰う医者。
一八 分娩を早め安産させる薬。
一九 松茸の石突（根）を味噌汁に用いると、後腹《あとばら》の痛みを止める効があるという（『女重宝記』三）。
二〇 底本「妯」。「妯＝姻」の誤刻か。「姻シウトメ」（『倭玉篇』上）。
二一 出産の時、男は産室や家内にいないものとした。
二二 訪れることも見舞うという。
二三 借金取に責められるのを避けて家を留守にする事。己がそれに当るのを隠そうとして、語るに落ちた。
二四 この遊所の中で。官許の遊廓の新町以外の、市中に散在する非官許の遊所を大坂では島という。江戸の岡場所に当る。
二五 正月用の食料を掛けておく棹。竈の上に吊す。
二六 一角。一歩《ぶ》とも。長方形の一分《ぶ》判金の異称。
二七 客を通人あつかいにして礼を失しすぎることをいう。

大晦日の色茶屋での遊び

「馳走《ちそう》も常に替りてすき、合点《がてん》か」といふ。[一]樽《たる》の酒のかんするもをかし。そののち、かかは[二]畳占《たたみざん》おきて、「三度までいたして同じ事、御男子《なんし》さまに極《きは》まりました」と、かかが[三]推量《すいりやう》と、客《きやく》の跡かたもなきうそと、ひとつになりける。

あそび所の気さんじは、大晦日の[四]色三絃《じやみせん》、誰はばからぬ[五]なげぶし。[六]なげきながらも月日を送り、けふ一日にながい事、心にものおもふゆゑなり。常《つね》はくるるを惜しみしに、各別《かくべつ》の事ぞかし。女は勤《つと》めとて、心を春のごとくにして、をかしうないを笑ひがほして、

料理も特別の好みがある　よいか　茶屋の嬶は　気安さは　にも　〔を弾かせ〕　〔を歌う〕　〔歌の文句の通り〕　年の最後の今日一日の長いことだ　不断は日の暮れるのを　何と　いう違いだ　正月の　ように浮き浮きさせて

一 樽から出したばかりの、杉の香の失せぬ酒を、燗《かん》して。客が騙《だま》しにかかると、かかも上客あつかいめかして、互いに騙しあうのがおかしい。「をかし」は作者の批評。

二 畳算。遊里で行われた占《うらない》の一種。簪《かんざし》を畳の上に落して、その向き方、又は落ちた所から畳の縁までの畳の編目《あみめ》の数の奇数偶数によって、吉凶を判定する。

三 茶屋の女房の巧妙なおあいその占と、客の嘘とが、一致した。これもまた、おかしいのである。

四 色三味線。遊女の弾く三味線。

五 明暦の頃島原の太鼓女郎河内が歌いはじめたという小唄。

六 「なげきながらも月日をおくる、さてもいのちはあるものを」（『当世なげ節』）の文句を引用する。

＊ 茶屋遊びの場面。屛風の前に客、その右に茶屋女。子供を抱いているのは茶屋の嬶《かか》。客の前には、渡《と》盞《さん》（盃を置く台）と、その左手に煙草盆（羅宇《らお》煙《きせ》管《る》を横たえる）がある。嬶の前に、燗鍋《かんなべ》（酒を燗し、直接酒盃に注ぐ）、女の前に、肴《さかな》を盛った重箱めいたもの二つ、足付きの盆が並んでいる。庭には、縁側の前に、柄杓《ひしやく》を置いた自然木の手水鉢《ちようずばち》が据えられ、まわりに小竹や蘭めいたものが植わっている。四角の踏み石と飛び石、手前に松の梢が見える。

「ひとつひとつ行く年《過ぎて行く》のかなしや。このまへは《以前は》、正月のくるを、はねつく事にうれしかりしに、はや、十九になりける。追付《おつつけ》、七脇《わき》ふたぎて《嫁入して》、八かかといはるべし。ふり袖《振袖を》の名残《なごり》も《名残惜しく着るのも》、ことしばかり」といふ。この客《きやく》、わるい事には、覚えつよく《記憶がよく》、「汝、このまへ、九花屋《はなや》に居し時は、一〇丸袖にてつとめ、京で十九というた事、大かた二十年にあまる。せんさくすれば《細かく数えると》、一一三十九のふりそで《その年まで若作りをして》。うき世に、何か名残《何も思い残す》あるべし《事もあるまい》。小作《こづく》り《小柄に》にうまれ付きたる徳」と、あたまおさへて《頭ごなしに》、むかしをかたれば《ありのままに》、この女、「ゆるし給へ」と手を合はせ、気のつまる《気づまりな》一二年せんさくやめて、うちとけて、夢むすぶうちに《情を交わしているうちに》、この女の母親らしきものの来て、ひそかによび出し、ひとつふたつ物いひしが、一三「何の事はない《とやかくいう事もない》。これが白《かほ》の見をさめ。一四十四五匁の事に、身をなげる」といふ。この女泪《なみだ》ぐみて、今までうへに着《き》たる、一五ぐんない嶋《じま》の小袖を、ふろしきづつみに《包んで》、手まはしはやくして、親にわたすありさま、いかにしても見かねて、また一六一かくとらせて戻し《一角与えて小袖をとりもどし》、心おもし《愉快そうに》

七 幼時に明けていた袖脇（八ツ口）を、成人すると塞いで詰袖にする。男は十七歳の春、女は十九歳の秋に行う。
八 下賤の者の妻を親しんで呼ぶ称。他人の妻にも自分の妻にもいう。もともと子が母を親しんでいう語である。
九 京の石垣町か八坂・清水あたりの色茶屋の名か。
一〇 袖の下部の角を丸く仕立てたもの。若い女が着る。
一一 客が好むので、茶屋女は四十近くまで振袖を着たという（『都風俗鑑』四）。
一二 遊里で遊女の年を穿鑿《せんさく》するのは嫌がられた。年よりも若く見せたいからである。
一三 「もはや万事あきらめた」という意。
一四 銀十四匁か十五匁か。
一五 郡内縞。甲斐国都留郡（郡内という）地方から産する縞の絹織物。「嶋」は縞の宛字として当時慣用。
一六 茶屋の嬶に花として既に一角（一歩判金）を与えたが、また茶屋女に一角を与え、鼻紙入のせいぜい三つのうち二つが消えたのである。

一　売色もした歌舞伎若衆の草履取。

二　「これはこれは、こんな所においでしたか」と見付け出した喜びを押えていう。

＊　借金取に責められるのを遁《のが》れるために大晦日の朝から家を留守にした出違い男の話である。行き先は一見の色茶屋で、頭から粋人らしく見せる。それを、茶屋の嚊と女が、粋人ごかしに合わせる。『西鶴置土産』の序文の「世界の偽《うそ》かたまつてひとつの美遊《びゆ》となれり。是をおもふに真言《まこと》をかたり揚屋に一日は暮しがたし」の通りの場面を描く。客は最後に化の皮をはがされ、笑いすてられて話は終る。あとには、しらじらした侘びしさが残る。

三　遺産分配の定法は。「所務」は、財産、または遺産。分配は、嫡子六分他子四分（『本朝桜陰比事』一ノ七）が慣習であった。

四　底本、「惣領《りう》」。女房（ニウバウ）、料理（リウリ）の読仮名をニョウボウ、リョウリと読むと同じくソウリョウと読む。

遺産分配の常法

ろう、声高《こゑだか》に物いふを聞き付け、若衆《わかしゅ》[一]のざうり取《とり》めきたる者二人〔逃げ場所を〕つけこみて《知ってはいりこみ》、「旦那《だんな》[二]《こんな所にいらっしゃる》これに御座ります。御宿へ《お家へ》、けさから、四五度もまゐれど、御留守は是非なし《致し方ありませんでした》。御目にかかるこそ幸《さい》はひ」と、何やらつめひらきしてのち《談判したのち》、銀あり次第、羽織《はおり》・わきざし・きるものひとつ預《あづ》かり、「跡《あと》は正月五日までに〔お願いします〕」といひ捨てて帰る。このおきやく、しゆびあしく《座のなりゆきわるく》、「人に〔無心を〕いひかけられて、合力《かふりよく》せねばならず《与えねばならず》。とかく、節季《せつき》に出ありくがわるい」と、これにも分別がほして《考え深そうな顔をして》、夜の明けがたにここを帰る。「たはけといふは、すこし脈がある人《見込みのある人》の事」と、笑うて果しける《この男を笑って事は終った》。

三　尤《もつと》も始末《しまつ》の異見《いけん》

所務《しよむ》[三]わけのたいはふは、たとへば、〔銀〕千貫目の身躰《しんだい》なれば、惣領《そうりやう》[四]に

仲人口、一　嫁入りの持参金の効果

〔銀〕四百貫目、居宅《ゐたく》《住んでいる家》に付けて渡し、二男に〔銀〕三百貫目、外に家屋敷を調《ととの》へゆづり《買ってゆずり》、三男は百貫目付け、他家へ養子《やうし》につかはし、もしまた娘あれば、三拾貫目の敷銀《しきぎん》《持参金》に、弐拾貫目の〔嫁入りの〕諸道具こしらへて、我が相応よりかるき縁組《自分の家柄より少し劣る相手との》、よし。むかしは、四十貫目が仕入れして《の嫁入り道具を調えて》、拾貫目の敷銀せしが、当代は、五銀をよぶ人心《嫁よりも持参金をほしがる》なれば、六ぬり長持《ながもち》に丁銀《ちやうぎん》、七雑《ざふ》長持に銭を入れて、送るべし《送るがよい》。

すこし、娘子《むすめご》は、八らふそくの火にては見せにくい皃《かほ》にても、九三十貫目が花に咲きて《華やかな趣をそえ》、花よめさまともてはやし《結構な花嫁様と〔仲人が〕ほめそやし》、「何が《何といっても》、手前者《てまへしや》《金持の》の子にて《子で》、ちひさい時から、うまいものばかりでそだてられ、一〇頬《ほほ》さきの握《にぎ》り出したる丸がほも、見よし。また、額《ひたひ》のひよつと出たも、一一かづきの着《き》ぶりがよいものなり。鼻《はな》の穴《あな》のひろきは、一二息《いき》づかひのせはしき事なし。髪のすくなきは、夏涼《なつすず》しく、腰《こし》のふときは、一三うちかけ小袖を不断《ふだん》めせば《着られれば》、これもよし。爪《つま》《指先》はづれのたくましきは、一四とりあげばばが首すぢへ、取りつくためによし」と、一五十難《なん》をひとつひとつ、

五「今時の仲人、先《ま》づ敷金の穿鑿《せんさく》して、後にて、その娘御《むすめご》は片輪ではないかと尋ねける。昔とは各別、欲ゆゑ人の願ひも変れり」(『日本永代蔵』五ノ五)。

六 漆塗の長持。衣類・夜具などを納める。

七 木地の長持で雑具を納める。

八 蠟燭の灯火は油火よりは明るく、婚礼には、その燭台を立て並べる。

九 銀三十貫目の持参金が、花と咲いて、娘を華やかに引き立てる。

一〇 頬骨のあたりが、つかみ出したように見える丸顔。「当世顔《たうせいがほ》は少し丸く」(『好色一代女』一ノ三)と、やや丸顔が好まれた。頬骨の出たのも、豊満なので、丸顔めくというのである。

一一 外出の時、婦人の頭から被り、顔を隠すのに用いた衣服。

一二 一儀の際の息づかい。大笑いの挿入。「両人鼻息せはしく」(『好色五人女』一ノ三)。

一三 婦人の礼服。かいどりとも。帯をした上から打掛けて着る小袖。

一四 出産の時、産婆の首筋にすがりついて力むために。

一五 多くの欠点。諺「色の白きは十難かくす」(『世間娘容気』一ノ一)。

揚屋遊びの物入り

よしなにいひなし〔よいように言いつくろい〕、「ここが、大事の胸算用《むねざんよう》。三十貫目の銀を、慥《たし》かに六[一]にして預《あづ》けて、毎月百八拾目づつをさまれば、これで、四人の口過ぎはゆるり〔食べて行くには充分である〕。内義に腰元《こしもと》[二]、中居女《なかゐ》[三]、物師[四]を添へて、[五]我がもの喰ひながら、人の機嫌《きげん》を取る嫁子《よめご》。みぢんも、心に女在《ぢよさい》[六]〔なく〕も、欲《よく》もなきお留守人《るすにん》[七]。うつくしきが見たくば、その色里に、それにばかりこしらへて〔売色のためばかりに身ごしらえをして〕、夜《よる》でも夜中でも、『御座りませい』〔と迎えてくれる〕。それはそれはおもしろうて、起き別るると、〔銀〕[八]七拾壱匁のかね声。『これはこれはおもしろからず』。つらつらおもんみるに〔よくよく考えてみると〕、揚屋《あげや》の酒《さけ》、小《こ》さかづ

一 月六厘の利息。銀三十貫では月百八十匁の利息。

二 貴人や富家に仕えて主人の身辺の雑用をする若い女。侍女。

三 「中居の役は、第一に奥様のお駕籠《のりもの》に小袖きてお供《とも》申すと、御祝義《しうぎ》事の御使勤めければ、長口上よく申して、女中のお客の折ふしは、すこしのれうりもして、不断はお膳の取さばき、広敷より内のはきさうぢ、屋敷がたにてお茶の間といふに同じ」（『西鶴織留』六ノ二）。「中通女《なかどおりおんな》」（略して中通）とも。

四 裁縫専門の奉公女。「縫物師」の上略という。

五 自身の持参金の利息で生計を賄っているをいう。

六 「如在」の宛字。（夫を）疎略にする気持。

七 留守番をする、人のよいお内儀。「留守人《るすにん》」は留守番をする人、又嬶《かか》の異称。「お留守」は愚者をいう。

八 島原の太夫を揚げるには必ず引舟女郎が付く。太夫（五十三匁）と引舟（十八匁）との揚代の合計は七十一匁（延宝六年刊『色道大鏡』一二）。起き別れると七十一匁を費消した暁の鐘の音が聞える。別れの憂さに金の憂さが加わるわびしさ。「それはそれは」とうけて「これはこれは」と洒落る。

* 丹波口の元日の明け方の景。駕籠から出かかっているのは朝込みの客。鉢巻の二人は駕籠舁《かき》。畳提灯を前に膝を突くは供の男。両手を突くは丹波口の茶屋の亭主。頭巾を被り二重の箱（一は山椒の粉、一は胡椒の粉を入れる）を提げ、羨しげに朝込みを眺

きに一盃《ぱい》、四分づつにつもり、若衆宿《わかしゆやど》[九]の奈良茶[一〇]、一盃《ぱい》八分づつにあたる、といへり。これを気を付けて見れば、各別《かくべつ》高いものながら、これ、土鍋《はうろく》[一一]の一盃とて、何のやうなし。義理もかきて、恋《こひ》もやめて、喰《くひ》にげ大じんにあふ事多し。さながら、それとて乞《こ》ひがたく、その客死《し》に分《ぶん》にして、さらりと帳を消し置きて、『おのれ、後《のち》の世に餓《が》[一二]鬼《き》となり、料理ごのみして喰うた煮鳥《いりとり》[一三]も、杉焼《すぎやき》[一四]も、くわつ〳〵と燃《も》えあがりて、目におそろしく、食代《めしだい》すまさぬ事、思ひしるべし』と、亭主《ていしゆ》は、火箸《ひばし》にて火鉢《ひばち》たたきて、うらみけるありさま、飛弾嶋《ひだじま》[一五]の羽織もらうた時の㒵《かほ》つきに、引きかへておそろし。惣じて、遊興《いうきよう》も、よいほどにやむべし。仕舞《しまひ》[一六]の見事なるは稀《まれ》なり。

銀四分ずつの計算になり
途方もなく
何の不思議なこともない
食逃げの大尽
しかしながら
取戻しがたく
死んだ者扱いにして
自分好みに料理させて
払っていない事の罪をその時
すべて

夜遊びせぬは始末の第一

これをおもへば、おもしろからずとも、堪忍《かんにん》をして、我が内の心やすく、夜食《やしよく》[一七]は冷食《ひやめし》に湯どうふ、干《ひ》ざかな有りあひに、借屋《しやくや》の親仁《おやぢ》に、板倉《いたくら》[一八]殿の瓢簞《へうたんく》[一九]公事《じ》の咄《はな》しをさせ、ことわりなしに高枕《たかまくら》して、腰《こし》元《もと》に足のゆびをひかせ、茶は、寐ながら、内義にもたせ置きて、手

我が家の
干魚のありあわせですまし
挨拶なしに
気ままに

めるのは烏丸の金持の跡取息子の落魄姿。
九 若衆（歌舞伎の少年俳優、特にその売色を業とする者）に売色させる茶屋をいう。陰間茶屋とも。
一〇「奈良茶飯《ちやめし》」の略。少し塩を加えた茶の二番煎じに、炒《いり》大豆・赤小豆《あずき》・焼栗などを入れて飯を炊き、一番煎じの茶を注いで食べる。浅草金竜山では一人前銀五分だった（『西鶴置土産』四ノ二）。
一一 諺。正しくは「焙烙の一倍」。焙烙は毀れ易いので、損失を見越して、価を倍にしておく。
一二 仏説では、この世で悪行を働いた者は、地獄・餓鬼・畜生の三悪道に赴く。餓鬼（餓鬼道に堕ちた亡者）は飲食物を得ても食べられず、飢渇の苦を受ける。
一三 酒煮《さかいり》の鳥。五九頁注一七参照。
一四 煮《た》いた味噌を杉箱に七分位詰め、魚鳥の肉をこれに入れて煮る。杉の移り香を喜ぶ。
一五 飛驒地方産の紬縞。格子縞が多い。
一六 遊興のやめ方。きれいに精算してやめるのは稀。
一七 夕食後、夜にとる軽い食事。当時は朝夕の二食。
一八 京都所司代板倉伊賀守勝重。その子重宗と共に近世初期の名判官と讃えられた。
一九 跡継ぎを決めずに死んだ商人から、瓢簞を遺品として与えられた三子のうち、坐りのよいのを貰った末子に跡を継がせた勝重の裁判話（『板倉政要』六）。「公事」は民事裁判。

も出さずに飲みけれども、[一]面々《めんめん》の竈将軍《かまどしやうぐん》、この内《この家に》に[二]つゞく兵《つはもの》《ならび立つ者》なければ、たれか外よりとがむる人なく、楽しみはこれで済む事なり。

旦那《だんな》うちにゐらるるとて、[三]表《おもて》の若い者《店の手代たち》どもも、[四]八坂《やさか》へ出かくる無分別《ふんべつ》をやめ、また、[五]御池《おいけ》あたりの[六]奉公人宿へ忍び《忍び逢い》の約束も、おのづからとまりて、只《ただ》はゐられず《何もしないでは》、[七]江戸状どもをさらへ《読みかえし》、[八]失念《しちねん》したる事どもを見出し、主人の徳《利益になること》のゆく事あり。捨たる反古《ほうぐ》《廃物となる》よりにひねる[九]でつちは、また内かた[一〇]へきこゆる程、[一一]手本よみて、手ならひするは、その身の徳《得》なり。宵寐《よひね》の[一二]久七も、[一三]鰤《ぶり》つつみたる菰《こも》をほどきて、[一四]銭《ぜに》さしをなへば、たけは、朝手まはしあしき《朝食の支度の手順に悪いと》とて《〔夜なべに〕》、蕪菜《かぶな》そろへける。[一五]お物師《ものし》は、[一六]日野《ひの》ぎぬのふしを一日仕事程取りける《昼間一日中仕事をした分くらい取り除く》。猫《ねこ》さへ[一七]眼《まなこ》三寸まないたを見ぬき、さかなかけごとりとしても、声を出して守《まも》りける。旦那《だんな》一人宿《家に》にゐらるる徳《利益》、一夜にさへ何程か。まして年中《ねんぢゆう》につもり《見つもる》ては《と》、大分の事ぞかし《ずいぶん多い事である》。すこし、お内義《〔に〕》、気にいらぬ所あらうとも、そこを了簡《れうけん》し給ひて《辛抱なさって》、

一 家の一人一人にとって戸主はその家の総大将。「竈」は所帯、一戸をいう。諺に「わが物食えば竈将軍」。
二 謡曲『現在巴』「続く兵《つはもの》なかりけり」等の文句取り。
三 「若い者」は手代をいう。十七八歳から二十七八歳の血気盛りで、丁稚と番頭との中間に位する。
四 八坂神社から南、清水坂にかけてのあたりの称。八坂塔・高台寺前・八軒屋などに色茶屋があった。
五 三条通りの北へ二町の、河原町より堀川に至る東西の町筋。
六 奉公人の周旋屋。身許保証人でもあるので、宿下りや奉公人同士の逢引きにも利用された。
七 江戸から送られて来た商業上の文書。
八 正しくは「しつねん」。
九 丁稚は夜間の余暇に読み書き算盤を稽古した。
一〇 表の店に対して内証ともいう。主人家族の居間。
一一 習字の手本。往復の書翰を集めた往来物で、習字と同時に、生活に必須の知識や語彙が習得できた。
一二 下男の通名。次行の「たけ（竹）」は下女の通名。
一三 丹後の名産の塩鰤。菰包みにされている。
一四 銭緡。一文銭の穴に通して束ねる縄。
一五 お針の女。
一六 近江日野地方産の絹織物。節《ふし》は糸の太くなった所。
一七 「三寸」は俎板《まないた》の厚さ。諺に「三寸俎を見抜く」。

一八わけ里《ざと》は皆うそ《嘘でなりたっている》、とさへおもへば、〔色遊びは〕やむもの。ここ見付くる《ここに気がつくのが》、若世《わかよ》一九の、をさまる所《治まる大切な所である》」と、京都の物になれたる《京都の事情によく馴れた》仲人口《なかうどぐち》にて、節季《せつき》の果《は》てに、長物《なが》がたり。耳の役に聞きても《いやいやながら聞いても》、あしからぬ事なり。

さるほどに《さて》、今時の女、見るを見まねに《見なれるままにまねて》、よき《色っぽい》色姿《いろすがた》に風俗をうつしける《遊女の姿に身なりを似せた》。都の呉服棚《ごふくだな》二〇の奥さまといはるる程の人、皆、遊女《いうぢよ》に取り違へる仕出し《と見まちがえる装いである》なり。また、手代二一あがり〔の男〕の内義は、おしなべて《一様に》、風呂《ふろ》屋二二ものに生移《いきうつ》し。それより、横町《よこちやう》の仕たて物屋・縫《ぬひ》はく屋二三の女房は、そのまま茶屋者二四の風義にて、それぞれに身躰《しんだい》ほどの色を作りて《色っぽい装いをして》、をかし。

素人女と遊女の比較

せんぎして見るに、傾城《けいせい》と地女に、別《べち》二五に替つた事もなけれども、第一、気がどんで二六、物がくどうて、いやしい所があつて、文《手紙》二七の書きやうが違うて、酒の呑《の》みぶりが下手《へた》で、歌うたふ事がならいで《できないで》、衣裳《いしやう》つきが取ひろげて《着つけが下手で》、立居《たちゐ》があぶなうて、道中《歩きぶり》二八が腰がふら〳〵として、床《とこ》二九で味噌塩《みそしほ》の事をいひ出して、始末《しまつ》三〇で鼻紙《はなかみ》一枚づつつかうて、伽羅《きやら》三一

眼力の鋭いことをいう。
一八 分里。遊里。「わけ」は男女間の情事。
一九 若代とも。若い主人の世代。
二〇 室町通りに多い。多くは御所方・幕府・大名の御用達の富裕な呉服所《じよ》であった。
二一 手代を十年勤めると番頭になり、妻帯すると通い番頭になり、さらに暖簾分けを許され別家し、独立する。
二二 湯女《ゆな》。私娼の一種。
二三 刺繡の外、模様の際箔《きわはく》・摺箔をする職人。
二四 色茶屋の女。
二五 「べち」は「べつ」の慣用音。特別に。
二六 鈍。気のきかぬこと。
二七 遊女は手紙を情深く書くが、素人女のは堅苦しい。
二八 太夫・天神の揚屋への往復を道中《どうちゆう》という。腰を据え裾を蹴出して特種な歩き方をした。それと比較させようと、素人女の歩きぶりをも道中といった。
二九 寝床での色めかしい情趣を毀す台所話をする。
三〇 倹約のために。遊女は床では鼻紙を遠慮なく使い捨てるが、素人女はけちけちと一枚ずつ使う。
三一 遊女は高価な伽羅を身嗜みに焚きくゆらせるが、素人女は薬用にしか使わない。

は飲《のみ》ぐすりと覚えて（思いこんで〔など〕）、万《よろづ》に気のつまるばかり（うっとうしい事ばかり）。髪《かみ》かしらは大かた似《に》たものといへば（〔いわれるものの〕）、同じ事にいふも愚《おろ》かなり。女郎《ぢよらう》ぐるひする程のものに、うときは（世情に通じない者は）ひとりもなし。そのかしこきやつが、このまうけにくい金銀を、乞ひつめらるる（支払いをせめたてられる）借銀、一目安《めやす》付けられし預《あづ》かり銀のかた（方）へは済《す》まさずして（支払わないで）、大分《だいぶん》物入りの二正月を請《う》けあひ（ひきうけ）、万事の入用を（費用を）、はや、極月《しはす》十三日に、三ことはじめとてつかはしける（送りとどけさせる）。よくよくおもしろければこそなれ（そうするのだ）。四ここは分別《ふんべつ》の外《ほか》ぞかし。

五烏丸通《からすまるどほ》り、歴々（の大金持が）、兄弟に六有銀《ありがね》（現銀）五百貫目づつ譲《ゆづ》りわたされけるに、弟《おとと》は次第に仕出し（家業を盛大にし）、程なく、弐千貫目と一門《もん》のうちからさす（評判する）程なるに、兄《あに》は譲《ゆづ》りうけて四年目の大晦日に、七「天道《てんたう》は人を殺し給はず。今宵《こよひ》月夜ならば、むかしを（〔裕福であった〕）思ひ出して、これが売りにあるかるるも（〔みじめな姿が恥しく〕）のか。闇で八手くだがなる事（人に見知られないでできる）」と、九紙子頭巾《かみこづきん》ふか〳〵とかぶり、一〇山椒《さんせう》の粉《こ》、こせうの粉《こ》を売りまはりて、かなしき年を取り（貧しいままに年をとり）、心うか〳〵と一一丹波《たんば》口まで行くうちに、夜は明けがたになりぬ。世にある時（大尽であった時）の朝一二

等分の遺産をついだ子供二人の行末

一 事件を訴訟に持ち出すことを目安をつけるという。「目安」は目安書《がき》、原告より提出する訴状のこと。
二 正月買い。大晦日から正月三日まで遊女を揚げづめにすること。一年中で最も多くの費用がかかる。
三 事始め。正月の準備を始める日。
四 この事は、理性で判断できぬところである。
五 京の中京の地名。呉服屋・両替屋など金持が多い。
六 所持金。
七 諺。天は人を見殺しにはなさらぬ。
八 「手くだり」の略。人をだますためのやりくり。
九 紙子で作った安価な頭巾。六六頁挿絵参照。
一〇 山椒は香辛料や健胃剤に使う。胡椒も同様。
一一 京の六条から南へ、大宮通りを藪の前町で西へ折れると丹波街道、それを南へ折れると一貫町。その辺を丹波口といい、茶屋が多かった。遊客は、そこで編笠を借りて島原へ行く。
一二 前夜差支えて遊廓に行けなかった客が、翌朝未明、廓の大門が開かれると共に入り込み、夜明けまで遊ぶこと。
＊ 冒頭に、遺産分配のしきたりを述べ、娘には持参金の大切な事をいう。ついで京の仲人を割り込ませ、持参金つきの嫁に辛抱して遊女狂いをやめ家を治めるよさを述べさせる。しかし素人女よりは遊女をよしとする。終りは烏丸通りの歴々の子供

ごみ、思ひ出してぞ、帰りし。

四　門柱《かどばしら》も皆《みな》かりの世

惣《そう》じて《すべて》、物に馴《な》れては、もの畏《おぢ》[一三]をせぬものぞかし。都のあそび所《どころ》嶋《しま》ばらの入口を、小うたにうとふ[一四]朱雀《しゆじやか》[一五]の細道《ほそみち》といふ〔いうが　その入口は〕、野辺なり。秋の田のみのる折ふし、諸鳥《しよてう》をおどすために、案山子《かがし》[一六]をこしらへ、ふるきあみ笠《がさ》を着せ、竹杖《たけづゑ》をつかせ置きしに、鳶《とび》・烏《からす》も、不断《ふだん》焼印《やきいん》[一七]の大あみ笠を見付けて《見馴れて》、これも供《とも》なしの大じん《大尽》と思ひ、すこしもおどろかず。のちは、笠《かさ》の上にもとまり、案山子《かがし》を、帥《すい》[一八]ごかしにあはせける。

されば《さて》、世の中に、借銭乞《しやくせんこ》ひ《借金取》に出あふほど、おそろしきものはまたもなきに、数年《すねん》肩《お》ひつけたるものは《借金をしなれている者は》、大晦日にも出違《でちが》[一九]はず。「むかし《昔から》

二人は同額の遺産をついだが、弟は富み栄え、兄は大尽となって金を使い果し没落したと、冒頭に照応して結ぶ。一篇、面白い語り口で世相を描写する。しかし、烏丸通りの放蕩息子によって、自己のわがままをあくまで貫こうとする男と、それを否定する理法の酷しさに触れ、人間精神の悲劇的なさまをさらりと見せて終るのは、さすがである。

鳶・烏も案山子を恐れぬ

一三 音は、ク。易林本『節用集』に「ヲビユ　恐也」。

一四 投節の唱歌に、「通ひ馴れにし朱雀の野辺の露はものかはわが涙」(『松の葉』五、古今百首なげぶし)など。

一五 丹波口から島原の大門に至る田圃道。

一六 底本の訓「かかし」。『物類称呼』四に「関西より北越辺かがしといふ。関東にてかかしと清みていふ」。

一七 茶屋の焼印を押した編笠。客は茶屋で休み、これを被って島原大門に至る。

一八 帥人（粋人）扱いにして軽蔑したり利用したりする。

一九 掛乞いの来るのを避けて家を出て行くこと。

一 諺。金の実る木。無限に生ずる財源の譬え。
二 諺。『毛吹草』二に「まかぬたねははえず」。
三 「包」は「庖」と同じ、くりや。料理人をいうが、国語としては料理用の刃物。
四 真魚箸。魚鳥を料理する時、左手で使う長い箸。木や鉄で作る。
五 「刃《は》」に同じ。刀などの物を切る部分。「摩　トグ」(『類聚名義抄』法下)。
六 「渋　サビ」(天正十八年本『節用集』)。錆と同じ。
七 田作り。片口鰯を素干しにしたもの。正月などの祝賀の料理に使う。
八 腹脹《ふく》れ。肥ふくれとも。貪欲者。金持を罵る語。

＊ 材木屋の丁稚《でっち》の掛乞いの場面。大槌で門口の柱を叩きかかっている角前髪《すみまえがみ》が材木屋の丁稚。片肌脱ぎでたち向っているのはその家の亭主。その右は嬶。両手をあげて仲裁しかかっているのは隣人か。むかって左下隅の、両荷を降し、天秤棒を横たえ、驚いている鉢巻の男は、山草や神の松売である。門口の表には、門松を立て、竹棹を渡して、山草・橙《だいだい》・昆布・伊勢海老・前垂注連が飾られている。喧嘩に目を注いでいる右頁の五人は通

しが《今まで》今に、借銭にて、首《くび》切られたるためしもなし。あるもの、やらで置くではなし。やりたけれども、ないものはなし。おもふままなら、今の間《ま》に、銀《かね》一のなる木をほしや。さても、まかぬ種《たね》二ははえぬものかな」と、庭木《にはき》の片隅《かたすみ》の、日のあたる所に、古むしろを敷き、包丁《はうちやう》三・まなばし四の切刃《きりは》五を摩《と》ぎ付けて、「せつかく渋《さび》六おとしてから、小鰯《ごまめ》七一疋《ぴき》切る事にはあらねども、人の気はしれぬもの、今にも、俄《には》かに腹

のたつ事が出来て、自害《じがい》する用にも立つ事もあるべし。我、年つもつて五十六、命のをしき事はなきに、中京の分限者《ぶげんしや》の腹《はら》八はれ

どもが、因果と若死《わかじに》しけるに《するが》、われらが買ひが《わしの掛買の借金を》かり、さらりと済《す》まして《払って》くれるならば、[九]氏神稲《うぢがみいな》荷《り》大明神も[一〇]照覧《せうらん》あれ《御覧下され》。偽りなしに、腹《はら》かき切つて、身がはりに立つ」と、そのまま《そっくり》[一一]狐付《きつねつ》きの眼《まなこ》して、包丁《はうちやう》取りまはす所へ、[一二]唐丸嘴《たうまるくちばし》ならして来《き》たる。「おのれ、[一三]死出《しで》のかどでに《門出の血祭りに》」と、細首《ほそくび》うちおとせば、これを見て、掛乞《かけご》ひども、肝《きも》をつぶし、「無分別《むふんべつ》ものに、[一四]言葉質《ことばじち》とられてはむつかし《面倒だ》」と、ひとりひとり帰りさまに《がけに》、茶釜《ちやがま》のさきに《向うに》立ちながら、「あんな気の短い男《をとこ》に、添はしやるお内義が、縁とは申しながら、いとしい事《かわいそうなこと》ぢや」と、

行人。杖を突く座頭。入日記《いりにつき》を腰にさげた手代。平樽を肩にする酒屋の男。板台に鰤を載せた男。板台に羽子板と破魔弓を載せた娘。籠に通した天秤棒を息杖に支えて立ち止まる頰かぶりの男は土器などの行商人か。

九 伏見深草の稲荷神社。京の五条松原通り以南、東九条・西九条上下の諸町の氏神、御旅所は油小路九条にあった。

一〇 神仏を証人に立てて誓言する時の常套語。

一一 狐の霊がとりついた人。一種の精神病を、当時は、狐のせいにした。

一二 中国原産の大形で尾の短い、闘鶏用の鶏。

一三 死出の山への旅の出立に、犠牲《いけにえ》を殺して神にささげようと。死出の山は、死後に行く冥土にある山。

一四 あとで言いがかりの種にされる言葉。

おのおのいひ捨てて帰りける。これ、ある手ながら《よくあるやり方だが》、手のわるい節《やり方の悪辣な》[一]季仕廻《じまひ》なり。何の詫言《わびごと》もせずに、さらりと埒《らち》を明けける《事をすませた》。

材木屋の丁稚の掛の取り方

そのかけごひ《掛取り》の中に、ほり川の材木屋の小者《こもの》[二]、いまだ十八九の角《すみ》[三]前《まへ》がみ、しかもよわ〳〵として女のやうなる生《うま》れ付《つ》きにて、心のつよき所ある若い者なりしが、亭主《ていしゆ》がおどし仕かけの《の芝居の》うちは、かまはず《とりあわずに》竹縁《たけえん》に腰かけて、袂《たもと》より珠数《じゆず》取り出して、一粒[四]づつくりて、口の中にて称名《しようみやう》[五]となへて《念仏を唱えて》居しが、人もなく、事しづまつて後《のち》、「さて、狂言《きやうげん》[六]は果てたさうに御座る《すんだようでございますな》。わたくしかたの《私の方の分を》、請け取つて帰りましよ」と申せば、「男盛《ざか》りの者どもさへ、了簡《れうけん》して《聞きわけて》帰るに、おのれ一人跡《あと》に残り、物を子細らしく《心得顔にもったいぶって》、人のする事を、狂言とは」「このいそがしき中に、無用の《役にも立たない》死《しに》[七]てんがう《自殺の芝居》と存じた」「その詮議《せんぎ》[八]、いらぬ事」「とかく《とにかく》、とらねば、帰らぬ」「何を」「銀子《ぎんす》を」「何ものがとる《誰が取るのか》」「何もの[九]《誰がだって》。取るが我等が得もの《取るのが私の得意》。傍輩《はうばい》あまたの中に、人の手にあまつて、とりにくいかけばかりを、二十七軒、わたくし請け取る。こ

一 年末に貸借の結末をつけること。
二 丁稚。
三 商家の丁稚は十五歳前後に前髪の額ぎわを剃って角を入れた、その髪型。これを半元服という。
四 南無阿弥陀仏と唱える度に、数珠を一粒ずつ繰って、その回数を知る。
五 仏の名、特に南無阿弥陀仏の六字を唱えること。
六 芝居。仕組んだ演戯。
七 「てんがう」は転合・転業とも書く。ふざけること。
八 調べたてること。
九 相手の質問「何ものがとる」の「何もの」を繰り返した。何者が取るだって、わかりきった事よ、と相手を軽蔑した語調である。

一〇 家屋の内部を改造すること。

一一 いいがかりをつけてゆすること。「もがりといふは、非道をもとゝしていひぶんをこしらへ、理《り》をうるたくみなどする者を、かくいふなり」（『色道大鏡』一）。「虎落」は、中国では、割竹を連ねて作った竹矢来。わが国では、竹を筋違いに組合せ縄で結んだ柵、竹もがり。また、枝のついた竹などを立て並べ、物を干すのに用いるもの、もがり竿。

一二 何事にも口出しをして理屈をこねる者。「虎落《もがり》」に近い。

材木屋の丁稚の教訓

の帳面《ちやうめん》見給へ。二十六軒取り済《す》まして、ここばかり。とらでは帰らぬ所。この銀済まぬうちは、一〇内普請《ぶしん》なされた材木は、こち（こっち）のもの。さらば、取つて帰らん」と、門口の柱から、大槌《おほづち》にて打ちはづせば、亭主《ていしゆ》かけ出で、「堪忍《かんにん》ならぬ」といふ。「これこれ、そなたの一一虎落《もがり》、今時は古し。当流（当世流）が、合点《がてん》まゐらぬさうな（おわかりでないようだ）。この柱はづして取るが、当世のかけの乞ひやう（掛の取り方だ）」と、すこしもおどろくけしきなければ、亭《てい》主《しゆ》何ともならず、詫言《わびごと》して、残らず代銀済ましぬ。

「銀子請け取つて、申し分はなけれども、いかにしても、こなたの横に出やう（無理の押しよう）がふるい。随分物に一二かかりしや（言掛りをつける者）が、それでは御座らぬ（よくありませぬ）。お内義によくよくいひふくめて、大晦日の昼《ひる》時分から、夫婦《ふうふ》いさかひ仕出し（喧嘩をわざと演じて）、御内義は着るものを着かへ、『この家を出て行くまいでは御座らぬ。出て行くからは、人死《ひとじに》が二三人もあるが、合点《がつてん》か（承知か）。大事（大へんな事）ぢやぞ。そこな人。是非《ぜひ》いねか（出て行けというのか）。いなずに〔おくものか〕。いんで見しよ（出て行ってみせる）』といはるるとき、『何とぞ借銭《しやくせん》もなして（返して）、跡《あと》々にて（死後に）、人にも云ひ出さる〔迷惑をかけなかったと〕

るやうに《〔したい〕》。[一]人は一代《だい》、名は末代。是非もない事《〔と思ったが今となっては〕》。[二]今月今日百年目。さてさて口をしい事かな』と、何でもいらぬ反古《ほうぐ》を、大事《だいじ》のもののやうな㒵《かほ》つきして、一枚々々引きさいて捨つるを見ては、いかなる掛乞ひも、しばしは居ぬもので《暫くもその場にいぬもので》御座る」といへば、「今まで、この手は出しませなんだ。おかげによつて、来年の大晦日は、女房ども《女房よ》、これで済《す》ます事ぢや。さてもさても、こなた《あなた》は若いが、思案は[三]一越《こ》しこした《私より一段上》年のくれ《おかげで越せる年の暮》。たがひの[四]身《み》祝ひなれば」とて、最前《さいぜん》の鶏《にはとり》の毛《け》を引きて《むしって》、これを吸《すひ》ものにして、酒もりて《酒盛りをして》、かへして《〔丁稚を〕》後、「来年の事までもなし。毎年、夜ふけてから、むつかしい《面倒な》掛乞《かけご》ひども来るぞ」とて、俄《には》かにいさかひをこしらへ置き《仕組んでおき》、よろづの事をすましける《支払いの事をすべて片付けた》。

誰《た》がいふともなく、後には、「[五]大宮通りの喧嘩屋《けんくわや》」とぞいへり。

一 諺。死ねば、肉体は亡ぶが、名誉は末代まで残る。汚名は残したくないの意。

二 今月今日が運命の尽きる日だ。すなわち、自殺する意。「福徳の百年めよき仕合せなり」（『好色盛衰記』四ノ三）の如く好運にもいうが、ここでは「もはや百年目と、死出立ちになりて」（『西鶴諸国はなし』三ノ三）の如く、悪運の到来をいう。

三 一段階勝れている事をいう（『色道大鏡』六）。

四 自分自身や家族のためにする祝。

五 京都市街を南北に走る町筋の一つ。ここはその五条松原以南の場末。大宮五条下ル付近は、丹波産の畳表を商う店が多かった（『国華万葉記』一）。

＊ 馴れるとものおじしなくなるもの。島原の入口の烏は、案山子を見馴れた大尽と思い、その笠にとまって粋ごかしにあわせると、軽口咄を枕とする。掛取りを恐れなくなった男が、自殺を演じて包丁をふり廻し、鶏の首を落して、掛取りを退散させる。一人残った材木屋のやさ方の丁稚が、いきなり大槌で門柱をはずしかかり、男に掛を払わせる。丁稚は、狂言自殺は古くさいと、新案の夫婦喧嘩を伝授する。男は満足して、さきほどの鶏を料理して、丁稚と酒盛をする。

構成緊密、各場面狂言で成り立ち、咄し口の巧みさと共に、咄の面白さをたんのうさせる。その面白さの中で、狂言を演じなければ生きられぬ人間のさがの哀れさを、つきつけられる。

入絵

世間胸算用

三

大晦日は一日千金

胸《むね》算《ざん》用《よう》　巻三

大晦日は一日千金

目[一]録

一　底本にはなし。

二　面見世《つらみせ》ともいう。新契約の役者を披露する意味で十一月一日から興行する芝居。当時は、一年契約で、十月に一座の役者を入替え、十一月・正月・三月・五月・七月・九月と興行した。

三　自慢のしゃれた羽織。

四　被き物。頭にかぶる物。人に欺かれて損をかぶった意を掛ける。

五　柳の枝などに種々の形の小さな餅を花のようにつけたもの。正月に神棚に供える。

六　「詠」は「眺」に通用される。

七　言葉にあわせて身ぶり手真似をして舞うこと。

三　小判《こばん》は寐姿《ねすがた》の夢
ほど積まれている夢
無間《むげん》の鐘《かね》つくづくと物案《あん》じ
大つごもりの人置のかか

四　神さへお目ちがひ
堺《さかひ》は内証《ないしよう》のよい所
大晦日の因果《いんぐわ》物がたり
不仕合せ物語

一　遠江国（静岡県）榛原郡小夜の中山の観音寺にあった鐘。これを撞《つ》くと、現世では金持になるが来世では無間地獄へ堕ちるという。撞く者多く、明応の頃、住持は、これを古井戸に埋めた。人々は、埋めた土に榊《さかき》の枝を逆に打込むと同じ効験があると、打込むものが絶えなかったという（『日本鹿子』六）。

二　遊女や奉公人の周旋をする女。

三　不運な話。鈴木正三の仮名草子『因果物語』にいいかけたのである。

四　顔見世や初春興行の序幕の前に、祝儀として演ずる舞。「所繁昌と守らん」の台詞で舞い納める。

＊「舞ひをさめ」は連句的な中止であり、「天下の町人…」との間に断絶がある。〔…と舞い納めた。その台詞の如く、見物の衆は景気がよい。それを見ても〕と補って読まねばならぬ。

一　都《みやこ》の㒵《かほ》見せ芝居《しばゐ》

京の人は平生始末して事ある時は大気になる

今日《こんにち》の三番三《さんばそう》〔も〕[四]「所繁昌《はんじやう》」と舞ひをさめ、天下[五]の町人なれば、京の人心、〔は〕何ぞといふ時《何かという大事な時》は大気《たいき》なる事《気前がよいという事》、これまことなり《まことにその通りである》。これ、常に胸《むね》算用《ざんよう》して、随分《ずいぶん》始末《し まつ》《倹約》のよき故《ゆゑ》ぞかし。

能見物に京の人の大気さ

過ぎし秋《去年の》、京都に於て、加賀の金春[六]《こんぱる》、勧進能[七]《くわんじんのう》を仕《つかまつ》りけるに、四日[八]《四日間》の桟敷《さじき》、一軒を銀拾枚[九]づつと定めしに、皆借り切りて明所《あきど》《空もなく》なく、しかも能《のう》より前《さき》に、銀子《ぎんす》渡しける。この度、大事ある《大事な秘伝のある》関寺小町[一〇]《せきでらこまち》すると いへば、これ一番の見物《みもの》と、諸人勇《しよにんいさ》みて鼻笛[一一]《はなぶえ》を吹きける《鼻を鳴らして喜んだが》に、鼓[一二]《つづみ》に障《さは》る事ありて、関寺の能組《のうぐみ》《能の番組が》かはりぬ。それさへ《それでさえ》、木戸口[一三]《きどぐち》は、夜のうちに《夜の明けないうちに》、見る人山のごとし。

江戸町人の大気は京を越える

中にも、江戸の者、われひとり見るために、銀十枚の桟敷を二軒

五　徳川将軍を俗に天下様といい、幕府直轄地の京・江戸・大坂などの町人を、他の城下町の町人と区別して天下の町人と言った。
六　加賀藩抱えの金春流の能太夫、京都に住んでいた竹田権兵衛広富。禄三百石。元禄四年に京で勧進能を興行した。
七　室町時代、寺社の建立・修補などに寄付させるために催された能。晴天三日または四日にわたる。後には勧進の意義は失われ、観覧料をとる単なる興行としても行われた。
八　四日間の桟敷の賃料。「桟敷」は、見物しやすいように一段高く作った席。
九　銀一枚は、四十三匁。
一〇　世阿弥作か。三番目物。謡曲の三秘曲（関寺小町・檜垣・姥捨）のうちの最高位の曲。型・謡・囃子に重い習い事があり、家元の免許が無ければ演ずることはできない。特に金春流では家元の一子相伝で、弟子方には許さない。
一一　「鼻を鳴らす」ともいい、大いに喜ぶさま。
一二　関寺小町の小鼓役も、家元の免許が無ければ出演することはできない。その資格者に故障が起ったのであろう。
一三　芝居などの興行場の出入口。

とりて、[一]猩々皮《しやうじやうひ》の敷もの、道具《だうぐ》置《お》きの棚《たな》をつらせ、[二]腰屏風《こしびやうぶ》・[三]枕箱《まくらばこ》、その後ろに[四]料理《れうり》の間《ま》〔を作らせ〕、さまざまの魚鳥《ぎよてう》、[五]髭籠《ひげこ》に折ふしの[六]水菓子《ぐわし》。次の桟敷に、[七]風炉《ふろ》釜《がま》を仕かけ《設け》、[八]割蓋《わりぶた》の杉手桶《すぎておけ》に「[九]宇治橋《うぢばし》」「音羽川《おとはがは》」と書付《かきつけ》してならべ、医者・ごふくや・儒者《じゆしや》・[一〇]唐物《からもの》屋・連歌《れんが》師など入りまじり、そのうしろの方には、嶋ばらの揚屋《あげや》・四条の[一一]子共宿・都[一二]にしれたる《名の知られた》末社《まつしや》・按摩《あんま》取り・[一三]兵法《ひやうほふ》づかひの牢人《らうにん》までひかへたり。桟敷の下は、供駕《ともか》籠《ご》・かり湯殿《ゆどの》・かり雪隠《せつちん》、何にても不自由《じいう》なる事ひとつもなきやうに拵《こしら》へ《設備し》、栄花《ぜいたくな》なる見物《けんぶつ》。この心は何とな

一　深紅色の羅沙。「羅沙ハ阿蘭陀ヨリ来ル毛織ノ上品也。紅・黒・青・白・褐《カチン》ノ数色有リ。其ノ絳《モミイロ》ノ者ヲ猩猩皮ト名ヅク」(『和漢三才図会』二七)。後、京都でも織出したが、極めて高価であった。

二　腰までの高さの屏風。

三　枕を入れる箱。煙草・金銭その他手廻りの品をもいれた。

四　「科」は「料」の書き誤り。桟敷一軒のうちを仕切って料理の間を作ったのである。

五　割竹で粗く編み、編み残した先が髭のようになっている籠。

六　水分の多い果実。

七　茶の湯に用いる風炉と釜。風炉は茶の湯で席上に置き、火を入れ、釜をかけて湯を沸かすもの。夏秋に炉の代りに使う。

八　蓋が二つに割れた、杉の手桶形の水指(水入)。

九　宇治川にかかる宇治橋の三の間の水と、清水寺の音羽の滝を水源とする音羽川の水とを取寄せたのである。共に茶の湯に使う名水。

一〇　長崎に入る外国製品を国内で売買する商人。

一一　子供宿。若衆宿とも。歌舞伎若衆や陰間《かげま》(まだ舞台に出さない養成中の少年)を抱えて男色を売らせる家。四条大橋東側の縄手や宮川町付近に多かった。

一二　「末社」は太鼓持。当時都の末社四天王と言われた願西の弥七・神楽の庄左衛門・鸚鵡の吉兵衛・乱酒の与左衛門や花咲左吉などが有名であった。

く豊かなり。この人、大名の子にもあらず、只金銀にてかくなる事なれば、何《があるだけでかような栄華のできる事ゆえ》に付けても銀《かね》まうけして、心任《まか》せの慰《なぐさ》みすべし。

かかる人は、跡《あと》[一四]のへらぬ分別《ふんべつ》しての楽しみふかし。

金持とも言えぬ者は霜先の金遣いに用心すべき事

身躰《しんだい》さもなき人《これほどない人は》、霜さき[一五]の金銀あだ《無駄に》につかふ事なかれ。九月の節《せつ》[一六]句《く》過ぎより大《おほ》ぐれ《大晦日》までは、遠い[一七]事のやうに《多くの日数のあるように》思ひ、万人渡世《ばんにんとせい》に油断をする事ぞかし。十月はじめより、日和《ひより》定めがたく、時雨《しぐれ》・凩《こがらし》のはげしく、人の気も、これにつれておのづからさうざうしく《落ちつかず》、諸事《しょじ》を春《正月》の事とて《になってからの事といって》のばし、当分のまかなひ《間にあわせの手当だけで》ばかりにくれければ《日を送るので》、花[一八]車商《きやしやあきな》ひ・

一三 剣術遣い。兵法は戦術の他に剣術・武術をもいう。

＊ 四条河原の荒木与次兵衛座前の暁の景。右頁は、楽屋入りの役者たち（編笠・振袖姿の二人は若衆）。提灯を持つ二人の男が先に立ち、挟箱持と足袋裸足の草履取が後に従う。左頁は、見物の人人。櫓には二本の梵天が立ち、三本の毛槍が横たえてあり、幕を三面に張る。幕の「丸に吉」は太夫本荒木与次兵衛の定紋。櫓下看板に「あら木／太夫本／与次兵衛」と「村山平十良」との名題役者の看板、同左には「きやうけんづくし」（「物真似狂言尽し」の略、歌舞伎狂言のこと）の看板を掲げ、櫓下左右に大提灯を吊す。見物客の一人は鼠木戸を潜り入りかけており、被《かず》きの女の供の中居女は、買ったばかりの木戸札を主に見せている。札売場には二人の男の膝と木戸札・銭が見える。

一四 金を遣っても、それだけ財産が減らないように工夫した上での遊興なので、その楽しみは深い。

一五 霜の降り始める陰暦十月頃。年末をひかえる。

一六 九月九日の重陽の節句。その前日が支払日。

一七 当時支払日は約二月毎であるが、九月の節句から大晦日までは約三月の間支払日はなく気が弛む。

一八 趣味・装飾の高級品を扱う品のよい商売。「花車」は華奢の意の慣用語。

諸職人《しよしよくにん》の細工《さいく》も、思案替りて〔売れぬ事と思い〕やめける〔仕入や製作を〕。次第に朝霜《あさじも》・夕風、人皆冬籠《ごも》りの火燵《こたつ》に宵寐《よひね》して、それぞれの家業外《かげふ》になり行き（はお留守になり）、さしつまりて迷惑する事なり（経営の融通がきかなくなって困惑するものなのである）。

その後、法華寺《ほつけでら》[1]の御影供《みえいく》、浄土宗の十夜談義《だんぎ》[2]、東福寺《とうふくじ》[3]の開山忌《かいさんき》参り、一向宗《いつかうしゆう》[4]のおとりこし、または玄猪《ゐのこ》[5]の祝義《しうぎ》に夜のあそび。稲荷《いなり》[6]のお火焼《ほたき》の比《ころ》、河原《かはら》[7]の役者入れ替りて皃《かほ》みせ芝ゐの時分《じぶん》は、同じ人また[8]珍《めづ》らしく、見る人もまたうき立ち、けふはその座本[9]、明日《あす》はこの太夫本《たいふもと》[10]、その次は「誰《たれ》が座に大坂の若衆《わかしゆう》[11]がたが出る」など沙汰して（噂をして）、水茶屋《ぢやや》[12]よりかねて桟敷《さじき》とらせ、内証《ないしよう》より近付きの芸者（楽屋から贔屓の役者）に花をとらせ（祝儀を与え）、「旦那お出《い》で」〔役者から〕〔なさいまし〕といはるるまで（いわれるだけの）の外聞《ぐわいぶん》に、無用の気をはりける（見栄のために無駄な気前を見せる）。提《さげ》[13]重酒《ぢゆうざけ》がとりのぼして（大気にさせて）、我が宿（自分の家）へはすぐに帰らず、石垣町《いしがけ》[14]の二階座敷〔茶屋の〕に、切狂言《きりきやうげん》[15]の踊《をどり》をうつし（再演し）、王城《わうじやう》[16]の辰巳《たつみ》あがりなる声して（東南の地で甲高い下卑た声で）、えい山《ざん》（比叡山）へも響きわたる程のさわぎ。京に人も見しる程の者にして、「あれは、[17]たれ様の御《ご》[18]ふく所《じよ》〔出入の〕」「どなたの掛屋《かけや》[19]」などいふさへ、悪所《あくしよ》（芝居町）のさわぎ

一 法華宗の寺は日蓮の忌日十月十三日に、その御影を掲げ、法会を営む。御影講《みえいこう》・御名講《おめいこう》ともいう。
二 浄土宗の寺は十月五日から十日間毎夜念仏・読経・法談を行う。十夜念仏・御十夜《おじゅうや》ともいう。
三 十月十六日の東福寺開山聖一国師の宿忌には、寺宝の展観・国師の木像の御成《おなり》があり、通天橋の紅葉も見頃、群参して、京都人の年中の遊覧の終りとする。
四 東西両本願寺では十一月二十二日より親鸞上人の忌日の二十八日まで法要を営み、法恩講という。本寺や在家では一箇月繰りあげて行い、お取越という。
五 十月の亥の日に餅を搗いて祝い、猪にあやかって子孫繁盛を祈る。
六 十一月八日伏見の稲荷社で庭火を焚き、神饌を供える神事。鍛冶屋等は守護神ゆえ盛大に祝った。
七 四条河原。四条大橋東詰の南北と大和大路縄手西側に芝居小屋が並び寛文・元禄頃には六、七軒あった。
八 九月までの興行に出ていた役者が、顔見世に引続いて出ても、不思議に新鮮な感じがして。
九 一座の代表者。上方では役者の筆頭が勤める。
一〇 興行の名義人で、一座の役者の監督をも兼ねる。
一一 前髪の若衆に扮する役柄の歌舞伎役者。
一二 桟敷の予約や食事の世話をした。後の芝居茶屋。
一三 携帯用の重箱に料理と共に詰めてある酒。
一四 四条から五条までの鴨川両岸の町。東石垣町・西石垣町といい、色茶屋・陰間宿が多い。
一五 その日の最後の狂言。終りに座中役者の総踊りがあ

って打出しとなる。
一六 石垣町は王城（御所）の辰巳（東南）に当る。甲《かん》高い調子はずれの声を、辰巳上がりという。辰巳を方角と声にかけた。「さてあの比叡山は、王城より丑寅に当つて候ふよなう」（謡曲『兼平』）を踏まえる。
一七 底本「あれば」の濁点は誤刻。
一八 禁裏・幕府・大名・高家の御用達の呉服屋。
一九 京・大坂の諸大名の蔵屋敷の蔵物の処分に与《あずか》り、金融にも応じた商人。多くは両替屋で、扶持を受けた。
二〇 藁で丸く編んだ敷物。半畳。平土間の客が借りる。
二一 初代荒木与次兵衛。立役。元禄十三年没。
二二 舞台に近いほど桟敷代は高い。
二三 東は西洞院川より西は堀川まで、北は四条通りより南は五条松原通りまでの一区画をいう。染物屋・晒屋・紙屋などが多かった。下京に属する。上京の公家風、中京の金持風に対して、小商人・職人風。
二四 「二升入の碓」は不詳。小売用に米を精白させる。
二五 蚕豆《そらまめ》や蜆《しじみ》・納豆などは貧家の子供がよく売歩く。
二六 柄に白鮫皮をかけた脇差。伊達好みの風俗。
二七 玉虫の羽の如く青緑に光る色。経《たていと》を赤色で緯《よこいと》を紺・藤・茶色などで織った物をもいう。
二八 膠《にかわ》は牛などの皮・骨などを煮つめて作る接着剤。
二九 素性の知れない賤しい者。「にかは」の縁語。
三〇 原告の提出する訴状を目安書《めやすがき》という。

顔見世で大臣風を吹かせる川西の若者連れ

は奢《おご》（贅沢に）りらしく見えける。ましてや、はした銀《がね》の商売人、たとへ気延（気晴し）しに芝居見るとも、（〔一服所望されないように〕）となりに莨菪《たばこ》のまぬ所を見すまし、円座《ゑんざ》[二〇]かりて見て（〔十分である〕）、役者（それで）・わか衆の名覚えぬ物か（〔覚えられるはず〕）。

[二一]与次兵衛が㒵《かほ》みせの初日《しよにち》に、（〔舞台に向って〕左側の〔舞台から〕）ひだりがたの二軒目の桟敷《さじき》[二二]に、勘当《かんだう》切《き》らるる事などかまはぬ㒵つきの、若いもの五六人も、風俗作り（めかしこんで）、芸子《げいこ》（少年俳優）に目をつかはせ（色目をつかわさせ）、下なる見物（平土間の）にけなりがらせ（羨ましがらせた）ける。この若い者ども（〔を〕）見しれる人ありて、評判するを聞けば、「内証（内情をお知りでない事よ）しらぬ事、皆、[二三]川西のやつらなり。中京《なかぎやう》（〔よい〕衆と同じように）の衆と同じ事に、大きな㒵《かほ》がをかしい。知らぬ人は歴々（大金持）かと思ふべし。黒い羽織の男は、米屋へ入縁《いりえ》（入聟して）して、欲ゆゑの老女房《おいにようばう》、年の十四五も違ふべし。母親には二升入[二四]の碓《からうす》をふませ、弟《おとと》にはそら豆[二五]売りにあるかせ（〔などしながら〕）、白柄《しらつか》[二六]の脇指《わきざし》がおいて（を差すなどやめて貰いたい）もらひたい。その次の玉むし色[二七]の羽織は、牛涎屋《にかは》[二八]をどこ[二九]の牛の骨やらしらいで人（人が）のかぶる（だまされる）衣裳《いしやう》つき。家は質に入れて、借銀《しやくぎん》に目安《めやす》[三〇]付けられ（告訴せられ）、東隣へは無理いひかかつて際目論《さいめろん》（境界争いも）もすまぬに、遊山《ゆさん》に出るは気ちがひの沙《ふる》

汰《まい》なり。三番めのぎんすすたけ[一]の羽織きたる男は、利をかく銀（利息を支払う金）を五貫目かりて、それを敷銀《しきぎん》（持参金）にして、家具《かぐ》ぬし[二]の所へ養子《やうし》に行きて、後《ご》家親《けおや》をあなづり（あなどり）、養父《やうふ》の死《し》なれ、三十五日[三]もたたぬに、芝ゐ見る事、作法《さはふ》にはづれたる男目[四]。米・薪《たきぎ》はその日その日に当座買《たうざがひ》[五]の身上《しんしやう》（身代で）して、酒の相手に色子ども[六]〔を呼ぶとは〕。かはいや（かわいそうに）、神ならぬ身のあさましさは（情ないことに）、銀《かね》（金）なる客とおもふべし（になる客と思うであろう）。いかないかな（どうしてどうして）、この四五年、買ひがかり済ましたる事なし（掛買いの代金を支払った）。あの中に染嶋《そめじま》[七]の羽織着《き》たる男、ちひさき銭《ぜに》[八]見せ出して居けるが、兄《あに》に三井寺[九]の出家《しゆつけ》を持ちけるが、これから合力《かふりよく》請けて（施しをうけて）、そこそこにも（何とか）行く先の年を越《こ》す（目の前の年の暮を）べきか（であろうか）。その外に、ひとりも京の正月するものはあるまじ」と、指《ゆび》さして笑へば、〔若者どもはこちらが〕うらやましがるかと思ひ、かい敷《しき》[一〇]の椿《つばき》・水仙花《すいせんくわ》に、きんかん（金柑）二つ三つ、延紙《のべがみ》[一一]に包みてなげ越《こ》しける。明けて見て、また笑《わら》ひて、「本客《ほんきやく》[一二]ならば、このきんかんひとつが、銀払《かねばら》ひ時弐分《にふん》[一三]づつにもなるべきに、皆喰《く》はれ損《ぞん》になるはしれた事」といひ捨てて、芝居は果てて立ち帰りける。

一 銀煤竹。白みのかかった褐色。当時の流行色。
二 家具塗師。漆塗の食器を造る職人。
三 満中陰の法事もすまぬうちに。四十九日を繰上げて三十五日にする事もある。
四 「目」は「め」の宛字。人を罵る時に付ける接尾語。
五 現金買いの身代で。信用なく掛買いができない。
六 色を売る歌舞伎若衆。
七 染縞。縞模様を染め出したもの。織縞の対。
八 銭両替屋。主として銭の両替をして手数料を得る小資本の両替屋。
九 大津市の天台宗寺門派総本山の園城寺。
一〇 食物を器に盛る時に下に敷く花や葉。
一一 縦七寸横九寸位の小形の杉原紙。大和の吉野産を上等品とし、大臣や遊女は鼻紙に用いる。
一二 本当の大臣客。
一三 銀二分。分は匁の十分の一。
一四 四条河原の芝居や茶屋へ通って遊興すること。
一五 役者を呼んで遊ぶ茶屋。
一六 遊里で遊興費を払うことを「分を立てる」という。
一七 縁を切ることを「道切る」という。
一八 夜抜け。夜逃げと同じ。夜こっそり逃げること。
一九 昼人目を恐れず堂々と立ち去るのである。人に迷惑をかけることを何とも思わずに生きる若者である。
二〇 「座敷牢」の慣用字。外へ出られぬように作った、狂人・罪人を入れておく座敷。

川西の若者三人、大節季をしそこなう

そののち、毎日の[14]河原通《かはらがよ》ひに、同じ着物に色もかはらぬ羽織に、[15]色《いろ》茶屋気《き》を付けて、銀《かね》の事申せど[16]分《わけ》も立てず《支払わないで》、[17]道切つて《ふっつりと来なくなった》こざりければ《ので》、さいそくするにかひなく、程なう《間もなく》大晦日になりて、独《ひと》りは、[18]夜ぬけ《夜逃げ》ふるしとて[19]昼《ひる》ぬけ《昼逃げ》にして、行《ゆ》き方《がた》しれず。またひとりは、狂人《きやうじん》分《という事にして》にして、[20]座敷籠《ろう》。またひとりは、自害《じがい》しそこなひて、[21]せんさく《詳しく取調》なかば《中》。最前《さいぜん》《初めに紹介した》引き合はしたる太鼓《たいこ》もちは、[22]盗人《ぬすびと》の請《うけ》《保証人に立ったと言って》に立ちけるとて、[23]町へきびしき断《ことわ》り《通告》。茶屋は、[24]取りつく嶋もなく《どうしようもなく》、[25]夢見のわるい宝舟《たからぶね》、[26]尻《しり》に帆かけて《いそいで》にげ帰り、かねての算用には十五両の心あて《貰う心づもり》、〔が偽大臣の〕預け置[27]かれし編笠《あみがさ》三《が三蓋だけ残って》がいのこりて、大晦日の〔それが偽大臣からの〕かづき物《いただき物》とぞなりける。

二　年の内の餅《もち》ばなは詠《なが》め

掛取は善は急げの勢いが大事

[28]善《ぜん》はいそげと、〔商家では〕大晦日の掛乞《かけご》ひ、〔を〕機敏に手ばしこくまはらせける。けふ

二一 穿鑿。ほじくり捜すように調べること。
二二 盗人の保証人になったり、宿をした者は盗人と同罪になる。
二三 被告を町役人・五人組に通告し、逃亡を監視さす。
二四 どうする方法もない意の諺。
二五 節分の夜の夢見が悪かったと。除夜や節分の夜、宝船の絵を床の下に敷いて、よい夢を見る呪《まじない》とした。
二六 急ぎ逃げる意の諺。島・舟・帆、夢・宝舟は縁語。
二七 「れ」は敬語。「かづき物」は「貴人からのいただき物」の意。「頭にかぶる物」と「だまされて受けさせられる損な物」の意をかける。滑稽を強調するために、偽大臣に対して敬語を使った。

＊ 黒羽織・玉虫色の羽織・銀煤竹の羽織、の三人の偽大臣が、編笠三蓋を残して、それぞれ自滅する展開は巧みである。

＊ 江戸の富家の勧進能見物の贅沢さを京の人と比較しながら話を進行させる。始末な京の人も、顔見世には派手にふるまう。顔見世でよい衆めかして豪遊した川西の若者どもの歳末をしくじる悲喜劇で一篇を結ぶ。傍若無人の当代風若者に対する嫌悪を、前半の華やかさと巧みな文飾とで柔らげている。富裕の者の遊びの楽しさと、貧しい者の背のびした遊びの空しさとを明確に描く。

二八 諺。

の一日、鉄《かね》[一]のわらんぢ《草鞋》を破り《踏み破り》、世界をゐだてん[二]のかけ廻《まは》るごとく、商人《あきんど》は勢ひ《商売に対する意気込み》ひとつの物ぞかし。

数《す》[三]年功者《ねんこうしや》のいへり。「惣《そう》じて《すべて》、掛《かけ》[四]は、取りよい所より集《あつ》めて、埒《らち》[五]明かず屋としれたる家へ、仕廻《しまひ》に《最後に無理に強要して》ねだり込み、言葉質《じち》[六]とられて迷惑《困らぬ》せぬやうに《ように》、先《さき》より《先方から》腹の立つやうに持つてくるとき《仕向けてくるときは》、なほ《一層》物静かに、義理づめに《理屈づめに話をすすめ》、外のはなしをせず、居間《ゐま》〔の〕あがり口にゆるりと腰かけて、袋持《ふくろもち》[七]に灯挑《ちやうちん》[八]けさせて、『何の因果に《何の報いで》、掛商人《かけあきんど》《掛売商人》には生れきました〔ことやら〕。月額《さかやき》[九]剃つて正月した事なく、女房《にようばう》[一〇]どもは《妻は》、銀親《かねおや》の〔先方の〕人質《じち》になして、手代〔対して〕に機嫌をとらせ〔たりする〕、身過ぎは《暮しの立て方は》外にもあるべき事《はずなのに》』と、科《とが》もなき氏神《うぢがみ》をうらむ。『御内証《ないしよう》は《お内輪のことは》存ぜねども、これの《こちらの》御内義さまは、仏々《ほとけほとけ》[一一]。天井《てんじやう》うらにさしたる餅ばな[一二]に春の心して《正月になった気持がして》、地鳥《ぢどり》[一三]の鴨《かも》・いりこ[一四]・串貝《くしがひ》[一五]、いづれ《どこでも》、人の内は《よその家へはいると》、先づ、さかなかけ[一六]が目につく物ぢや。〔正月の〕お小袖《こそで》も、なされましたで《おつくりなされましたで》御座りましよ。今は、世間《せけん》に、皆紋所《もんどころ》[一七]を葉付《はつき》のぼたんと四つ銀杏《いちやう》の丸《まる》〔が〕、女中がたの《御婦人方》はやり物。その時々に、ならば《できるなら》して着

掛取功者の話㈠

掛取の秘伝

一 鉄の草鞋《わらじ》でもはき破るほどの勢いで。
二 韋駄天。仏教伽藍の守護神。足の速い神。仏舎利を盗んだ捷疾鬼《しょうしつき》を追いかけ取り返したという。
三 「数年」は多年の意。「功者」は経験を積んで、その道にすぐれた者。
四 売掛、または掛け銀の略。物を売ってまだ支払いを受けていない代金。
五 容易に払いをすまさない者。
六 後日の証拠に利用されるような言葉。
七 皮製の銀袋を持たせている丁稚。
八 「挑灯」が正しいが、このようにも書いた。提燈。
九 京の童唄の一節「月代《さかやき》そつて髪ゆうて」を利用する。五九頁注一三参照。月代は、中古以来男子が冠の下に当る額《ひたい》ぎわの髪を半月形に剃りあげたもの。つきしろ・つきびたい、とも。
一〇 妻を担保にして金を借り、返済できぬ時は、妻を相手に引き渡して、その処置にまかせる。当時禁じられていたが、実際には行われていたという。
一一 この世の仏。現世において仏同様の結構な身分。
一二 七九頁注五参照。
一三 その土地で獲れた鴨。新鮮なので美味。以下、肴掛の食品をならべて羨ましそうに語る。
一四 煎海鼠《いりこ》。海鼠《なまこ》の腸を除いて煎って乾したもの。
一五 鮑《あわび》を竹串にさして乾したもの。
一六 肴掛。正月用の鳥や魚をつるして、竈の上に天井

から水平に下げておく棹。
一七 紋を葉付の牡丹や四つ銀杏の丸にするのが。それぞれ評判の役者の紋であろう。
一八 女房には衣装が大事。「醬」は「裝」（裳と通用）の誤り。
一九 お松。下女の通名。
二〇 主人から奉公人に季節に応じて与える着物。
二一 柳煤竹。染色の名。青みがかった赤黒い色。
二二 桐の葉や花梗《かこう》の形を崩した模様。
二三 天人唐草。唐草模様の一種。ゴマノハグサ科の犬のふぐりを図案化したもの。
二四 伊勢神宮へ参拝すること。
二五 清算して、掛売帳の名前をあなたに消させて。
二六 質の悪い銀や似せ銀をいう。豆板銀は小粒《こつぶ》・細銀《こまがね》ともいい、一粒、二粒と数える。「一粒」は一匁から五匁位までの不定形・不定量の豆形銀貨。

たい。〔もの〕女房[一八]に衣醬《いしやう》。おまつ[一九]〔の〕お[二〇]仕《し》きせは、定めて、柳《やなぎ》[二一]すすたけ[二二]にみだれ桐《ぎり》の中がた《中形の模様》で御座ろ。同じ奉公《ほうこう》でも、〔たまたま〕こんなお家《いへ》に居合《ゐあは》すがその身の仕合《しあは》せ。かたわきには《場末の家では》、今に《今もって》、天人《てんにん》[二三]がらくさ目にしむ《見なれて古くさい》』などと、内義にものをいはすやうに仕かけて《持って行き》、隙《ひま》を入れければ、外の借銭乞《しやくせんこ》ひのない間《ま》を見合せ、『このくれには、何方《いづかた》へも払《はら》ひいたさねども、こなたは、段々ことわりに《詳しく事を分けての話に》、至極《しごく》いたした《納得しました》。来春、女《によう》ばうどもが参《さん》[二四]宮《ぐう》いたすつかひ銀《がね》《旅費》なれども、〔一応〕このとほりは《これだけは》進《しん》ずる。残りは、また、三月前《三月の節句前》には帳[二五]を消さして、〔あなたの〕笑ひ皃《がほ》を見ますぞ』と、百目《銀百匁》のうちへ、六十目はわたすものなり。

掛取功者の話(二)
掛取の変遷

むかしは、売がけ《掛売代金》百目あれば、八十目すまし《支払い》、この二十年ばかり以前は、半分《はんぶん》たしかに済《す》ましけるに、十年このかたは、四分払《しぶはら》ひになり、近年は、百目に三十目わたすにも、是非《必ず》悪銀《わるがね》[二六]一粒《つぶ》はまぜてわたしける。人の心、次第にさもしく《きたなくなり》、物かりながら、迷惑《〔ひどい仕方と〕困るけれども》はいたせど、〔いやなら〕商ひやめる外なく、また〔苦労の〕節季わすれて〔商品を渡し〕掛帳に付け《掛売帳に書きつけて》置きける。

よろづ（〔の事は〕）、時世《ときよ》に（〔つれて〕）替るも（変って行くのも）をかし。前々は、ならぬことわり（支払いができないといういいわけ）を聞きとどけて、大晦日の夜半《よなか》かぎりに仕廻ひ（〔掛取を〕）、中比《なかごろ》は、また夜明《よあ》け方迄《がたまで》まはりて、掛乞《かけご》ひといへば喧嘩《けんくわ》をせざる家一軒《けん》もなし。この一両年は、更《ふ》け行《ゆ》くまであるきはすれど、たがひに声をたてず、ひそかにしまふ事（話の始末をつける事）に気をつけて見るに、ない[一]といふとないに極《きは》まり、内証《ないしよう》の事が両隣《りやうどなり》へきこえる事もかまはず、『借銭《しやくせん》[二]は、大名も肩《お》はせらるる浮世。千貫目（〔借金の銀〕）に首《くび》きられたるためしなし。あつて（〔金が〕）、やらずにおかるるものか。この大釜《がま》に、一歩《ぶ》[三]一ぱいほしや。根《ね》こそげに（根こそぎに）、すま（支払う）

一　借手が「金がない」というと、言葉通り金がないにきまっていて。

二　当時、大名貸は高利であったため盛んであったが、大名の返済不能により倒産した富豪も多い（『町人考見録』など）。

＊　掛取の強催促《こわ》をしている場面。亭主は居間の奥に居り、女房は上り口に腰掛けた手代の掛取と応対している。銀袋を肩にして土間に立つは供の丁稚。二人は脚絆をつけ草鞋を穿く。手代は羽織を着、丁稚は鉢巻をし、尻端折《しりはしより》をする。天井には餅花が挿され、土間には、正月飾の山草と譲り葉が置かれたままである。柱の右側は板目の見える板壁である。

三　「一分」とも書く。一分金とも一分小判とも、また、矩形《くけい》ゆえ一角《かく》ともいう。一両の四分の一。

四 一方には集まらず、一方にばかり集まること。金が金持にばかり集まり、貧乏人には集まらぬ当時の世相をいう。
五 「しかれども世の中の一度は栄え、一度は衰ふる理の、誠なりける身のゆくへ」（謡曲『杜若』）を謡い出す。
六 「横に出る」に同じ。借金を返済しない。
七 親身になって働いてくれる。
八 天然の道理。ここは奉公人が主人に忠義を尽すという道理。
九 一日遊ぶのに千金も費やす色里。
一〇 不足なく支払い金を受け取った時は、その中にわざと不足分があることにし。
一一 物を買う時、銀で値を定め、支払う時、銀に対する金や銭の値を時価より高くして、金や銭で払うこと。これを金のしかけ・銭のしかけという。支払い方が有利である。ここでは、正当な時価で支払って貰いながら、分の悪い小判の仕掛けで払って貰ったことにし、その差額をくすねる。
一二 銀で受取った掛を、手代に有利な相場の銭に両替して、その差額を私用に使って、主家に帰る。
一三 回収不能の掛を記入する帳面か。

悪い丁稚・手代の集金のくすね方

す事ぢや。金銀ほど、四片行《かたゆ》きのする《片寄りする》ものはない。何としてか、銀《かね》ににくまれました。五一たびは栄え』とうたひて、木枕鼓《きまくらつづみ》にして《のように叩き》、六横に寐る男には、何とも取つて付く所なし《取り着く所がない》。義理外聞《ぐわいぶん》を思はぬからは、埒《らち》のあかぬ事《支払いの片付かぬ事を》見定め、古掛《ふるが》け《古い掛売代金》は捨てて、当分《たうぶん》のさし引《最近の掛売の決算をする》。それをたがひに了簡《れうけん》して《納得して》腹たてずにしまふ事《掛取の始末をつける事は》、人みなかしこき世とぞなりける《世となったものである》」。

つらつら《つくづく》世間《せけん》を思ふに、随分七身になる《役に立ってくれる》手代よりは、愚《おろ》かなる我が子がましなり。子細《しさい》は《そのわけは》、自然とまこと《〔親子としての〕誠が》あらはれ、銀集《かねあつ》まれば皆わがものとおもふから、そこそこに《通り一遍に》さいそくせず、身の働《はたら》きに私《わたくし》なし《私心》。さてまた、召《めし》つかひの若い者、よくよく親《おや》かた大事に思ひ、身の上《〔奉公人という〕身分》を覚悟して《はっきり知って》、八天理を知るは各別《かくべつ》《例外で》、大かたは、主《しゆう》の為になるものは稀《まれ》なり。九一日千金の色所にあそび、一〇十分《ぶん》請け取る銀あれば《請求通りに銀をうけとると》その内に不足こしらへ《不足分があることにし》、あるいは一一小判のしかけ、または銀子《ぎんす》一二請取《うけと》る掛を内へは銭つかうて帰るなど、親かたのたしかにしらぬ売がけは、一三死帳《しにちやう》に付け捨て、さまざまにわたくしする事（私利をはかることは）、いかに気のつく主《しゅう》にても、それ程にはならぬもの（〔見抜くことの〕できぬもの）ぞかし。また小商人《あきんど》の小者までも、いそがしき中にかけあらまし（掛取をおおよそに）にして、[一]布袋屋《ほてい》のかるた一めん（一揃い）買ひて、道ありきありき、[二]八九どうに心覚えするもの（の印しをつけたりするものだから）、親かたに徳は付かぬ（得にはならぬ）事なり。掛乞《かけご》ひにも色々の心ざし、よきものすくなし。[三]人は盗人《ぬす》、火は焼木《たきぎ》の始末《しまつ》と、（〔思って〕）朝夕気を付くるが、胸算用《むねざんよう》の[四]かんもん（大事）なり。

ここに、[五]請取普請《うけとりぶしん》の日用がしら（日傭人足の頭）に、[六]ふるなの忠六といふ男、常に[七]かる口たたき（滑稽な話をしゃべりちらし）、町の芸者（町内の芸人）といはれて、[八]月待《つきまち》・日まちに物まねして（物真似の芸をして）、人の気に入りける。この大晦日しまひかね（の支払いをすましかね）、さる方へ銀五百目申し（〔御無心を〕）上ぐれば、「やすい事」と請《う》け合ひ給へば、夜に入り、御見まひ申し、[九]「あらたのしや。今宵琴《こよひこと》の音《ね》をきけば、年のよらぬ[一〇]仙家《せんか》のここち。当地ひろしと申せども、この御内かた（お宅さま）ならでは、外になし。金銀まん／＼として、四方に宝蔵《たからぐら》、（〔その中には〕）[一一]かくれみのにかくれ笠、[一二]うち出の小槌は針口の音（天秤の針口を叩くその音のめでたさ）。[一三]福々旦那（福々しいだんな様）」と、ひろ敷《しき》にかしこまる。「ようありさう（用のありそうな）

一 京都五条高倉にあったかるた屋、布袋屋理兵衛（『万買物調方記』）。松葉屋・笹屋と共に有名。

二 めくりかるたは、一から十二までの札が四組あり、計四十八枚。その八・九・十の札を「八九どう」という。その札に心覚えの目印をつけるのであろう。

三 諺「人は盗人、火は焼亡《ぜうまう》」（『毛吹草』二）を「焼木の始末」ともじって、竈の下も倹約して焚け、という。

四 肝文（肝要な文句）より、肝要・大事の意となる。

五 請負《うけおい》普請。日用《ひよう》（傭）は一日を限って雇われる者。

六 富楼那。釈迦の十大弟子の一人、弁説第一と称される。おしゃべりのあだ名とする。

七 軽口。即興的に、洒落やおどけをいうこと。

富楼那の忠六、大晦日の無心に失敗する

八 正月・五月・九月に吉日を選んで徹夜して日の出を待って供物を献げ祈願するのを「日待」といい、三日・十七日・二十三日・二十七日の夜、月の出を待って、日待と同様に祈願するのを「月待」という。その夜は、親戚朋友が集まり、僧侶・陰陽師を招いて、経・呪を読誦させ、睡気を去るために終夜遊興する（『日次紀事』正月）。

九 以下厄払の物真似。大晦日の厄払の祝詞のもじり。厄払は「ああら目出度や、此方の御寿命申さば云云」と始まり、めでたい物尽しを言いたて、「西の海へさらり、こきやこう」と鶏の鳴声を真似て結ぶ。

一〇 仙人の住む家。琴と仙人は縁語。

一一 「隠れ蓑」「隠れ笠」は、鬼が島の宝物。それを身

につけると身を隠すことができるという。
一三「打出の小槌《こづち》」も鬼が島の宝物であり、大黒天の持物でもある。財宝を思うままに打出せるという。丁銀・豆板銀は天秤で量って使用する。量る時、木の小槌で針口を叩いて、平衡の狂いを除く。それを打出の小槌に見なしたのである。
一三 台所の上り口の板の間。
一四 幸運をつかんだ時、それが逃げないようにと三度祝って祈ること。
一五 年をとる（正月を迎える）に鶏が鳴くをかける。
一六 腰元と下女との中間に位する女中。吉はその通名。
一七「ことさら今は喜びの折なれば、ただ一さしとの御所望なり」（謡曲『盛久』）。
一八 大名・旗本・寺社などが、領内の物産を売りさばくため、大坂・江戸・敦賀・長崎などに設けた蔵屋敷。ここは、北国の蔵屋敷に出入する大坂の掛屋《かけや》が、春の廻米を買付けて、その金策をするのであろう。
一九「長居は恐れありと、罷り申し仕り、退出しける盛久が、心の中ぞゆゆしき」（謡曲『盛久』）。
＊ 掛取の功者が、その秘伝と、掛取の様相の変遷とを語る。作者はそれに加えて、よからぬ丁稚・手代の集金のくすね方などを暴露する。この随想的な一篇を、話らしい話で結ぶのが、富楼那の忠六の無心の長居のための失敗話である。失敗話は、冒頭の、掛取は手ばしこく廻らねばならぬという教訓を、逆説的に証明する落し話でもあった。

なる忠六。この事か」と、五百目包《づつみ》なげ出せば、「かたじけなし」と、[一四]いはうて三度おしいただき、「[一五]御影《かげ》でとしを鶏《とり》がなく。おいとま申してさらば」とて、門口まで出《いで》けるが、ちよこ〳〵と立ち帰り、「奥さまへ、有がたがりましたと、よろしくたのみ奉る。腰元衆《こしもとしゆ》」といふ時、[一六]中居《なかゐ》のきちが、「何と忠六どの。[一七]よろこびの折なれば」〔何かひとつ〕「一まひ舞ひましよ」と、目出たいづくしを、長々《ながなが》といふうちに、北国より重手代《おも》〔古参の手代〕帰りて、「只今弐百貫目、[一八]御くら屋しきへわたすぞ。米は追つ付けのぼると仕合せ。〔が転がりこむ〕かねよかねよ。〔金だ金だ〕けふ、奥〔奥の〕にも、〔間でも〕琴《こと》の、小うたの、所《どころ》か。さあ、銀のせんさくせよ〔銀をさがし出せ〕」といふとき、忠六あがり口に置きたる、五百目包をとりあげて、「これはたくさんなる銀子《ぎんす》。何のために捨て置く事ぞ。高〔金額〕は弐百貫目入るぞ。それほど、手前に〔手許に〕あるか。ないか。なくば、手わけして才覚せよ〔工面せよ〕。かねよかねよ」と気をいらちければ〔いらだてるので〕、忠六、不首尾《ぶしゆび》せんかたもなく〔借金をするどころでなく〕、「[一九]長居《ながゐ》はおそれあり」というて、手ぶり〔手ぶら〕で帰りける。

三　小判[一]は寐姿《ねすがた》の夢《ゆめ》

働いて金を得よ

「[二]夢にも身過ぎ《暮し》の事をわするな」と。これ、長者《ちやうじや》の言葉なり。[三]思ふ事をかならず夢に見るに《見るものであるが》、うれしき事あり、悲しき時あり。さまざまの中に、銀《かね》拾ふ夢は、さもしき所あり。今の世に、[四]落《おと》する人はなし。それぞれに《めいめいで「金を」》、[五]命《いのち》とおもうて、大事に懸《かく》る事ぞかし。いかないかな《どうしてどうして》、[六]万日廻向《ゑかう》の果てたる[七]場《には》にも、[八]天満祭《てんままつ》りの明くる日も、銭《ぜに》が壱文落ちてなし。兎角《とかく》、我がはたらきならでは《とにかく自分の働きでなくては金は》、出る事なし。

小判の山に執着し悪心地獄に向かう

さる貧者《ひんじや》、世のかせぎは外になし《世間並の仕事には見向きもせず》、一足《そく》とびに分限《ぶんげん》になる事を思ひ、このまへ、江戸にありし時、[九]駿河《するが》町見せに、[一〇]裸銀《はだかがね》、山のごとくなるを《積まれていたのを》見し事、今にわすれず、「あはれ《ああ》、ことしのくれに、その銀のかたまりほしや。[一一]敷革《しきがは》の上に、[一二]新小判が、我等《自分の》が寐姿程ありし」

一 小判は自分の寝姿ほどほしい、と思いつづけた夢。その一念が小判の山となって現れ、女房の呼ぶ声と共に幻は消える。劇的な場面である。
二 『長者教』（寛永四年版）には、「ねざめにもあすのわが身をしあんせよ。いたづらごとをあんじばしすな」とある。「夢にも」は、夢、夢々、と同様に、いささかも、決して（禁止で結ぶ）の意である。が、ここでは、敢えて言い直さない方がよい。
三 諺「思う事を夢に見る」。
四 「落す」は四段活用であるが、古くは下二段活用にすることもあった。
五 諺に「金は命の親」。また、「たからはいのちよりまさりたり」（『たきつけ草』）。
六 一日の参詣が万日の参詣に当ると称して特定の日に浄土宗の寺などで営む法要。参詣人が群集した。
七 何かをする為の場。「かりにわ」（狩庭。狩場《かりば》に同じ）などと、熟して使う。
八 大坂の天満の天神の祭。陰暦六月二十五日。
九 江戸駿河町（中央区日本橋室町一丁目・二丁目）や本両替町には主要な両替屋があった（『江戸鹿子』五）。
一〇 紙に包んでいない銀貨。
一一 両替屋では、敷いた鹿皮の上で金銀を扱った。
一二 通用の小判の摩切れ破損したものを、足し金をして鋳直したもの。延宝・天和期には、慶長小判の破損

と、一心に、よの事なしに《その事のみ思いつめて》、紙ぶすま[一三]のうへに臥《ふ》しける。比《ころ》は、十二月晦日の《［でその］》、明《あけ》ぼのに、女房《にようばう》は、ひとり目覚めて、「けふの日《今日のこの日を》、いかに《どう》、たてがたし《しても暮せない》」と、身躰《しんだい》の取置《とりおき》[一四]を案じ《思案しながら》、窓より東あかり[一五]のさすかた見れば、何かはしらず《どういうわけか分らないが［が］》、小判一かたまり《［見えた］》。「これはしたり《ありがたい》、これはしたり。天のあたへ」とうれしく、「こちの人《あなた》[一六]、こちの人」と呼び起しければ、「何ぞ」といふ声の下より《声とともに》、小判は消えてなかりき。「さても惜しや《さてさて惜しいこと》」と悔《くや》み、男にこの事を語れば、「我、江戸で見し金子《きんす》、『ほしやほしや』と思ひ込《こ》みし一念[一七]、しばし小判顕《あら》はれしぞ。『今の悲しさならば《貧しさのままならば》、たとへ後世《ごせ》は取りはづし《成仏できず》、ならく《地獄》へ沈むとも《堕ちようとも》、[一八]佐夜《さよ》の中山にありし、無間《むげん》のかねをつきてなりとも《撞いてでも》、先づこの世をたすかりたし。目前《もくぜん》[一九]に福人《ふくじん》[二〇]は極楽《ごくらく》、貧者は地ごく。釜の下へ焼《た》くものさへあらず。さても悲しき《なさけない》年のくれや』と、我と《自ら》悪心《あくしんおこ》発れば、魂《たましひ》[二一]入れ替り、すこしまどろむ《うとうとする》うちに、黒白の鬼[二二]《［が 火の］》、車をとどろかし《［てやってきて］》、あの世この世の堺《生死の境の［恐ろしさ］》を見せける」《［と話して聞かせた］》。

が多くなった。

一三 紙子で作った蒲団。

一四 やりくり。

一五 東の方から明かりがさすこと。又、その明かり。

一六 妻が夫を呼ぶ言葉。親愛の情をこめる。

一七 一念が、一時小判となってまざまざと現れたのだ。「顕」は「キットアキラカニ、カクレマガヒナク、テリカヾヤク程ニ、アラハル、コト也」（『操觚字訳』六）。「仮に自性を変化して、一念化生の鬼女となつて、目前に来れども」（謡曲『山姥』）。

一八 遠江国佐夜の中山にある無間の鐘。これを撞くと、現世では財宝を得るが、来世では、一劫の間、間断なく責苦を受ける無間地獄に堕ちるという。

一九 この世では、一目瞭然。

二〇 裕福な人。金持。

二一 心はすっかり悪い魂に占領されて。「まことに心は善悪二つの入物ぞかし」（『懐硯』四ノ一）。

二二 「黒白の鬼」は、牛頭馬頭《ごずめず》か。牛頭馬頭は、頭が牛や馬の形をし、身体は人である地獄の獄卒。火の車で迎えに来た。地獄まで行って、夢から覚めたように蘇る話もある。当時、前世・現世・後世は一と続きで、そこで起こる様々な事柄は、すべて人の心のなせる業と考えられた。西鶴も同じ。「其夜ふたりの娘の夢に、牛頭馬頭の獄卒火車を引来つて、母を取のせ呵責してつれ行く」（『新御伽婢子』一）。

金が敵の浮世、女房を乳母に出さねばならず

一「一生夢のごとし。誰あって百年を送る」(謡曲『源氏供養』)、「一生はただ夢のごとし。誰か百年の齢を期《ご》せん」(同『歌占』)。

二「中以下にて男女の子共、惣領・末女の差別なく、せがれと云」(『浪花聞書』)。ここでは娘。子は親の分身の意。「躮《セガレ》」(『和漢三才図会』一五)。

三 貧乏人が男手で乳呑児を育てる苦労、『西鶴織留』六ノ二などに詳しい。

＊伏見の貧者の家の中。土間の一方に作り付けた竈には、鍋・釜を掛け、壁には、荒神箒・杓子・貝杓子・切匙《せっかい》などを掛ける。土間には、うなぎ綿に打掛姿の隠居の婆様を中心に、そのお供の中居女と人置の嚊(被り物は不明)。座敷には、炬燵を前に、娘を抱いていとおしむ女房と、小判の山と化した亭主が坐る。亭主の身体が小判になっているのは、人置の嚊を目前にしてもまだ、世間並の働きもせず、小判に執着する亭主の心情を、視覚的に表現するか。竈と同じ並びの棚には、荷桶・餅箱・壺・燗鍋・提子《ひさげ》・渡盞《とさん》・重箱が並ぶ。長持・葛籠《つづら》・伏見三寸の葛籠を置くのは、納戸。竈の下に薪を並べるのも、本文に矛盾する。一見内証まる見えの貧家の状況のようでもあるが、道具類や薪は、小判の山に執着して、それで正月の準備などして、豊かに暮す事を夢見る亭主の妄想とも考えられる。あるいは絵で、この咄の原拠を示す

女房、この有さまをなほなげき《〔聞いて〕》、我が男《夫》に教訓《けうくん》して、「一世に、誰《たれ》か百まで生きる人なし。然れば、よしなき《つまらない》願ひする事、愚《おろ》かなり。たがひの心替らずば、行く末《将来》に目出たく年も取るべし。わが手前《てまへ》を思しめして《私に対して夫として面目なくお思いになって》、さぞ口をしかるべし。されども、このままありては《でいたのでは》、三人ともに渇命《かつめい》におよべば《飢え死にしますので》、ひとりある二躮《せがれ》が後々《のちのち》のためにも、よし。奉公の口あるこそ、幸《さい》はひなれ。三何とぞ《何とかして》、あれを《あの子を》、手にかけてそだて給はば《〔あなたが〕手塩にかけて育てて下さるなら》、〔私も〕末のたのしみ。捨つるは《捨児にするのは》むごい事なれば、ひとへに頼みます」と、泪《なみだ》をこぼせば、男の身にしては悲しく、とかうの《何の》

ことばもなく、目をふさぎ、女房白《かほ》を見ぬ所《見ないでいる》へ、墨染《すみぞめ》[四]あたりに居《ゐ》る人置《ひとおき》のかか[五]が、六十あまりの祖《ば》母《ば》さま《婆様》を、つれ《伴って》だち来て、「きのふも申す通り、こなた《あなた》は乳《ち》ぶくろ《乳房》もよいによつて《ので》、がらりに《給金全額前渡しで》八拾五匁、四度《ど》[六]の御仕着《しき》せまで。〔下さるという〕かたじけない事とおもはしやれ。雲つ[七]くやうな《見上げるような》食《めし》たき《飯炊女》が、布迄《ぬのまで》織りまして、半季《はんき》[八]《半年の契約で》が三拾弐匁。何事も乳《ち》のかげぢやと思はしやれ。また、こなたがいや[九]なれば、京町[一〇]の上にも、〔他に適当な者を〕見立てて置きました。けふの事なれば《今日決めなければならない事なので》、またといふ事はならぬ」と云ふ。内義きげんよく、「何をいたしますも、身をたすかるため《生活の為》

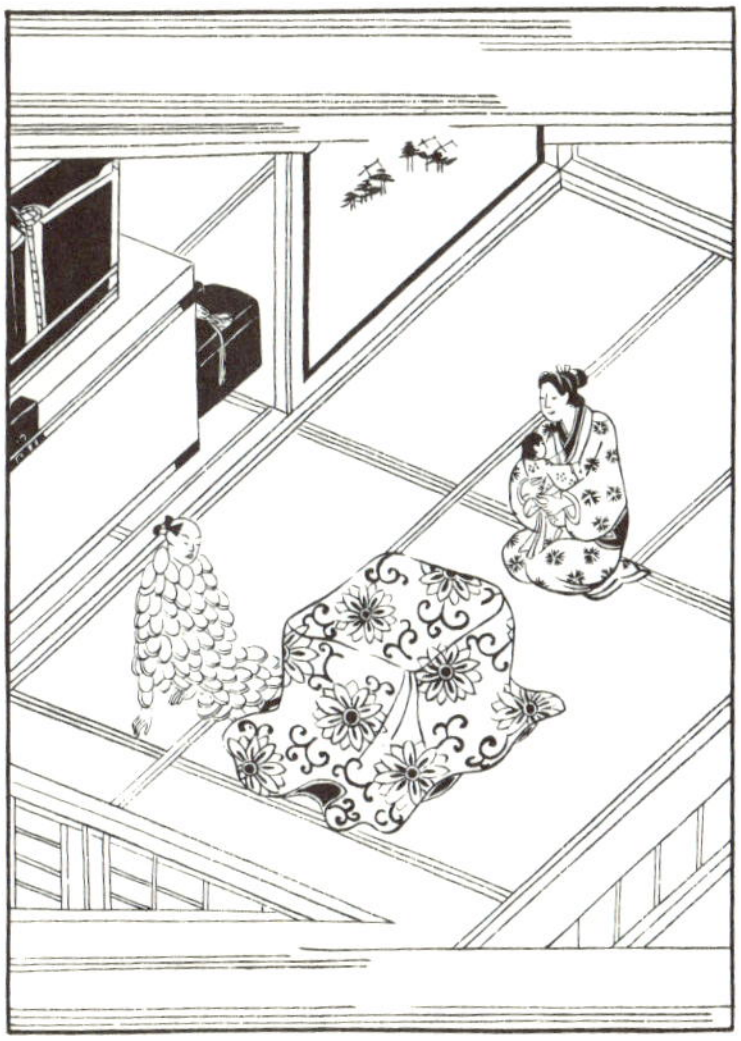

か。きちんと並んだ薪など、女房の日頃の心掛を示して妙。但し、向って左半丁、入木《いれき》の疑いあり。

四 京都市伏見区墨染町。

五 「己れが妻を京坂にてかかと云、江戸にてかかあと云」（『守貞漫稿』三）。また、他家の主婦にもいう。

六 普通夏冬の二回だが、この女の場合は、春夏秋冬の四回。乳母故か。「民百性の子にても、付置きてそだてさせたきものは乳母なり。諸事物入に是非なく、中分の下の身体までは、置きかねけるも断りなり。きふ銀八拾目、四季着《しききせ》て上下の帯、ふところ紙・手足の入用まで算用するに、随分かなしき家の乳母にても、壱人一年に、銀三百四十五匁程は定まつて入物《いる》なり」（『西鶴織留』六ノ二）。

七 大柄の女は体力もあり、給金が高い。

八 一年契約の一季奉公に対して、三月から九月、又は九月から三月までの半年契約の勤めを、半季奉公という。出替り時期は、寛文八年末に、三月五日・九月五日になり、元禄八年には、秋は九月十日に変更。だが、『日次紀事』によれば、京都では延宝頃すでに、九月十日になっていた。

九 乳呑児を置いて行く気掛りは勿論だが、乳母は、「心だての悪敷《あしき》ものを、馬追・船頭・お乳の人」、「この程乳母に出る奉公人を見るに、大かたは世帯破り」（『西鶴織留』六ノ三）などと、蔑まれた。

一〇 京都市伏見区京町。一丁目から北へ十丁目まである。京都では、内裏のある北部を上という。

で御ざります。〔私のような者が〕大事の若子《わかこ》[一]さまを預りましても、何と御座りましよ《よろしゅうございますか》。私《わたくし》は、なる程《たしかに》御奉公の望み」といへば、男には物をいはず、「すこしもはやくあなたへ《あちら様へ》」と、となりの《隣の家から》硯《すずり》かって《借りて》来て、[二]一年の手形を極《きは》め、残らず銀渡して、彼《かの》かか《嬶》手ばしかく《すばしこく》、「後《のち》といふも同じ事《今貰うのも後で貰うのも》。これ《手数料は》は、世界が《世間で》この通りの御定め《一割の相場と決まっている》」と、「[三]八拾五匁数《かず》三十七」と書付《かきつけ》のある内《てある包みの内から》、八匁五分、りんと《きちんと》取りて、「さあ、おうばどの。身ごし《身仕度など》らへまでない事《いらぬこと》」とつれ行く時、男も泪《なみだ》、女は赤面《せきめん》[四]して、「[五]おまんさらばよ。かかは、旦那《だんな》さまへ〔の所〕行きて、[六]正月に来てあふぞよ」といひ捨てて、[七]何やら、両隣《りやうどなり》へ頼みて、また泣きける。人置《ひとおき》は、心づよく《情容赦もなく》、「[八]親はなけれど、子はそだつ。うちころしても、死なぬものは死にませぬぞ。[九]御亭《ごてい》さま、さらば」とばかりに〔いいすてて〕出て行く。[一〇]このかみさま《御隠居》、世を観じ《世の哀れを思い知って》、「我が孫の〔母を失った〕ふびんなも、人の子の〔心痛むが　母がありながら〕乳《ち》ばなれしは、かはゆや《かわいそうだ》」と見帰り給へば、「それは、[一一]銀《かね》がかたき。あの娘は、死《しに》次第《しだい》《死んだら死んだまでのこと》」と、その母おやがきくもかまはず、〔言い捨て　その母親を〕つれ行きける。

一 良家の男子をいう。わこさまとも。
二 乳母奉公の時、一年契約の請状を、保証人と乳母本人の連名で出す。正式に契約することを、「手形を極める」という。普通五年の年季だったらしい。「お子五つまでの作法の乳母」（『西鶴織留』六ノ三）。
三 豆板銀三十七個で八十五匁の意。上書きして、包銀の数量を示す。
四 顔を赤く泣きはらして。
五 娘の名。
六 正月十六日の藪入り。
七 娘のことを、脈絡もなくおろおろと頼むのである。
八 諺。「おやは無くとも子は育つ」とも。
九 御亭主さまの略。多少侮りの意あるか。「ゴテイ（御亭）、または、ゴテイシュ（御亭主）とも言い、むしろその方がまさる。家の主人」（『日葡辞書』）。
一〇 良家の妻女・後家、または老母をいう。「おくさまとは、これもむかしは千石の内そとをいひけれども、今は世の中いたりけるにや、町人なれども身躰有徳なるは、おしなめておくさまといふ。その外、しゆじゆの名あり。（略）一名家美《かみ》さま。江戸にては、わかきもかみさまといふ。京は年のよりたるをかみさまといひ、わかきはいはぬなり」（『好色床談義』一ノ二）。
一一 御隠居様のせいでも私のせいでもない、金のせいだ。人を苦しめ悩ます金銭を、人に仇をなす敵にたとえて、「銀がかたき」と言った。

一二 伏見は、文禄四年（一五九五）秀吉が伏見城を築いて、家康の預りとなる慶長年間まで、城下町として栄えるが、元和九年（一六二三）城をとり壊して以来、衰微する。当時の伏見の零落の様は、『日本永代蔵』三ノ三、『本朝二十不孝』一ノ二などに詳しい。一攫千金を夢みるこの男は、手足さえこまめに動かせば、親子三人何とか暮せる繁華な江戸の地にも居られず、さびれた伏見に、見る影もなく、身を寄せたのである。

一三 大福茶の略。元旦に若水で茶をたて、梅干・昆布などを入れて飲む。一年の邪気を払うという。

一四 「あらたまの年の春」の転。年の初め、新春。

一五 柳や白木の太い箸で、正月の雑煮を祝うのに使う。太箸・祝い箸とも。

一六 米の粉。水から炊き粥状にしたものに、滑飴《しるあめ》を入れて甘くし、更に炊き返して、母乳の代用とした。

一七 膠飴ともいう（『和漢三才図会』百五）。麦のもやしや米の胚芽を煎って練ったもの。古くは地黄の根を煎じた汁を入れて作った。

一八 「今世ニ主人ヲ家僕ヨリだんなト云フ。俗ヨリ僧へ施スニ準ヘテ、主人ハ僕ニ食禄ヲ与フルナレバ、サイフニヤ。シカレドモ不レ宜《ヨカラザル》也」（『志不可起』三）。本来は布施、施主を意味する仏語。

一九 注一〇参照。

女房取り返して、涙の年越

程なう、大晦日の暮がたに、この男、無常発《むじやうおこ》り、「我、大分のゆづり物を取りながら、胸算用《むねざんよう》のあしきゆゑ、江戸を立ちのき、伏見《ふしみ》[一二]の里に住みけるも、女房どもが情ゆゑぞかし。大ぶく[一三]ばかりいはうてなりとも、あら玉[一四]の春に、ふたりあふこそ楽しみなれ。心ざしのあはれや。かんばし[一五]二ぜん買ひ置きしか」、棚《たな》のはしに見えけるを取りて、「一ぜんはいらぬ正月よ」と、へし折りて、鍋《なべ》の下へぞ焼《た》きける。

夜ふけて、この子、泣きやまねば、となりのかかたちとひよりて、摺粉《すりこ》[一六]にぢわうせん[一七]入れて、焼《た》きかへし、竹の管《くだ》にて飲ます事をしへ、「はや一日の間《ま》に、思ひなしか、おとがひがやせた」といふ。この男、「さても是非《ぜひ》なし」と心腹《ばら》立つて、手に持つたる火ばしを、庭へなげける。「お亭《てい》さまはいとしや。お内義さまは果報《くわほう》。さきの旦那殿[一八]が、きれいなる女房をつかふ事がすきぢやや」「ことに、この中《ぢゆう》おはてなされた奥さま[一九]に、似た所がある」「本《ほん》に、うしろつきのしをらしき所《かわいらしいところ》がそのまま」といへば、この男、聞きもあへず《聞くや否や》、「最《さい》前《ぜん》の銀は、そのままあり。それをきいてからは《そんなことを聞いた以上》、たとへ命がはて次第《餓死してもかまわない》」と、かけ出し行きて、女房取り返して、泪で《涙ながらに》、年を取りける。

四　神一さへ御目違ひ

歳徳の神も、田舎より上方がお好き

諸二国の神々、毎年《まいねん》十月、出雲《いづも》の大社《おほやしろ》に集まり給ひて、民安全《たみあんぜん》三の相談あそばし、国々への、年徳《としとく》四の神極《ぎは》め《神を決めて》、春の事どもを取りいそぎ給ふに《正月の準備などお急ぎになる時》、京・江戸・大坂、三ケ〔の〕五の津へのとし神は、中にも《でも》徳のそなはりしを、えらみ出し、奈良《なら》・堺《さかひ》へも、老功《らうかう》の神達《たち》。また、長崎・大津・伏見、〔にも〕六それぞれに神役《じんやく》わけて、さて、〔また〕七一国一城の所、あるいは船着・山市《さんし》《山間の都市》・はんじやうの里々を見たて《繁昌の村々を見定めて〔割り当て〕》、その外、都にはるかに《遥か遠くの》嶋《しま》住《ず》〔の家〕み・ひさしのひとつ屋《さしかけ屋根の粗末な一軒屋》までも、餅《もち》つきて、松《門松〔を〕》たつる門《かど》に《家に》、春のい《正月の来》

＊世間並に稼ぎもせず、かつて見た小判の山に執着し、既に地獄に堕ちかけている男。そんな亭主の姿を悲しみ、一年も最後の大晦日に、乳飲児を置いて乳母に出ようという女。同じ女ながら冷酷な人置の嚊は、金が敵の浮世に、金銭第一主義で生きる人の典型か。だが、健気な女房の愛情に生き甲斐を見出すこの男は、女房のいない大晦日に無常を感じ、奉公先の好色な旦那の噂を聞いていたたまれず、女房を取り返して涙の年越となる。新春を迎えてこの男、貧しくても人らしく生きてゆく人間に生まれ変る、と読みたい。

一　神さえ油断すると、世間をみそこなう、の意。
二　八百万《やおよろず》の神が毎年十月に出雲大社に集まり、出雲国以外は神無しになるので、陰暦十月を神無月というが、出雲ではこの月を神有月という。
三　底本「民」を氏に誤刻。
四　とし神とも。正月家々に迎え祭られる神。一年の福徳を司る。その年の干支に基づいて定めた吉祥の方位（恵方）に住むと信じられ、その方向に歳徳棚を作って、酒肴を供えまつる。
五　三ケの都とも。人の多く集まる所を津という。京・大坂・江戸の三都。以下、伏見まで幕府直轄地。
六　それぞれの場所にふさわしい神を、その役割に応じてお選びになる。
七　大名の城下町。幕府は大名統制の為、大坂城落城

万事に油断なく、内証豊かな、堺の町人

たらん《ない》といふ事なし。しかし、年徳《〔の神〕》も、上方《かみがた》へは、面々《各自がそれぞれに》に望み、田舎《ゐなか》の正月は、嫌《きら》ひ給ふぞかし。いづれ《いずれにせよ》、[八]ふたつ取《どり》には、万《よろづ》につけて、都の事は《やはり都は》各別《かくべつ》なり。世の《この世の》月日の暮るる事《過ぎ去ってゆくことは》、流るる水のごとし。程なく、[九]年波《としなみ》打ちよせて、極月《ごくげつ》の末《すゑ》《十二月の末》にぞなりける。

されば《ところで》、泉州《せんしう》の堺《さかひ》は、朝夕身の上《わが身の上を》大事にかけ《して》、胸算用にゆだんなく、万事《あらゆる》の商売《しやうばい》うちばに《を控え目にし》かまへ、表向きは格子作《かうしづく》りに《〔して〕》、[一〇]しまうた屋と見せて、[一一]内証《ないしよう》を奥ぶから、年中入帳《ねんぢゆういりちやう》[一二]の銀高《かねだか》つもりて《を計算して》、世帯《〔の経費を〕》まかなふ事なり。たとへば、娘の子持つては《女の子を持った場合は》、[一三]疱瘡《はうさう》して後、形《かたち》を見極《きは》め、[一四]十人並《なみ》に人がましう《人らしく》、[一五]当世《たうせい》女房に生れ付くと思へば、はや、三歳・五歳より《〔の頃〕》、毎年に《毎年少しずつ》娌入《よめい》[一六]り衣装《いしやう》をこしらへける。また、形おもはしか《顔かたちの》らぬ娘は、をとこ只は請けとらぬ事を《ただではもらってくれないと》分別《ふんべつ》して《考えて》、敷銀を心当てに《持参金をつくるつもりで》、りがし《利貸〔の〕》商ひ事、外に《〔を家業の〕》いたし置き、縁付《えんづき》の時分、さのみ《それほど》大義になきや《ならない》うに《〔するなど〕》、覚悟よろしき《まことに》仕《し》かたなり。これによつて《こういう訳で》、棟《むね》に棟、次第にたちつづき、[一七]こけら葺《ぶき》の屋ねも、そこねぬ《腐らぬ》うちにさし[一八]枌《ぐれ》したり、柱も

直後の元和元年（一六一五）六月、一国一城令を出し、諸大名に居城以外の城を領内に築くことを禁じた。

八 二つのうちどちらか一つを選ぶとすれば。

九 波のように月日が幾重にも打ち寄せて。「とどめばや流れてはやき年なみのよどまぬ水は柵《しがらみ》もなし」（『新勅撰集』巻六、道助）。

一〇 しもた屋とも。店仕舞をした家。商売をやめ、家賃や金利で裕福に暮す。ここでは、表向きを揚見世作りでなく、しもた屋風に格子作りにしているのである。

一一 人目に立たない家の内部は、奥深く作り。

一二 商家で、収入の一切を記入する帳簿のこと。

一三 諺に「ほうそうの見目定め、はしかの命定め」という。また、「女はみめかたち」などと言って、「女はみめだにいつくしければ、氏なくしてさへ、玉のこしにのる」（『愛宕地蔵之物語』上）などと言った。

一四 人並のこと。人並以下は「百人並」という。

一五 当世女。当世娘とも。男を魅了する現代風の美女。

一六 底本「よめ」を「よみ」と誤刻。

一七 杉・檜・さわらなどを薄く削ってはいだ板で、屋根をふくこと。

一八 屋根に葺いた薄い板を、差し替えること。「枌」はソギと読み、榑（クレ）とは本来別のようだが（『和漢三才図会』一五・八一）、杉・檜・さわらの葺板を、ソギともクレとも言った（『雍州府志』六）。

一　銅の値段が安く、買うのにとくな時を見極めて。
二　手織の紬。紬は絹物だが、高級品という訳でもなく丈夫なので、商人のよそ行きにも不断着にもなった。「商人のよき絹きたるも見苦し。紬はおのれに備はりて、見よげなり」(『日本永代蔵』一ノ四)。
三　「泉州堺に小刀屋とて、長崎商人有り。この津は長者の隠れ里、根の知れぬ大金持その数を知らず。殊更、名物の諸道具・唐物・唐織、先祖より五代この方買置きして、内蔵に納め置人も有り」(『日本永代蔵』六ノ三)。
四　茶の湯で出す料理(会席料理)は、簡素を旨とした。会席は懐石の意で、温石《おんじやく》で腹を温める程度の軽い食事のこと。
五　財産のふえること、金のたまることを、「のびる」という。大晦日には、収支決算がすみ、財産の増減がはっきりする。
六　踏台付の唐臼。
七　大唐米《だいとうまい》とも。南方方面より伝播のインド種。色が赤い。粘り気がなく味も悪いが、虫害・干害に強い多収穫種で早熟、炊くと倍になるので、徳用とした。
八　紅葉の美しい秋の景色とながめて。「花の春、紅葉の秋、誰が思出となりぬらん」(謡曲『千手』)。
九　和歌や噂などで知っているのではなく、現に目の前にある。桜鯛は、春三月、桜や桃の頃獲れる鯛。ま

神も見ぬけぬ、見せかけだけの商家

朽《く》ちぬ時より、石で根つぎをして、軒の銅樋《あかがねどひ》、数年《すねん》心がけて、[一]徳を見すまして、いたせし。[二]手紬《てつむぎ》の不断着《ふだんぎ》、立居《たちゐ》せはしからねば、これきるる事なく、風俗《ふうぞく》しとやかに見えて、身の勝手《かつて》よし。[三]諸道具代々持ち伝へければ、年わすれの茶の湯振舞《ぶるまひ》、世間へは花車《きやしや》に聞えて、[四]さのみ物の入るにもあらず。年々、世渡りをかしこうしつけたる所なり。よきくらしの人さへ、かくあれば、まして、身体《しんだい》かるき家々は、そろばん枕に、寐た間も、[五]のびちぢみの大節季を忘るる事もなく、[六]台碓《がらうす》の[七]赤米《あかごめ》を、[八]栬《もみぢ》の秋と詠《なが》め、[九]目のまへの桜鯛《さくらだひ》は、見たがる京の者に見せよと、[一〇]毎夜、魚《うを》荷にのぼし、客《きやく》なしには、[一一]江鮒《えぶな》も土くさいとて、買はぬ所ぞかし。[一二]山ばかりの京には、真鰹《まながつを》も喰《く》ひ、海近きここには、[一三]礒《いそ》ものにて埒《らち》を明けける。惣じての事、[一四]燈台元くらし。大晦日の夜のけしき、大かたに見せ付《つき》のよき商人の宿へ、年徳の神の役なれば、案内《あんない》なしに、正月仕《し》にはいつて見れば、[一五]元《え》方棚《はうだな》は釣りながら、ともし火もあげず。何とや

うちに　根元を継ぎたして　とり変えた　動作がゆったりしているので　すり切れる　人目には　〔も〕　〔しかも〕　経済的だ　茶の湯道具を　〔をしても〕　風流に見えて　経費のかかるものでもない　〔このように堺は〕　賢くし慣れている　裕福な　こういう訳だから　財産の少ない　〔を〕　〔華奢風流を愛して〕　にして京に送り　のない時　海の近い堺では　すましている　万事　〔という通りだ〕　様子　〔を見ると〕　たいてい店構えのよい　〔ものだが　そんな外見のよい〕　商人の家へ　お灯明

ら物さびしく、気味《きみ》のあしき内なれども《家だが》、ここと見立てて入りければ《見こんで入ったので》、また外の家《いへ》に行きて、相宿《あひやど》もうれしからず。何と《どのように》〔正月を〕いはひけるぞ《祝うのだろう》と、しばらくやうすを見しに《見た所》、門の戸《出入口》のなるたびに、女房《にようばう》びく〳〵して、〔主人は〕「まだ帰られませぬ。さいさい足をひかせまして《何度も御足労をかけまして》、かなしう《すまないこと》御座る《です》」と、いづれにも《どの人にも》、同じことわりいひて《言いわけをして》、帰しける。程なく、夜半《やはん》も過ぎ《夜中もすぎ》、明《あけ》ぼのになれば《なると》、掛乞《かけご》ひ《掛取》どもここ《この家》に集まり、「亭主《ていしゅ》は、まだかまだか」と、おそろしき声を立つる所へ、でつち〔が〕、大息《いき》つぎて《息せききって》帰り、「旦那殿は、[一六]すけ松の中程にて《への途中で》、大男が四五人して《やって来て》、松の中《松林》へ引き込み《引きずり込んでしまった》、〔私は〕『命が惜しくば』といふ〔大男の〕声を、聞き捨《ず》てにして、逃げて帰りました」といふ。内義おどろき、「おのれ。主《しゅう》のころさるるに、〔逃げ帰るとは〕男と生まれて、浅間《あさま》しや」と泣き出せば、かけ乞ひ、ひとりひとり出て行く。夜は[一七]しらりと明けける。

この女房、人帰りし跡《あと》にて《後で》、さのみ《それほど》なげくけしき《様子》〔も〕なし。時に、でつち、ふところより[一八]袋なげ出し、「在郷《ざいがう》もつまりまして《田舎も不景気になりまして》、やうやう《ようやく》

た特に、堺の浦などで獲れるのを、「前の魚」といって珍重した。「行く春の堺の浦の桜鯛あかぬ形見に今日や引くらむ」（寛文三年板『夫木抄』巻二五、為家）、「前の魚といへるは、堺浦より和泉のかた、または淡路がた明石の鯛、生きて鰭《ひれ》ふるいきほひここちよし」（『日本新永代蔵』四ノ四）。

一〇 堺でとれた魚は、一旦大坂に集めて、籠に入れ夜間京都へ急送する（『人倫訓蒙図彙』三、魚荷持）。

一一 ボラの小さいのをいう。形が鯯に似ている。江河浅水に棲み泥を食べるので泥くさいが、堺の江鯯の鮓《すし》は、近江の鮒鮓、美濃の鮎鮓に次ぐものと賞味された（『本朝食鑑』八）。

一二 海が遠く新鮮な魚のない京都では、真鰹を珍重して、膾・鮓・糟漬などにした（『本朝食鑑』八）。

一三 海辺でとれる小魚や蛤の類。「礒」は「磯」に通用。

一四 諺（『毛吹草』二）。「くらし」と「大晦日」は縁語。「世の定めとて、大晦日は闇なる事、天の岩戸の神代このかた、しれたる事なるに」（一九頁、巻一冒頭）、「大晦日の闇」（一一三頁七～八行目）。

一五 歳徳神を祭る為、恵方（その年の縁起のよい方角）につるした棚。注連《しめ》を飾り、灯明・供物をそなえる。

一六 大阪府泉大津市助松。紀州街道の宿場。

一七 空がしらんで夜の明ける様だが、「しらり」と嘘をつき通した女房や丁稚に対する興ざめな天地自然、あるいは作者の気持も込められている。

一八 銀袋。皮製。九〇頁挿絵参照。

「と、銀三十五匁、銭六百、取つてまゐつた」といふ。まことに〔大晦日に〕、手[一]だてする（一時のがれをする）家につかはれければ（使われると）、内のもの（奉公人）までも、衒《かたり》同前になりける（同然になるものだ）。亭主《ていしゅ》は、納戸《なんど》[二]のすみに隠れゐて〔て〕、因果物《いんぐわ》[三]がたりの書物、くり返しくり返し読みつづけて、美濃《みの》[四]の国不破《ふは》の宿《しゅく》にて、貧《ひん》なる浪人《らうにん》の、年を取りかね、妻子《さいし》さし殺したる所、ことに哀《あは》れに、悲しく、「いづれ〔このままでも〕死にもしさうなるもの」〔をわざわざ殺すこともなかろうに〕と、我が身につまされ、人しれず泣きけるが、

「掛乞《かけご》ひはみな了簡《れうけん》していにました（あきらめて帰りました）」といふこゑに〔我にかえって〕、すこし心定《さだ》まりて（落着き）、ふるひ／＼〔納戸から〕立ち出で（出て来て）、「さてさてけふ一日に〔の為〕、年をよ（とっ）

一　一時のがれの細工を弄する。
二　衣類や調度類を入れて置く部屋。
三　八〇頁注三参照。
四　岐阜県不破郡関ケ原町。中仙道の宿場。不破の関跡があったのでこのように言う。

＊　出雲大社に集まる神々。右頁、左上に弁財天。巾着型の宝袋をかずいている。徳利を持つのは、松尾大明神。笹の枝を担《かた》げて鯛に乗るのは、今宮戎。今宮戎は、本文に登場する商売繁盛の神だが、当時の経済を支えるのは、勿論農業。この神の前を雲に乗って行く杓子を担げる男神と、枡を頭に乗せる女神は、田の神・山の神か。貧相な僧形は、毘沙門天のパロディともとれる。毘沙門天は、仏法守護の善神。甲冑をつけて刀を帯び、左手に宝塔、右手に宝棒、あるいは戟《げき》をもつが、ここでは、仏法守護の善神を、堕落した僧に、宝棒、あるいは戟を、杓子に変える。『江戸名所図会』巻一には、毎年正月三日に行われる愛宕山円福寺の行事として、麻上下を着て太刀を佩《は》き、擂粉木《すりこぎ》を差し添え、大きな飯《いい》がい（杓子）を杖に突き、初春の

らせし《た》」と、悔《くや》みて帰らぬ《後悔しても仕方のない》事をなげき《こと》、余所《よそ》には雑煮《ざふに》をいはふ時分に、米買ひ、焼木《たきぎ》とゝのへ、元日も常の食《めし》たきて、やうやう《ようやっと》二日の朝、雑煮して《を祝って》、仏にも神へも進《供え》じ、「この家の嘉例《かれい》にて《として》、も《も》はや《う既に》十年ばかりも、元日を二日に祝《いは》ひます。神[五]の折《を》敷《しき》が古くとも、堪忍《かんにん》をなされ《して下さい》」とて、夕めしなしに《〔元日を祝うつもりのその日にもう〕》、すましける。

神の目にも、これ程の貧家《ひんか》とはしらず、三ヶ日[六]の立つ事を待ちかね、四日にこの家を立ち出で、今宮[七]の恵美酒《ゑびす》殿へ尋ね入り《尋ねて行って》、「さてもさても見かけによらぬ、悲しき宿《貧しい家》の正月をいたした」と、うき物《つらかった》

神さえ油断大敵、人間はましてなおさら

飾り物で作った兜を冠る、毘沙門の使が描かれており、毘沙門天と杓子が無縁でないことを示している。僧の妻（山の神）を、大黒と言うが、大黒天には、打出の小槌のかわりに、枡をもつものもある（一二一頁注九参照）。田の神・山の神は、同体の豊穣神でもある。夫婦は一心同体の洒落をきかすか。これら二神の間少し上に、白髭明神。好色には無常がよりそっている。その横にイジけた表情で坐るのは、外見にまどわされて、すっかり「お目違ひ」の貧乏くじを引いてしまう貧乏神。今宮戎とも弁財天とも、最も遠い距離にいる。そして右頁中央に、諸神を従え、諸神に守られる形で天馬に乗るのは、天を司る天帝。人間にほとんど変らない神々の姿を描いて、『世間胸算用』一篇の主題を象徴するかのごとき絵である。

五 神饌を供える御膳の小さなもの。片木《へぎ》で作る。『神道名目類聚鈔』（元禄十五年刊）三、祭器の「折櫃」の条に絵がある。

六 元旦から三日までの三ケ日、門戸をしめて、福神を外に出さないようにした（『日次紀事』一）。

七 大阪市浪速区恵美須町にある今宮戎神社に祭る神。商売繁盛の神として尊ばれた。西宮の恵比須を守護神として分祠したので、今宮という。今宮は本社に対して、その分社の意。

語あそばしければ《話をなさったところ》、「こなたも、年こしをして《〔毎年色々な家で〕》一こしめす程にもない《酒食をなさる神らしくもない》事かな。人のうちの見たて《人の家の見立方〔を言うなら〕》、二めしあはせの戸の白からず《汚れていたり》、三内義が下女のきげん取りて、畳のへりのきれたる家にては、年をとらぬもの《新年を迎えない》で御ざる。広い堺中《さかひぢゆう》で、かかる貧者《ひんじや》は四五人の所へ《〔行くとは〕》、不仕合せの神棚《だな》《不運な神様だよ》。われは、世界《世の中の》の商人《あきんど》が心ざしの四酒と掛鯛《かけだひ》にて《で》、口を直して、出《〔正月をした 貴方もここで〕》雲の国へ帰らせ給へ」と馳走《ちそう》して、留《と》めさせられしを《引き留められたのを》、五十日ゑびすの朝とく《早く》、参詣したる人、内陣《ないぢん》のおものがたりを《で神々が語られるのを》、聞きて帰りける。

神にさへ、このごとく、貧福《ひんぷく》のさかひあれば、況《いは》んや、人間の身の上。定めがたき《〔この世は〕》うき世《憂世》なれば、定まりし《〔先祖代々〕》家職《かしよく》《家業》に油断なく《〔励んで〕》、一とせに一度の年神《としがみ》に、不自由《ふじいう》を見せぬやうに、かせぐべし。

一「きこしめす」の略。召しあがる。お食べになる。
二 両方から引き寄せて閉じる戸。
三 給金や仕着せを十分に与えられないため。
四 正月九日の宵戎には、信者が神酒と掛鯛を奉納する。掛鯛は正月飾りの塩鯛。一対の小鯛を口に藁縄を通して結び、シダやユズリ葉を挿して、普通竈の上や門口に掛けておく。一般の家でも、恵比須神に掛鯛を供える風習があった。
五 正月十日の福徳祭を、俗に「十日戎」という。また、「朝えびす」といって、早朝参詣すると福徳があると信じられた。大坂年中行事の一つ。
＊ 心のあり方次第で、地獄・餓鬼・畜生・修羅・人間・天などの十界が生じる、という仏教的世界観が信じられた当時、神々と人間の世界はほとんど一と続きである。正月を間近かにひかえた十月、出雲大社に集まった神々は、歳徳の神としても、華やかでよりよい条件の京・大坂・江戸の家々に迎えられたいと望む。そして、諸事内端《うちば》に構えて、始末第一に暮す堺の富裕な町人の生活ぶりを示して、大晦日のその日、みせかけだけは立派な商家に、うかうかと入り込んで、正月もろくに祝えなかった神の姿を描き、この神を諫める今宮戎の言葉を通して、神にも油断は大敵、まして人間はと結ぶ。外見に惑わされて勘《かん》も神通力もなくした神に、憂目を見せた商人も、見栄をはって支払いもできず、丁稚に馬鹿にされるような男だった。

入絵

世間胸算用

四

大晦日は一日千金

胸《むね》算《ざん》用《よう》　巻四

大晦日は一日千金

目録

一　[一]闇の夜の悪口《わるくち》

　　[二]世にある人の衣《きぬ》[三]くばり

　　[四]地車に引く隠居銀《いんきよがね》[五]

二　奈良《なら》の庭竈《にはかまど》[六]

　　万事正月払[七]ひぞよし

　　山路を越ゆる数《かず》[八]の子

一 京都八坂神社削り掛けの神事（一一二頁注二）の奇習。

二 世間に認められ、時めいている人。

三 年末に正月用の晴着として、一族や奉公人などに衣服を配り与えること。

四 四輪で車体の低い荷車。重い物を運ぶのに使う。巻四のこの章から、章題の次にくる詞の二行目冒頭に、大晦日、大つごもりの文字がなくなる。

五 隠居分とも。隠居する時、あるいは隠居した者に、隠居後の生活費として、財産の中から特別に分けて残しておく金。

六 一月一日から三日間、いつも使う竈とは別に、囲炉裏を設け、新しい莚を敷いて、そこで火をたき、出入りの者や奉公人が、飲食遊興した正月の行事。もと歳徳の神を迎える除夜の行事だったらしい。奈良は田舎なので、その風習が遺っていた。

七 支払いの決済を年内にしないで、正月になってからすること。奈良の晒布問屋は、蔵方への手形決済を正月五日の初市にした。

八 正月の祝儀用。子孫繁栄の意をこめる。山国である奈良は、大坂や堺から仕入れた。

三　亭主《ていしゅ》の入替《いれかは》り

[一]下り舟の乗合噺《のりあひばなし》
分別《ふんべつ》してひとり機嫌《きげん》

四　[二]長崎《ながさき》の柱餅《はしらもち》

[三]礼扇子《れいあふぎ》は明くる事なし
小芝居の見世物は
小見せものは[四]しれた孔雀《くじやく》

一　伏見京橋から大坂八軒屋へ下る淀川の乗合船。
二　長崎では、年末の餅つきの時、最後の一臼分を大黒柱に巻きつけたまま供え餅にしておき、正月十五日の左義長（一三〇頁注四参照）の火で焼いて食べる風習があった。臼でつく代りに、柱に打ちつけて練り上げた餅を、柱餅という所もあるようだが、餅になるまでの過程は、ここでは不明。一三〇頁挿絵参照。
三　年玉に配る安扇子。扇には神威を発揚する働きのある所から、祝儀用に使われたが、実用にならない安物なので箱のふたもあけない。
四　人の見馴れた孔雀。孔雀は、寛永頃から京都四条河原で見世物になり、その後江戸の堺町や大坂の道頓堀でも見世物にされ、特に珍しいものではなかった。だが、いつ見ても美しいので、いつまでも一番人気があった（朝倉無声『見世物研究』珍禽獣）。
五　江戸には芝神明と上野不忍池弁財天の祭礼が、節分や大晦日にあった（貞享四年『江戸鹿の子』町中年中行事　十二月）。江戸以外の祭礼については不明。
六　斎籠。居籠は宛字。けがれに触れないように、家の中に閉じ籠って物忌みをすること。兵庫県西宮では、大晦日の夜、正月を迎えるための潔斎の儀として、女は戎神社に参籠し、男は明りを消し物音を禁じて、家に閉じ籠った（『神道名目類聚鈔』五）。
七　北九州市門司区にある和布刈神社（早鞆《はやとも》明神とも）の神事。大晦日の夜丑の刻、退潮時に神官が松明をともして海に入り、海中から若布を一鎌刈り取って来て、元旦の神前に供える（『神道名目類聚鈔』五など）。

八 奥丹波に、大晦日に嫁入りの風習のある事不明。

九 祖先の霊を迎えて祀ること。中世までは大晦日にも行われていた事が、『徒然草』十九段などに見える。しかし、一年に十六度・六度などと記すものもあり、『塩尻』十四には、「昔は十二月晦日聖霊祭りし也、今は七月斗に成ける也」とあって、以下ここで述べるような記事はない。西鶴は和歌や『徒然草』に依って、このように短絡的に考えたか。『増山井四季之詞』の玉祭の項にも、年末から年始のことと記すだけである。俳諧師の教養だったか。

一〇 仏前に供える線香と花。麻幹《おがら》の箸も霊祭り用。

一一 一〇五頁注五。正月用の神の折敷。

一二 盂蘭盆経の説に基づき、我が国では推古天皇十四年から公に始まった。「七月十四日の夜、家ごとにその先祖のまつりをなすを、仏をとむらふといはずして精霊まつりといひ、仏壇といはずしてたま棚と云ひ、棚経といふ」（『四方の硯』下）。十六日までまつる。

一三 抜けめのない今時の智恵者なら。

一四 彼岸会。彼岸に到る法会の意。春分・秋分の日を中日として、七日間行う。略して彼岸とも。

一五 大阪市天王寺区生玉町にある生玉神社の秋祭。重陽の節句と同じ九月九日が例祭。

一六 自分も他人も皆、同じように祝う日なので。

霊祭りにも油断するな 塵も積もれば山となる

一　闇の夜のわる口

所《ところ》のならはしとて《習慣として》、[五]関東《くわんとう》に定め置きて《には決まって》、大晦日に祭りあり。〔他にも〕津の国西の宮の[六]居籠《ゐごも》り〔や〕、豊前の国は[七]やともの和布《め》刈《かり》〔があり〕、また、[八]丹波のおく山家《が》に、縁付《えんづ》きをする里あり。むかしは、年のくれに、[九]霊祭《たままつ》りして、いそがしき片手に《忙しい最中に一方では》、[一〇]香《かう》ばなをととのへ、[一一]神の折敷《をしき》と麻《あさ》がらの箸《はし》と、取りまぜてのせはしさに《両方一緒にしたような忙しさなので》、そのころのかしこき人、極楽《ごくらく》へことわりなしに、[一二]七月十四日に替へける。[一三]今の智恵《ちゑ》ならば、春秋の[一四]彼岸《ひがん》のうちに、〔祖先を〕祭るべし《祭るだろう》。〔そうすれば〕末々の世まで、何ほど徳の行く事もしれがたし《どれほど得になるかはかりしれない》。[一五]大坂生玉《いくだま》のまつり〔は〕、九月九日に定め置かれ《決まっていて》、幸はひ、家々に膾《なます》・焼《やき》もの《焼魚》もする《用意する》日なり。[一六]我人《われひと》の祝義《しうぎ》なれば、〔特に〕客人《きやくじん》とてもあらず《という者もいない》、年々《としとし》に、この徳つもりて《得が積り積って》、大分の事ぞかし《額になる》。氏子《うぢこ》の耗《つひえ》《失費》をかんがへ、神も、胸算用にて、かくはあそばし置かれし(このようになさって置かれたのだろう)。

布子も新調できず、闇の夜の悪口にひるむ男

また、都の祇園殿《ぎをんどの》[一]に、大年《おほどし》(大晦日)の夜、けづりかけ[二]の神事とて、諸人詣《しよにんまう》でける(参詣する)。神前のともし火くらうして、たがひに人皃《がほ》(人の)の見えぬとき、参り(参詣の)の老若男女《らうにやくなんによ》、左右にたちわかれ、悪口《わるくち》のさまざま云ひがちに(我がちに言いまくり)、それはそれは腹《はら》かかへる事なり(ほどのおかしさである)。「おのれはな、三ケ日の内に、餅《もち》が喉《のど》につまつて、鳥部野《とりべの》[三]へ葬礼《さうれい》するわいやい」「おどれ[四]は、また、人売《ひとうり》の請《うけ》[五]でな、同罪に粟田口《あはたぐち》[六]へ、馬にのつて[七]行くわいやい」「おのれが女房はな、元日に、気がちがうて、子を、井戸へはめをるぞ」「おのれはな、火の車《くるま》[八]でつれにきてな、鬼《おに》のからのもの(漬物)になりをるわい」「おのれが父《とと》は、町の番太《ばんた》[九]をしたやつぢや」「おのれがかかは、寺の大こく[一〇]のはてぢや(なれの果て)」「おのれが弟《おとと》はな、衒云《かたりいひ》[一一]の挟箱《はさみばこ》もちぢや」「おのれが伯母《をば》は、子おろし屋[一二]をしをるわい」「おのれが姉《あね》は、襠《きやふ》[一三]せずに、味噌買ひに行くとて(と言って出かけ)、道でころびをるわいやい」。いづれ口がましう(〔も〕口やかましく)、何やかや取りまぜて、いふ事つきず(いつまでも言い合っている)。中にも、廿七八なる

一　京都市東山区八坂町の祇園社。今の八坂神社。

二　おけら祭とも。大晦日の夜、子の刻に、神前以外のすべての灯を消し、参詣人は暗闇の中でお互に悪口を言い合い、丑の刻になると係の者が誦経、東西の欄に立てて置いた、それぞれ六本の削掛の木を焼き、煙の方向で、丹波（西）・近江（東）両国の豊凶を占う。また、この削掛の火で、神官は元旦の供物を用意し、参詣の人々もこの火を持ち帰って、雑煮を作る（『日次紀事』十二月晦日の条など）。

三　賀茂川の東方、北は五条から南は今熊野までの地域。平安時代からの葬送の地。近世以降墓地が集中。

四　「おのれ」同様、相手を罵る時使う対称代名詞。

五　身元保証人。貞享・元禄頃、人を誘拐し売買する者は、軽くても斬罪の上獄門、重い時は磔に処せられた（中田薫「徳川時代に於ける人売及び人質契約」『法制史論集』三）。身元保証人も同罪だったか。

六　東山区北部、三条大橋以東、日の岡に到る街道沿い一帯の地名。京都と大津をつなぐ最短路に位置し、東海道を経由して草津から入る物産や、江州物産の搬入で賑わった。西土手処刑場と並ぶ処刑場がある。

七　磔や獄門の刑に決まった者は、処刑前に、縄をかけて馬に乗せられ、町中を引廻された。

八　火の燃えている地獄の車。牛頭《ごず》馬頭《めず》が引き、生前悪事を犯した者を乗せて、地獄に運ぶと言う。

九　番太郎。町に雇われ、木戸の開閉や火の用心、そ

の他夜警の任に当たった。「または堂社の境内・辻堂などに日を送り、或は番太といへる穢多非人に追ひ出され」（『世事見聞録』二）。

一〇 坊主の隠し妻。大黒天は、平安時代以降寺院の厨房に祀られた。厨の神だからとも、厨より外に出ぬからとも。また、その縁日、甲子《きのえね》の子（寝）祭にかけた洒落とも言う。

一一 詐欺師の、しかも手下じゃ。「挟箱もち」は、挟箱をかついで主人の供をする者。

一二 堕胎専門の女医者。幕府も御触を出して禁じたが、女を死なせて閉門や籠舎になった医者や男達がいた（『御仕置裁許帳』など）。西鶴はまた、堕胎薬を売った浪人の一人娘が、その報いで悲惨な生涯を送る咄を伝えている（『懐硯』四ノ三）。

一三 腰巻。「二布（中略）京にてきやふといふ。畿内及び美濃・近江にてゆぐといふ」（『物類称呼』四）。

一四 正月の晴着用の木綿の綿入れ。

一五 諺。手おくれにならないうちに、の意。

一六 諺。一所懸命働いていれば貧乏をする事はない。

一七 京都では、鞍馬の奥僧正谷の美曾路《みぞろ》池付近の穴に住む藍婆・総主の二鬼という（『塵添壒嚢抄』三）。

一八 へ形の下に星点の三つの紋のついた提灯。

一九 「ない所には壱匁ない物は銀なり」（『万の文反古』一ノ三）・「ない物は銀《かね》」（『西鶴織留』一ノ二）。

二〇 「世にあるものは、銀なり」（一四一頁十一行目）。

ないないと言えどあるものは金

若い男、人にすぐれて《どの人にもまさって》口拍子《くちびやうし》〔しゃべりまくり〕よく、何人出ても、〔その男に〕云ひすくめられ《言い負かされ》、後には、相手になるものなし。時に《その時》、ひだりの方の松の木の陰より、「そこな《そこの》をとこよ。[一四]正月布子《ぬのこ》〔を〕したもの《新調した者》と、おなじやうに口をきくな《物をいうな》。見れば、この寒きに《寒い時節に》、綿《わた》入れ着ずに、何を申すぞ《ぬかすぞ》」と、すいりやうに云ひけるに《あてずっぽうに言ったところ》、自然《しぜん》とこの男が《の》肝《きも》にこたへ、返《かへ》す言葉もなくて、大《おほ》勢《ぜい》の中へかくれて、一度にどつと笑はれける。これをおもふに、人の身のうへに《で》、まことほど《事実ほど》〔本人にとって〕恥づかしきものはなし。とかく《とにかく》大晦日の闇《やみ》を、[一五]足もとの赤いうちから合点《がてん》して《覚悟して》、[一六]かせぐに追ひ付く貧方《びんばう》なし。

「さても花の都ながら《花のように美しい都なのに》、〔その都を支える〕この金銀はどこへ行きたる事ぞ」「年々節《せつ》[一七]分《ぶん》の鬼が、取つて帰るもので御座ろ。ことに我等は《私は》、近年、銀《かね》と中たがひして、箱に入りたるかほ〔銀の〕を見ませぬ」と、世のすぼりたる《世の中が不景気になった》物がたりして、〔祇園社を出て〕三条通りを帰れば、[一八]山がたに三星《ぼし》の紋《もん》ぢやうちん六つとぼして、車《地車》三輌《りやう》に銀箱をつみ、手代らしきもの二人跡につきて、咄《はなし》して行くを《のを》きけば、「世界《せかい》に[一九]ないないといへど、〔実際に〕[二〇]あるものは金銀ぢや。この銀子は、隠居《いんきよ》の祖母《ばば》への寺参《てらまゐ》り銀《がね》とて《として》、[一]親旦那が分け置かれ、[二]明暦元年《めうれきぐわんねん》の四月に蔵《くら》入れして、また《それ以後初めて》取り出すは今晩。この銀箱が世間《世の中》を久しぶりにて見て、[三]気のつきを晴らすべし《くさくさした気分を晴らすだろう》。おもへば、この銀《かね》は、うつくしき娘《むすめ》を、うまれうまれ《生まれるとすぐ》出家にしたやうなものぢやわ。一生人手にわたりて、よい事《よい目》にもあはず、[四]後は寺のものになる程に《のだから》」と大笑ひして、「けふこの銀《かね》を出すついでに、[五]向ひ[の]屋敷の[六]内ぐらを見れば、[七]寛永《くわんえい》年中の書付の箱ばかりも《でも》、山のごとし。一代に、あのごとくたまるものかよ《だろうか》。惣《そう》じて、世上の[八]分限《ぶんげん》、第

一 今の主人の父親。隠居の祖母の夫。

二 メイレキが正しい（『万民調宝記』下）。元禄五年よりほぼ四十年前。銀箱の上に、蔵入りの年月が書いてあるのである。

三 金銀に精気があり、永い間蔵の中にしまったままにしておくと、精根が尽き呻《うめ》くという。「一代に延ばしたる銀の山、夜はこの精うめき渡れど、貧者の耳に入る事に非ず」（『日本永代蔵』五ノ五）。

四 祖母が死ねば、寺参り用のこの銀は、祠堂銀になると考え、このように言った。

五 後に、霜月の始め頃、万の道具を運んで来た、と記す、その面屋（惣領どのの居る家）。

六 母屋の軒続きに建てた土蔵。金銀などの貴重品や、衣類・諸道具などの身近かに使うものを入れた。

七 元禄五年まで、少くとも五十年になる。同様の表現、堺の裕福な町人の例として、『日本永代蔵』六ノ三にもある。

八 金持。五一頁注六参照。

＊ 祇園社内の光景。南向きのこの神社は、明治になって八坂神社と改称するまで、（祇園）感神院とも言われた。「感神院」の額を掲げる石の鳥居を入ると、左右に松。祇園社に松のとりあわせは、他の地誌類にも見える。中央に描かれるのは、削掛の神事の行われる拝殿。そしてその前には、祇園造といわれる単層・檜皮葺の荘厳広麗な本社。

神前には提灯がともっている。人々が三三五五と集まり、左右に分かれて、悪口の言い合いが始まろうとしている。悪口を聞いて恨まないのは、懺悔の為とも。本殿に向かって右側の列には、投頭巾をかぶったり、頬被りをするもの、また、提灯をともした子供（丁稚か）がいる。本殿には、娘をつれた父親や、長脇差をさした伊達風俗の男たち。この「感神院」の額は、「玉ちるばかり」と称せられた青蓮院御門跡尊純法親王の筆跡か。但し、『出来斎京土産』二には、先の大地震（寛文二年か）で、鳥居ともども崩壊したと伝える。

九 引き戸のある上等な駕籠。公家や門跡・高級武士の外、儒者・医師・僧侶に許されたが、町人も六十歳以上の老人は届け出ると許され、婦女子は黙認された。従って、妻や娘が乗物で外出するのは、富裕な町人の見栄になっていた。ここでは侍女や猫までが乗物で引越すのである。「世の外聞ばかりに、送り迎ひの駕籠《のりもの》・一門縁者の奢りくらべ、無用の物入り重なりて、程なく穴の明く屋根をも葺かず、家の破滅とはなれり」（『日本永代蔵』一ノ五）。

一《〔に〕》しはき名《けちとの評判》を取りて、何ぞいち《心中に何か一つ》もつなうては《のもくろみがなくては》、富貴《ふうき》にはなりがたきに、我等が旦那は、万事大《だい》名風《みやうふう》にして《鷹揚にして》、一代栄花《えいぐわ》にくらし、その上のこの仕合せ《これほどの財産ができる》、そなはりし《根っからの》福人《ふくじん》。されば、今迄《まで》は惣領《そうりやう》どの《〔の所〕》に隠居したまへども、二男《なん》の家をもたれければ《が分家されたので》、また気《気分》を替へて、そこへの隠居《いんきよ》の望《のぞ》み。何事も御心まかせにとて、霜月はじめごろより、万《よろづ》の道具をはこび、けふこの銀がうちどめなり《最後である》。面屋《おもや》より《本家から》わかりて《分かれて》、隠居付《いんきよづき》の女十一人、猫《ねこ》も七ひき乗物《のりもの》[九]にのりて、人並《なみ》に越されし《引越された》。この廿一日に例年の衣《きぬ》くばりとて《をするのに》、一門《もん》中《〔から〕》下人ども《〔まで〕》かれこれ集

めて、男《をとこ》小袖四十八、女小袖五十一、[一]小だち・中だちの小袖廿七、合はして百弐十六、[二]笹屋にて調《ととの》へ、それぞれに給はりける。この小袖代をもてば、商《あきな》ひの元手《もとで》があるぞ。また、若旦那《わかだんな》よりは、きのふも、『[三]初芝居《はつしばゐ》がならぬ』といふて、さる[四]太夫が機嫌を見合せなげきしに、金子五百両かし下さるる。京の広い事をしらぬゆゑ、掛乞《かけご》ひが[五]百銭《ぜに》をよみける。我々が見てこのかた、旦那兄弟、金銀手にもたれたる事なし。まして、我が分限《ぶんげん》の高をしられず、[六]九人の手代まかせなり」と語りつづけて、大きなる屋作《づく》りに入りて、「御隠居様のお銀《かね》がまゐりました」と、内ぐらに納《をさ》めける。

この家の[七]年男《としをとこ》、神々へ[八]灯火《ともし》あげて後《のち》、「[九]お銀ぐらへも灯明《とうみやう》」と申せば、旦那、指《ゆび》さして笑ひ、「さても初心《しよしん》な年男どの。蔵《くら》に灯明などといふは、纔《わづ》か千貫目の事なり。二十五六も灯明とぼすか」と申されし。さても大分ある銀《かね》と、この家をうらやましく見るうちに、方々より、大分《だいぶん》の銀箱《かねばこ》、広庭につみかさね、[一〇]両替の手代らしきもの

に十分だ
できない
〔若旦那の〕ご機嫌のよい時にお願いすると
京都が広くこんな金持がいることも知らないので
実際に手にされたことがない
いちいち数えて受け取ったりする
〔の〕
自分の家の
資産の額もご存知なく
〔すべて〕
構えの家に入って行って
〔を〕
〔をとぼす〕などと
〔身代の家〕でのことだ
〔を〕とぼせるか
随分金のある家
だと
〔を運んできて〕土間に積み重ね
両替屋

一　いずれも大人用の本裁《ほんだち》（本身）に対して言う。小裁は四五歳までの幼児用（一つ身など）、中裁はそれより上、大人になるまでの子供用（四つ身など）の着物の裁ち方。

二　京都室町の呉服所。笹屋半四郎・半左衛門・半兵衛・新十郎の名が知られる（『京羽二重』）。

三　歌舞伎・浄瑠璃などの正月興行。正月二日に行われる（『日次紀事』正月二日の条など）。

四　一座の筆頭の女形、または興行主。初芝居の衣装が作れない、または給金の工面ができないと愁訴したか。

五　銭百文を銭差にさしたもの。九六銭と言って、九十六文通したもの（くろく）と、百文通したもの（丁百）の二種類があったので、いちいち数えた。「カゾユルヲよむト云フ」（『志不可起』三）。

六　「近年分限になる人の子細をきくに、その家によき手代ありて、これらが働きにて段々出世をする事なり」（『商人家職訓』三ノ三）。下人や他人にまで心を配る商人の家には、すべてをまかせられる主家思いの手代が集まっている。

金は金を呼んで石瓦の如し

七　鏡餅を供えたり、若水汲み・節分の豆まきなど、年末から年始の様々な儀式の役を勤める男。奉公人の中から壮健な男を選ぶ（『滑稽雑談』一）。

八　ともしび。灯明。

ども《〔が恭々しく〕》手をつかへ《手をつき》、この家のおも手代に《頭だった古参の手代に》さまざまきげんをとり、「何とぞ、この銀子ども、御くらへをさめ申したき《申させて下さい》」といへば、「例年《れいねん》申し渡し、御ぞんじのごとく、大晦日の七つさがり候へば《午後四時過ぎになりますと》、銀子いづかたから参りても、うけとり申さぬと、かねがね申しわたし置き《わたしておいた》しに《のに》、夜に入りて、この《こんな》はした銀《がね》、事やかまし《面倒くさい》」といひて、うけとらぬを、色々わびごと《愁訴したり》一一追匠《ついしょう》いひて、三口合はして六百七拾貫目渡し《〔の銀を〕》て、請とり手形おしいただきて《受取り証文を押し戴き》立ち帰る《そそくさと帰ってゆく》。《〔だが〕》もはや《もう既に》御蔵《おくら》はしめけるとて、一二大がまのうしろに、かさね置きける《積み重ねて置いた》。この銀は、庭にて《台所の土間で》年をとりける。まことに《〔この家では銀箱も〕》石かはらのごとし。

九 金銀・財宝を入れて置く蔵。当時、千貫目以上の長者が、その財産に応じて、内蔵に常灯明をともす風習があった。「松浦の人は千貫目もち／常灯やひれふる山に移るらん」（『独吟一日千句』巻十）。
一〇 手形振出しなどの取引に備えて、両替屋も、大資本の庇護を必要としたか。
一一 「追従」の宛字か。お世辞。
一二 年中行事や冠婚葬祭などで、人が多く集まった時の煮炊用に、普段使う竈とは別に設けた竈。蓋の上に正月の供物など上げ、大切にする。
＊ この章、先ず、霊祭りにも油断せず抜けめのない今の世の人心を描き、正月用の晴着の用意もできず、闇の夜のいい加減な悪口にもひるんで逃げ出す男の姿を描き、かせぐに追付く貧乏なし、と結ぶ。だが、こざかしく働く事が、金持への道ではなかった。後半、すべて手代にまかせ、自分の家の資産の額も知らず、栄華にくらして、大晦日にも金銀瓦石の如く集まる金持の姿を描く。一見、金が金をもうける非情な浮世のさまを記すようだが、この一族は、親には孝、奉公人や他人にも慈悲深い人々の集まりとして描かれている。人の道を守ることが、「そなはりし福人」につながっている、と言えよう。

二　奈良の庭竈

物には限度あり、堺の足切り八助の由来

むかしから、今に《今まで》、同じ顔《かほ》《同じ人の》を見るこそ《見るのは》、をかしき《実に面白い》世の中。この二十四五年も、[一]奈良がよひする肴屋《さかなや》ありけるが、行くたびに、只一色《〔肴は〕一品に》にきはめて《決めて》、鮹《たこ》より外に売る事なし。後には、人も鮹売《たこう》りの八助とて《言って》、見しらぬ人もなく、それそれに商《あきな》ひの道付きて《得意先も出来て》、ゆるりと三人《〔家族〕》口を過ぎける《暮しを立てていた》。されども、大晦日に、銭五百《五百文》もつて、[二]終《つひ》に年を取りたる事なし。[三]口喰《く》うて一盃《ぱい》に、[四]雑煮《ざふに》いはうた分《ぶん》なり。

この男、つねづね世わたりに油断《ゆだん》せず、ひとりある《たった一人の》母親《ははおや》のたのまれて《母親に》、[五]火桶《ひをけ》買うて来るにも、はや[六]間銭《あひせん》取りて、只は通さず《ただでは動かない》。まして、他人《たにん》の事には、とりあげ祖母《ばば》《産婆》呼んで来てやるけはしき時も《命がけのあわただしい時でも》、茶づけ食《めし》を喰はずには、ゆかぬ《食わせてもらわずには　行こうともしない》ものなり。いかに欲の世にすめばとて、[七]念《ね》仏講中間《ぶつこうなかま》の[八]布に利《り》をとるなどは《手数料を取るなどというのは》、まことに[九]死《し》ねがな目くじろの男なり。これほどにしても、あのざまなれば《あんな貧乏暮しなのは》、[一〇]天のとがめの道理《だうり》ぞかし。

そもそも奈良にかよふ時より《通い始めた》、今に《まで》、鮹《たこ》の足《あし》は、日本国《にほんごく》《では》が八本に極《きは》まりたるものを、一本づつ切つて、足七本にしてうれども《売っても》、誰《たれ》《誰》かこれに気のつかぬ事にて《も気がつかないので》、売りける《それをよいことにして売っていた》。そのあしばかりを、[一一]松ばらの

一　中世以来、堺は漁業で発展し、堺の魚は京坂にその名を知られていた。南は紺屋町浜に、北は柳之町浜に魚市場があったが、南の魚市場は、海船市場で、主として夏に開かれ、大和方面に送る鮹の売買が盛んだったので、鮹市ともいわれた（『堺市史』本編第二）。

二　これまで一度も。

三　食べるだけで精一杯で。

四　元日にも雑煮を祝うのが、やっとだった。

五　桐火桶の形に似て、蓋のある手焙り火鉢。奈良の土細工の一つ。老人の保温・防寒に喜ばれる（大系本）。

六　「合銀」に同じ。手数料。

七　念仏の信者たちの会合。毎月一、二度当番の家に寄り合い掛け銭を積立て、講仲間の会合や葬式などの費用にした。

八　葬式用の白装束や経帷子用に頼まれた奈良晒の布にも。

九　死んでくれたらよい、目の玉までくり抜いてやろう、という言葉そのままの強欲非道な男である。

一〇　天罰が下るという道理の通りだ。

一一　大阪府松原市。堺から奈良への街道筋にあたる。

一二煮うり屋に《で》、さだまつて《必ず》買ふものあり。さりとは、おそろしの人ごころぞかし。

一三物には七十五度とて、かならずあらはるる《〔悪事の〕露顕する》時節《じせつ》あり。過ぎつる年《去年の》のくれに、あし《〔蛸の〕》二本づつ切りて六本にして、いそがしまぎれに売り《売った》けるに《が》、これもせんさくする人なく、売つて通りける《〔これ幸いと〕売って歩いたところ》に、一四手貝《てがひ》の町の中ほどに、表《おもて》に一五ひし垣《がき》したる内より呼《よ》び込《こ》み、蛸《たこ》二盃《はい》一六うつて出る時、法躰《ほつたい》したる《隠居姿の》親仁《おやぢ》じろりと見て、碁《ご》を打ちさして《やめて》立ち出で、「何とやら《何となく》すそのかれたる《淋しい》蛸《たこ》」と、あしのたらぬを《足りないのを》吟味《ぎんみ》仕《し》出し、「これは《とは》、どこの海よりあがる蛸《でとれた蛸だ》ぞ。足六本づつは、神代《じんだい》このかた、何の《どんな》書《しょ》にも見えず。ふびんや《気の毒に》、今まで、奈良中のものが、一盃くうたであらう。魚屋、皃《かほ》見しつた《覚えた》」といへば、「こなたのやうなる《あなたのような》、大晦日に碁《ご》をうつてゐる所では、うらぬ」と、いひぶんして《勝手な理屈をこねて》ぞ、帰りける。そののち、誰《た》が沙汰《さた》するともなく《誰が噂するともなく》、世間《せけん》にしれて、さるほどに《そのうちに》、せまい所は《町なので》、角《すみ》からすみまで、「足きり八すけ」といひふらして《言い触らされて》、

一二 飯や惣菜・うどん・そばなどを、売ったり食べさせたりする店。「隙な日も禿に髪ゆはせておくは、煮売屋に蛸の用意と同じ事にて、かうした不慮の首尾もあればなり」(『好色万金丹』一ノ二)。上方《かみがた》で蛸は、煮売屋の常備品。

一三 諺。物には限度がある、の意。

一四 奈良東大寺輾磑門《てがい》(俗に、景清門)西方の旅籠屋町。

一五 割り竹を菱形に組んだ垣。

一六 タコやイカは一盃・二盃と数える。

一生《しやう》の身過ぎのとまる事、これ、おのれがこころからなり。

されば、大どしの夜の有《あり》さまも、京・大坂よりは、各別《かくべつ》しづかにして、よろづの買ひがかり[一]も、あるほどは随分《ずいぶん》すまし、「この節季《せつき》にはならぬ」とことわりいへば、掛《かけ》とり聞きとどけて、二たび来る事なく、さし引四つ切《ぎり》[二]に、奈良中が仕舞うて、はや正月の心。いへに、庭ゐろりとて、釜《かま》かけて焼火《たきび》して、庭に敷ものして、その家内《かない》、旦那《だんな》も下《げ》人《にん》もひとつに楽《らく》居《ゐ》[三]して、不断《ふだん》の居間《ゐま》は明け置きて、所ならはしとて、輪《わ》[四]に入れたる丸餅《まるもち》を、庭火にて焼き喰ふ

ゆったりと長閑な、奈良の年越

暮しの為の手段がなくなってしまった　これはまったく　自分の心根が原因である

ところで　〔奈良は〕大晦日の　で　〔手元に金の〕ある限りは　精一杯すまし　〔これ以上〕支払えないとわびをすると　終りにして　気分　といって　土間　家中　その土地の習慣として　庭囲　炉裏の火で

一　現金でなく、掛けで買った品物の代金。
二　差し引きの勘定は四つ切に（午後十時を限度に）。
三　楽な姿勢ですわること。
四　餅の大きさを一定に保ち、形を崩さない為に、竹の輪に入れる。
＊　暗峠《くらがり》で追剝の場面。屈強な男が四人、刀を抜かんばかりの大げさな構えで、貧相な男を襲っている。五人すべて脚半がけ。暗峠が難所であることを示すか。が、商人の地味な身なりに比べ、二本差に投頭巾の浪人達の姿は、派手で異様である。「酒手を出せ」の言葉ともども、これは、彼らの遊民的な毎日をも示すか。頭を隠すが、顔は丸出しであるのも可笑しい。商人が天秤棒で担ぐ前の荷は酒樽、後は菰包みにした数の子。
五　天皇や皇族の御陵番である守戸《しゆこ》の転といわれ、当時賤民として忌み嫌われ一ケ所に密集聚落した人々。御陵の多い奈良地方に多かった（堀一郎『我が国民信仰史の研究』）。ここでは、奈良の北の町はずれ、奈良坂に住んだ者を指す。奈良の抹香・歯朶・門松などの売買を独占した（『平城坊目考』三）。「南都宿者　今暁宿者、大敲二一乗院坊官一条寺主法眼幷大乗院坊官因幡法眼之門戸一唱二富々一。則与二酒食一。帰路敲二北屋之戸一唱レ富。凡北京南都屠人幷乞人之所二聚居一曰レ宿。其人曰二宿者一」（『日次紀事』正月元日）。
六　奈良市、法相宗の大本山、興福寺に属する門跡寺。一乗院門跡と交代で興福寺の別当職を担当。一乗院が

宮門跡であるのに対して、大乗院は摂家門跡。
七　大乗院三綱職坊官福智院家二一世、舜恕。貞享三年佐々家より入り、中絶していた同家を興す。元禄四年五十二歳没（山田重正「井原西鶴の『世間胸算用』における佐々因幡について」）。
八　大晦日や節分などの夜、厄払いの言葉を唱えて、米銭をもらい歩く者。『やあら目出たや、鶴は千年亀は万年、東方朔は九千歳』と、年越しの夜の厄払ひが高声」（『男色大鑑』八ノ二）。「厄はらひといふ非人、節分の夜は御厄はらひが厄払ひましよとさけび、武家・町家を歩行く事は、今昔かはりなし」（『塵塚談』下）。
九　大黒天迎えの意。七福神の一つ大黒天は、大きな袋を背負い、打出の小槌や、時には枡を持って米俵の上に坐る。『日次紀事』正月元日の条には、この章の記述とは幾分異なり、奈良に吉野の人がやって来て、元旦には弁財天、二日には毘沙門天、三日には恵比須の順に、福の神の札を売り歩く、とある。
一〇　奈良市春日野町の春日大社。ここには、建甕槌《たけみかづち》命・経津主《ふつぬし》命・天児屋根《あめのこやね》命、および比売《ひめ》神の四座を祀るが、この四座の神を合わせて春日大明神という。藤原氏の氏社として発展、興福寺が実権を握るに至り、ますます神威を発揚、広く信仰された。
一一　奈良晒とも。肌ざわりよく、汗をよくはじく高級品。天正年間の頃より人々に知られ、寛永頃より盛んになって、貞享年間には、ほとんどの家が奈良晒で生計をたてていた。
も、いやしからず、ふくさなり《ゆったりしていて福々しい》。

　さてまた、都《〔奈良の〕》の外の宿《しゆく》[五]の者《もの》といふ男ども、大乗院御門跡《だいじようゐんごもんぜき》[六]の家来因《けらいいな》[七]幡《ば》といへる人の許《もと》にて、例《れい》にまかせて《例年のように》祝ひはじめ、「富《とみ》〱」「富〱」といひて、町中をかけ廻れば、家ごとに、餅《もち》に銭《ぜに》そへてとらせける。これを思ふに、大坂などにて《の》厄はらひ[八]に同じ。やうやう夜も明《あけ》がた《明け始めた》の元日に、「たはらむかへ〱」[九]と売りけるは、板《はん》におし《木板刷り》たる《の》大こくどのなり。二日の明ぼのに、「恵美酒《ゑびす》むかへ」と売りける。三日の明がたに、「びしやもんむかへ」とうりける。毎朝、三日が間、福《ふく》の神《かみ》をうるぞかし《売るのである》。

　さて、元日の礼儀《礼儀として》、世間の事《世間への正月の挨拶など後回しにして》はさし置きて、先づ春日《かすが》[一〇]大明神へ参《さん》詣《けい》いたすに《が》、一家《け》一門《もん》、するゐずゐの親類までも引きつれて、ざざめき《にぎやか》ける《なことだ》。このとき、一門のひろきほど《多いほど》、外聞《ぐわいぶん》に見えける《世間体がよい》。何国《いづく》にて《どこで》も《も全く》、富貴人《ふうきじん》こそ《金持は》うらやましけれ。商売《しやうばい》[一一]のさらし布《ぬの》は、年中《ねんぢゆう》、京都の呉服《ごふく》屋にかけうりて《掛売にして》、代銀は、毎年大ぐれ《大晦日》に取りあつめて《寄せ集めて》、京を大

大晦日の追剝、正月の用には立たず

晦日の夜半《よなか》から、我《われ》先に仕舞ひ次第に、たいまつとぼしつれて、南《なん》都《と》に入りこむさらしの銀、何千貫目といふ限りもなし。すでに奈良へ帰れば、皆々夜あけになれば、金銀くらにうちこみ置き、正月五日より、たがひにとりやりのさし引する事、例年なり。

この銀荷《かねに》を心がけて、大和《やまと》の片里にしのびてすみける素浪人《すらうにん》ども、年とりかぬる事のかなしさに、いのちを捨てて、四人内談《ないだん》して、追《おひ》剝《はぎ》に出でしに、みな三十貫目、または五拾貫目の大分にて、のぞみほどのはした銀《がね》なければ、それかこれかと見合はすれども、終《つひ》に「酒手《さかて》」と云ひかねて、この道かへて、くらがり峠《たうげ》に出て、大坂よりの帰りをまちぶせし所に、小をとこのかたげたる菰《こも》づつみを、「心にくし。おもきものを、かるう見せたるは、隠《かく》し銀《がね》にきはまる所」とて、おさへて取つて、にげされば、この男こゑを立て、「明《あ》日《す》の御用には、とても立つまい立つまい」と申す時に、四人してあけて見れば、かずのこなり。これはこれは。

取り立てのすみ次第　お互いに松明をとぼして　帰るが　この時奈良に入り込む晒の代金が　になるのかわからないほどだ　なるので　投げ入れて　〔大晦日の〕収支決算をするのが　例年の習いである　ねらって　片田舎に人目を忍んで　年こしのできない　死ぬ覚悟で　追剝に出たが　大金ばかりで　ほしいと思　ったほどの　様子を見るばかりで　〔をよこせ〕　帰ってくる商人を待ち伏せていた　かついだ　〔見て〕　あれは何だ　きまってる　〔小男を〕　〔菰包を〕　逃げ去ると

一　この日、奈良晒の初市の日か。

二　主家を離れ、失職している武士を侮っていう語。素寒貧の浪人。不満を抱く者が多く、幕府は秩序安定の為、浪人の素姓を吟味し、居住地を制限する浪人改など、浪人に関する御触をしばしば出している（『古事類苑』政治部六一）。

三　追剝は、獄門の刑が処せられた（『徳川禁令考後聚』二二五）。

四　追剝のおどし文句。「向《むかふ》よりむくつけき大のをとこの、色黒く眼竪に切れたるやうなるが、右の手にかたなをぬきながら、会釈もなく近づきよつて、『いかに坊主、酒代《さかて》よこせ』といふ」（『宗祇諸国物語』三）。

五　暗峠。大阪府東大阪市と奈良県生駒市の堺にある、生駒山中の峠。奈良街道の難所。大坂と奈良を直線的に結ぶ為、古くから利用された。

＊　この章の主題も前章に同じ。奈良を舞台に、三話で成り立つ。先ず、余りの強欲非道ぶりが露顕して、天罰てきめん、自ら身過の種を失う鮹売八助の話。次は、人としてできる限りのことは精一杯し、早々と正月気分になり、旦那も下人も一緒に、庭竈で楽しむ奈良の町人の話。彼らは、神仏を大切にして正月も賑々しく祝い、年末の収支決算も、正月の五日にする鷹揚さである。そして最後に、彼らの金をねらって追剝に出た素浪人が、余りの大金に手も出せず、数の子を盗んで帰る話。

豊かさの象徴である数の子も、彼らにとっては、ほとんど何の役にも立たない。

三　亭主の入替り

大晦日の夜の下り船　一人いい気な男あり

[六]年の波《なみ》、[七]伏見《ふしみ》の浜《はま》にうちよせて、水の音《おと》さへせはしき《せわしく》〔聞こえる〕、十二月廿九日の、夜の[八]下り船、旅人《りよじん》、つねより〔先を〕いそぐ心に乗り合ひて《で乗り合わせて》、「やれ出せ出せ」と、声々にわめけば、船頭《せんどう》も、[九]春しりがほにて、「われも人も《誰も》《みんな》、〔今年は〕けふとあすとの日なれば《今日と明日の日しかないので》、何がさて《とにかく》、[一〇]如在《ぢよさい》は《手落ちは》御座らぬ」と、やがて《すぐに》、纜《ともづな》ときて、[一一]京橋《きやうばし》をさげける《から下って行った》。

不断《ふだん》の下り船には、世間の[一二]色ばなし、[一三]小うた・浄瑠璃《じやうるり》・[一四]はや物《もの》がたり、謡《うたひ》に、[一五]舞《まひ》に、役者《やくしや》のまね、ひとりも口たたかぬ〔者〕はなかりしに《はないのに》、今宵《こよひ》にかぎりて、ものしづかに、折々思ひ出し《思い出したように》念仏《ねぶつ》〔を唱えたり〕、または、「長《なが》うもないうき世。[一六]正月正月と待つてから、死ぬるを待つばかり」と、世をうらみたる云《い》ひ分《ぶん》。そのほか人々は、寐入りもせず、みな、

[六] 年の瀬、年末が。一〇一頁注九参照。
[七] 宇治川が分れ伏見に入り、堀川に合流する辺り。
[八] 一一〇頁注一参照。この三十石船が、大坂・伏見間約十二里半を上下するのに、上りは一日、または一夜、下りは半日、または半夜かかるが、京都から大坂に行くには、夜行して明け方着くのが普通。「三十石の下り船は、淀よりくだす。是は四つ（午後十時頃）より九つ（午前零時頃）まであり。船ちん五分、時により高下あり」（『人倫訓蒙図彙』三）。
[九] 正月の近いのを十二分に知っている顔つきで。このあたり、『伊勢物語』第九段東下りの面影あるか。
[一〇] 底本、「女在」に誤る。
[一一] 京都市伏見区京橋町、淀川の支流にかかる橋。その橋のたもとに、三十石船などの発着所があった。
[一二] 遊里・遊女など、男女の情事に関する世間話。
[一三] 俗謡小曲。三味線を伴奏に使う。
[一四] 物語や口上などを、息もつかず、面白おかしく早口で語る座頭の芸。
[一五] 舞々、幸若舞。幕府の式楽でもあった。
[一六] 正月正月といって待ったところで、（何もよいことはない。年を取って）死ぬのを待つばかりだ。

船中の身の上咄に悩みのない者なし

はらだちさうなる《腹立たしそうな》顔《かほ》つきなるに、人の手代らしき男が、をやま[一]茶屋《ぢやや》でうたひならひし《覚えた》なげぶし[二]を、息《いき》の根《ね》のつづくほど《続く限り》《〔声を〕》はりあげて、あ[三]ひの手を、口[四]三味線《ざみせん》の無拍子《ぶひやうし》に、頭《づ》をふり廻して、つら《〔いい気なのが〕》にくし《小癪だ》。程なう《ほどなく》、淀[五]《よど》の小ばしになれば、大間[六]《おほま》の行燈《あんどう》目あてに、船[七]を艫《とも》より逆下《さかくだ》しにせし時、分別[八]《ふんべつ》らしき人、目をさまして、「あれあれ、あれを見たがよい。人みな、あの水車[九]のごとく、昼夜《ちうや》、年中、油断なくかせぎければ《稼いでおれば》、大節季《大晦日》の胸算用、違ふ事なきに《狂うはずがないのに》、不断は手をあそばして《遊ばせておいて》《〔年末になると〕》、足もとから鳥のたつやうに《急に思いついたように》、ばたくさ《ばたばたと》とはたらきてか《働いても》

一 遊女を抱えておく色茶屋。水茶屋に対していう。「をやま」は、遊女・うかれ女の異称。上方で使う。

二 明暦・万治頃から島原ではやり出し、貞享・元禄頃最も流行、三都は勿論、地方の遊里でもはやった。「およそお山のうとふしなじなは（中略）▲小うたにては〳〵なげぶし」（『茶屋諸分調方記』）。

三 間の手。歌と歌の間に、楽器だけで演奏する部分。

四 拍子はずれの口三味線（口で三味線のリズムを歌うこと）で入れ。

五 京都市伏見区淀の北、宇治川にかかる橋。長さ七十六間。南にある木津川の淀大橋に対していう。

六 船を通すため、橋柱と橋柱の間を、特に広くした橋下の中央部。ここに鉄製の行灯をつるして、灯をともし、夜間航行する船の水先案内とした（『淀川両岸一覧』上り船之部下）。

七 天満橋や淀の小橋附近は、水の勢いが強いため、船が橋脚に衝突したり、押し流されたりしないように、船をまわして、船尾から尻下りに、慎重に下る。これを艫下げという（『淀川両岸一覧』下り船之部）。

八 いかにも分別がありそうに見える人。

九 淀の水車。庭園の泉水や飲料水用に、城内に水を引き入れるために作られた、大きな二台の水車。淀川の名物になり、「淀の川瀬の水ぐるま、たれを待つやらくる〳〵と」（『かぶきの草子』）などと歌われた。

ら、何の甲斐《かひ》なし」と、我ひとり智恵あり顔《あるような顔で》に、いひける。船中の人々、耳をすまして、「これ尤《もつと》も」と聞きける中に、一〇兵庫《ひやうご》の旅籠屋町《はたごまち》の者、乗り合ひけるが《合わせていたが》、「只今のお言葉にて、われらが《私の》身の上の事に、思ひあたりました《気がつきました》。浦住居《ずまゐ》の徳には《おかげで》、一一生肴《なまざかな》のつかみどりの商売《しやうばい》して、世わたり楽々《らくらく》としてから《していながら》、毎年の仕舞《しまひ》には《暮れの決算には》、少しづつたらず。この十四五年も迷惑して《途方にくれて》、一二大津に母方の一三姨《をば》ありけるが、〔そのおばに〕わづか七拾目《匁》か、八拾目《匁》か、百目より内の《百匁にもならない》御無心申せしに《〔を〕申したところ》、年々の《毎年》事にて、姨《をば》もたいくついたされて《うんざりされて》、『当くれの合力はならぬ《今年の暮れの援助はできない》』とい

また、「人の稼《かせ》ぎは早川の水車の如く、常住油断する事なかれ」（『日本永代蔵』六ノ四）などという。

＊淀の小橋を、無事通過した下り舟。船の進行方向左手に、淀城。枝ぶりを競い合う松と、美事な鯱《しやち》が見える。そして、城内に水を送る水車。当時、小袖の模様にもなったこの城（『女用訓蒙図彙』四）の美しい姿は、船中の人々を驚かせ、楽しませた（『浮世物語』一ノ三、『出来斎京土産』七など）。船の中には先ず、船頭に話かける男と、城に見とれる女。女は頬包みをしている。城には、淀君の姿も重ねているか。話込む男たち三人。頬被りや投頭巾の男の間で、あごに手をやり、水車を正面に見すえる男は、文中の「分別らしき男」か。又、一人、キセルで調子を取り、鼻うたまじりに上機嫌なのは、「人の手代らしき男」。彼は、亭主入替りの新工夫に、有頂天だが、その目なざしの彼方には、水たり明神が鎮座まします。鳥居・社殿・多宝塔が見える。

一〇 神戸市兵庫区。西国街道に沿った小広町・神明町・逆瀬川町・東西柳原町附近という。

一一 骨も折らず、生肴のつかみ取りのぼろもうけをして。諺に「濡れ手で粟のつかみ取り」とあるに同様。

一二 滋賀県大津市。東海道の宿駅・琵琶湖水運の港町として繁栄。幕府直轄領の一つ。

一三 母の姉妹をいう。

ひ切られ、置いたものを取つて来るやうなる心あて《ちょっとよそに置いた自分のものを取ってくるような確かなあてが》、違へば《はずれたので》、里《故郷》に帰りてから《に帰っても》、年の取りやうなし《年越のしようがない》」とかたる。

また、ひとりの男は、「さしわたして《〔口入屋を頼まず〕自分で直接に》、弟《おとと》をつれて、このたび四条《四条》の《河原の》役者に近付《ちかづき》ありて《があるので》、これをたのみにして、《〔弟を〕》芸子[一]《げいこ》に出して、《〔給金を〕》前銀《まへがね》かりて《前借りして》、この節季を仕舞ふ心がけにて《切り抜けるつもりで》、《〔京に〕》のぼりけるに、おもひのほかなる事は、我が弟ながら、かたち《姿形》も人にすぐれて《人並以上で》、太夫子[二]《たいふご》にもなるべきものと思ひしに、『耳すこしちひさくて[三]、本子[四]《ほんこ》には仕たてがたし』とうけとらねば、是非《ぜひ》なく《どうしようもなく》つれて帰る。さてさて、世間《せけん》に《には》、人もあるものかな《思いがけない人もいるものです》。十一、二、三の、若衆下地[五]《わかしゆしたぢ》の子どもの《で》、随分随分《それはもう》色[六]品《しな》よきを、毎日、二十人《〔も〕》三十人《〔も〕》つれきたりて、人置《口入屋が》がささやくをきけば、牢人の子もあり、医者の子もあり、さのみ筋目《すぢめ》もいやしからぬ人《素姓も悪くない人でも》なれども、としのくれを仕舞ひかね《越しかねて》、奉公に出せしに《出すので》、十年切つて《十年間の年季と決めて》、銭壱貫から三十目までにて《の代金で》、好きなる子共取りける《好きな子供を雇うのです》。色の白き事、かしこき事、上方者《かみがた》には、とても及びがたし《かなわない》。つかひ[七]

一 歌舞伎若衆。売色もしたが、男色を専らとする者に対して、舞台で芸能をする少年の意。舞台子に同じ。
二 将来、立女形（一座筆頭の女形）にもなるべきすぐれた容色の歌舞伎若衆。
三 耳たぶが薄く、耳が小さいのは貧相（『安倍晴明物語』下）。
四 舞台に立つ歌舞伎若衆。宴席に侍って男色を売る色子など、陰間に対していう。舞台子・芸子に同じ。
五 将来、一人前の歌舞伎若衆になる素質のある少年。
六 顔形も品位も申し分のない子供。
七 旅費を使った分だけ損して、帰ります。
八 日蓮宗では、法華経を重んじ、十界曼陀羅を本尊とする。即ち、中央に南無妙法蓮華経と題目を書き、その周囲に、如来や菩薩・神の名などを記した曼陀羅をかけて、信仰する。何によらず、日蓮上人の真蹟は高価で、にせ物が多かった（『譚海』一）。
九 京都府宇治市。当時宇治は、『古今集』や『百人一首』で周知の僧喜撰の歌、「わが庵は都のたつみしかぞ住む世をうぢ山と人はいふなり」のイメージから、「住み隠れし宇治」（『好色一代女』一ノ三）、「世を宇治の里」（『好色盛衰記』二ノ一）などと連想された。この人、金持の隠居、楽坊主か。
一〇 諺に「ほつけと念仏、犬と猿」という。「この人」は、日蓮宗から簡単に浄土宗に変わる程度の生道心しか、もちあわせていない。注一二参照。檀家制度ができて、仏法の昼を迎えた当時、形ばかりの不まじめな信者も多かった。
一一 仏菩薩の名。十界曼荼羅に、十界の身相の仏名が書いてある。
一二 高野参りをする心積りですが、そんな志を、の意。「高野参り」は、真言宗の総本山、高野山金剛峰寺に参詣すること。親の代から日蓮宗の男が、借金取りの面倒から逃れるため、思いついたように高野詣をしようというのである。日蓮宗では、「念仏無間地獄、禅天魔、真言亡国、律国賊、諸宗無得道」と言って、他宗を厳しく嫌い、排斥した。この男にその覚悟はない。
一三 目に見えない事柄を、なんでも自由自在に見抜く神通力の持主。天眼通。
一四 代金は、翌年の春三月に延期して支払う約束で、年末に買い込んで置く米。利息など見込んで、時価より高いが、転売して、急場の費用にあてるため、よく利用された。京都西陣の織屋は、米価騰貴の際、たちまち困窮し、しばしば幕府の保護を受けなければならないような、零細なものが多かった（佐々木信三郎『西陣史』）。ここでは、織屋仲間が、脆弱な織屋の資金調達のため、毎年、春のべ米を利用していた、というのである。
一五 商工業者が、お互いの営業上の弊害防止や、利益拡大のために結成した同業組合。
一六 手数料、口銭。
一七 中沢弁次郎『日本米価変動史』によれば、延宝六年・元禄四年が、ほぼこの相場になる。

銀《がね》を損《そん》して帰る」と語《かた》りける。

また、ひとりの男は、「親の代より持ち伝へし、[八]日蓮《にちれん》上人自筆の曼荼羅《まんだら》を、かねがね[九]宇治《うぢ》に望みの人ありて（ほしがる人があり）、『金銀何程なりとも〔出す〕』と、申されしに、そのときは売りをしく（売るのが）、当《たう》くれ（この暮れ）、手前さしつまり（暮らし向きに困り）、はるばるうりはらひに参りしに、この人、いかなるゆゑにや、分別（考えが）替《かは》りて、[一〇]浄土宗《じやうどしゆう》になられければ（宗旨がえされたので）、この[一一]名号《みやうがう》手にもとられず、思ひ入れちがひまして（見込み違いになりまして）、迷惑いたす（困っています）なり。外に当所《あてど》（心当り）もなければ、宿へ帰りてから（家に帰ったところで）、借銭乞ひにせがまれ（借金取りに責められ）、その相手になる事もむつかしければ（煩わしいので）、大坂よりすぐに、[一二]高野参りの心ざしを、[一三]見通《とほ》しの弘法《こうぼふ》大師、さぞをかしかるべし」。

また、ひとりの男は、「[一四]春のべの米を、京の織物屋[一五]中間へ、毎年のくれに借《かし》入れ（貸付ける）の肝煎《きもいり》して（斡旋をして）、この[一六]間銭《あひぎん》を取り、定《さだ》まつて緩々と（いつもゆったりと）節季を仕舞ひけるが、[一七]壱石につき四十五匁の相場の米を、三月晦日切に（を支払）して（期限にして）、五十八匁に定め、年々借《か》しける（貸してきたのに）に、諸職人内談して、『壱石

小唄機嫌の男も亭主入替の年越

に十三匁の利銀《利子〔を〕》、三ケ月に出《で》す事は、いかにしてもむごき仕かけ《ひどいやり方だ》、折角鳥羽[二]年は何やうにもとられ《新年はどのようにしても迎えられる》次第、この《〔とられ放題の〕》米借《か》るな』と[一]言ひ合せ《〔たので〕》、までつみのぼしたる米を《積んで行った米を》、そのまま《〔貸しつける事もできず〕》に預けて、帰る《預けたままにして帰って来た》」といふ。

船中の身のうへ物がたり《身の上話》、いづれを聞きても《どの人の話を》、おもひのなきは《悩みのない人は》、ひとりもなし。この舟の人々、我が家ありながら、大晦日に内にゐらるるは《家に居られる者は》、あるまじ《〔一人も〕あるまい》。常《つね》とはかはり、我人《われひと》いそがしき中なれば《誰も皆忙しい最中なので》、人の所へもたづねがたし。昼《ひる》のうちは、寺社の絵馬《えんま》[三]も見てくらしけるが、夜に入りて、行き所なし。これによつて《それで》、大分の《多くの》借銭《しやくせん》肩《お》ひたる人は、五節季[四]の隠《かく》れ家《が》に、心やすき妾《てかけ》をかくまへ置きけるといふ《囲っておくのだそうだ》。それは、手前も、ふりまはしもなる人の事《暮らし向きもよく　やりくりも自由にできる人のこと》、貧者《ひんじや》のならぬ事ぞかし《にはできないことである》。「宵から小うたきげんの人《小唄機嫌のお方》、定《さだ》めて《〔あなたは〕》内証《ないしよう》ゆるりと仕舞ひおかれしや《家計の収支決算もゆったりとお済みなのでしょうね》、うら山しや」とたづねければ、このをとこ大笑ひして、「皆々《皆さん》は、大晦日に、我人《われひと》のためになり、内にゐる仕出し《〔その上〕家に居る工夫》を、いまだ御ぞんじなささうな。この二三年、入替《いれかは》りといふ事を分別して《思いついて》、これに

一　底本「ど」。

二　京都市南区上鳥羽、伏見区下鳥羽。牛車による貨物輸送の中心地。西国米を、大坂から鳥羽まで、淀川を利用して船で運び、鳥羽から牛車で京都に運ぶ。

三　「えま」に同じ。祈願や、所願成就のお礼に、神社・仏閣に奉納する額。古くは実際の馬を神馬として献じたが、その力のないものは、木馬や土馬などで代用するようになり、平安時代になると、馬や馬以外のものも描いて、奉納するようになる。近世末頃から、現在見るような小形で粗末なものが、喜ばれた。当時、時間潰しに絵馬を見歩くことがはやった。「医師《くすし》も、傾城の身に同じ。呼ばぬ所へは行かれず、宿に居れば外聞悪しく、毎日朝脈の時分より立出でて、四の宮の絵馬を眺め」（『日本永代蔵』二ノ二）。

四　年に五度の支払い勘定日。三月三日・五月五日・七月十六日・九月九日の前日と大晦日。

＊　ここには、年中、油断なくかせぐ事を忘れて、その場限りの生活を送り、大晦日に大騒ぎをする人の姿を描く。所がら魚に恵まれ、生肴のつかみ取をしながら、おばの合力をあてにして平気な男。弟の容姿に目をつけ、芸子に出してその前銀で、大晦日を切り抜けるつもりの男。親の大事にした曼荼羅を売り払い、その代金で正月を迎えようとする男。又、零細な織屋から、非難されるような手数料を取って、毎年ゆったりと年末を過してき

た男。彼らの心づもりはすべてはずれる。船中に一人、上機嫌の男も、我が家に居られず、人の亭主に留守を頼み、掛乞から逃げてきたのだった。この掛乞撃退の方法に、内心得意な彼の眼差の方向に、遥か、水たり明神が鎮座する。

五 目録・本文には、柱餅。

六 十一月晦日を限度に。寛永十年、唐船は、九月二十日を限度に、長崎から帰国することになったが、寛文八年以後、天候不順のため帰国困難の場合、十一月晦日までの在泊が、許されたという。オランダ船も九月に帰帆する。

七 中国やカンボジアなどから、長崎に来る商船。当時東シナ海水域で活躍した鄭氏が、清朝に屈服して以来、来航する商船の数は激増し、金の流出をおそれた幕府は、貞享二年の秋、中国船の数を七三隻、貿易額も年六千貫目に制限したが、年々増大し、貞享四年には、一一五隻もの船が来ている（箭内健次『長崎』）。

八 外国相手の貿易。長崎商人の外国船在泊中の貿易の利潤は、江戸・大坂・京・堺・長崎の商人中最も多く、その五割以上を占めた。その上外国人の宿泊や取引の手数料、金銀両替の際の差額などで、宿主や地下役人なども潤い、助成金なども出て、この期間に長崎に投下される利潤は、莫大なものになる。従ってそれに目をつけて、長崎へ移る商人も多く、人口が増加する程だった（箭内健次『長崎』）。

ゆったりすごす長崎の師走

てらちをあけける《うまく年越しをしている》。たがひにねんごろなる亭主、入れ替りて留守をいたし、借銭乞ひのくるときを見合せ《見計らって》、『お内義、わたくしの《私の〔貸した〕》銀《かね》は、外に買ひがかりとは《ほかの掛買いの代金とは》、違ひました《違いますよ》。亭主の腹わたをくり出して《えぐり出して〔でも〕》、らちをあくる《決着をつけずにはおかない》』といへば、外のかけごひ《掛取》どもは、なかなか《〔こんな調子では〕》すまぬ事と《片がつくまい》思ひ、みなかへりける。これを、大つごもりの入《い》れかはり男とて、近年の仕出し《新工夫》なり。いまだ、はしばしには《〔町の〕端々では》しらぬ事にて《なので》、一盃くは《〔この方法で〕》せける」。

四　長崎の餅柱[五]

霜月[六]晦日切《つごもりぎり》に、唐人船《たうじん》[七]残らず湊《みなと》を出て行けば、長崎も次第に物さびしくなりぬ。しかし、この所の家業《かげふ》は、よろづ、からもの[八]商《あきな》ひの時分、銀まうけして、年中のたくはへ一度に仕舞ひ置き《ためこんで》、貧福《ひんぷく》の人、相応に緩々と《ゆったりと》くらし、万事、こまかに胸算用をせぬところなり。大かたの買物は、当座ばらひにして《現金払いにして》、物まへの取りやりも《節季前のやりとりも》、やかまし《煩わしいこと》き事《はない》なし。正月の近づくころも《年末でも》、酒常住《じやうぢゆう》のたのしみ《いつものように飲んで》、この津《つ》《港町》は、身過ぎの心やすき《生活のしやすい》所なり。

師走《しはす》になりても、人の足音いそがしからず、上方《かみがた》のごとく、節季《せっき》[一]候《ぞろ》もこねば、只伊勢[二]ごよみを見て、春《新年》のちかづくをわきまへ、古代[三]の掟《おきて》をまもり、極月十三日に定《決ま》まつて《って》煤《すす》をはき、その竹を棟木《むねぎ》にからげ《くくりつけ》、またの年《来年》のすすはきまで、置く事《とって置く》ぞかし。餅《もち》は、その

一　年末の門付けの一種。羊歯の葉を挿した笠をかぶり、赤い布で顔をおおって目だけ出し、「節季候〳〵」と囃しながら、二、三人で米銭を貰い歩く。「節季候都鄙にあり。都には十二月廿二日より出る。節季にて候へば、くるとしの福と、又年の終まで何事なく送りかさねしをいはふ心なるべし」（『人倫訓蒙図彙』七）。

二　伊勢神宮の斎主藤浪家で作り、全国に配った暦。本暦と呼ばれ尊重された。折本仕立なので、正月に近づくと紙少なになる。

三　ここでは明暦以前、即ち一と昔前ほどの意か。幕府で十二月十三日が煤払いの定例となるのは、慶安三年以後（『徳川実紀』）。民間もこれに習った。

＊　長崎の餅つき風景。向かって左端、大黒柱に餅が巻きつけてある。本文では、この餅、最後の一うすのはずだが、土間では餅つきの最中。広敷では、延べ棒でのし餅を作る女、つきたての餅をちぎって丸餅にする女、鏡餅を作る女。餅は穀霊を象ったものというが、大黒柱に近づくにつれ、餅の形は、神霊に近いものとなっている。うなぎ綿をかぶる女と向き合う娘の右横には長崎方言でいうバンコ（腰掛）。地方色豊かな餅つきの風景。若い娘を配して、それを賑々しく描くこの絵には、正月の準備をしながら、新年の豊穣を期待する人々の華やぎと共に、上方とは一風異る長崎の風習を、土地柄として、温かく見守る人の目がある。

四　どんど。正月十五日に松飾りの松・竹・注連縄な

家々の嘉例《かれい》にまかせて、つきける。ことにをかしきは、柱《はしら》もちとて、仕舞ひ一うすを、大こく柱にうちつけ置き、正月十五日の左義長《さぎちやう》[四]のとき、これをあぶりて、祝《いは》ひける。万《よろづ》につけて、所ならはしのをかしく、庭に幸はひ木[五]とて、横わたしにして、鰤《ぶり》・いりこ[六]・串貝《くしがひ》[七]・鳫《がん》・鳬《かも》・雉子《きじ》、あるいは塩鯛《しほだひ》・赤いわし[八]・昆布《こぶ》・たら・鰹《かつを》・牛房《ごばう》・大こん、三ケ日につかふほどの料理のもの、この木につりさげて、竈《かまど》をにぎあはせ、すでに、大晦日の夜に入れば、物もらひ[九]ども、皃《かほ》あかくして、土で作りしゑびす・大こく、また荒塩《あらし》[一〇]、台にのせ、「当年の元方《えはう》[一一]の海より、潮《うしほ》が参つた」と、家々をいはひまはりけるは、船着《ふなつき》第一の所ゆゑぞかし。惣じて、とし玉は、何国《いづく》にても、かるい事《もの》に極《きは》まりて、男は、壱匁に五拾本づつの数[一二]あふぎ、女は、せんじ茶[一三]を少しづつ紙につつみて、けいはくらしき事、ここの惣並《そうなみ》なれば、をかしからず。兎角住みなれしところ、都の心ぞかし。されば、諸国[一四]の商人《あきんど》、手まはしはやくして、わが古さとの正月に

よいと決まっているやり方でついている
巻きつけて
最後の
その地方地方の習慣は面白く
〔一年の幸運を〕
賑やかに飾り
安価な土人形の
新しい海水を持参しました
祝って廻るのは
港第一と考える場所柄のせいである
決まっていて
〔いかにも〕粗末で安易なやり方〔だが それが〕
普通なので
〔別に〕おかしくもない
住めば都というが 全くその諺通りである
ところで
すみやかに手はずを整え
で正月を迎え

どを集めて焼く行事。その火で餅などを焼いて食べると、病気にならないという。

五 正月飾りの一つ。上方の肴掛に同じ。長さ一間程の棒に、一年の月の数だけ縄をかけ、魚や野菜などの正月の食品をつるして、土間などの壁に掛けて置く。

六 ナマコのはらわたを取り、煮て干したもの。

七 串ざしにして干したあわび。

八 赤みがかった塩漬けの鰯。すえ鰯といって、長崎では、お正月の祝膳の向うに、皿を一つ置き、その上に裏白を敷いて、塩鰯を二枚すえ置き、客にも出した（『長崎市史』風俗篇）。

九 俄か物貰いの女たちが、踊り狂って上気し、顔を赤くして。大晦日の十二時頃、長崎の町外れの蚊食原《かくばら》辺から出て来て、三ケ日物を貰い歩く（松尾矗明「初春の物貰」、『日本及び日本人』昭和七年一月一日号）。

一〇 新塩。神に供えたり、祝いごとに供える新しく清らかな塩。盃に詰めて、それをお盆の上にひっくり返して置く（同右）。若塩（若潮の代用品）に同じか。

一一 「えはう　暦ニ見ル通リ、年徳神ノ方ヲ、世ニ恵方ト書クトモ云フ。又正月ハ一年ノ元《モト》也。其一年ノ吉方ト云フ事ニテ、元方《グハンバウ》ト云ヘリ」（『志不可起』七）。

一二 沢山作った安物の粗末な扇。

一三 煎じ茶は茶の最下級品を使う（『本朝食鑑』四）。

一四 商売のため、長崎にやって来た諸国の商人。

商人心を知らない京の糸割符人

あふ事を《ることを》、世の《この上ない》たのしみとせしに、京の[一]細もとでなる[二]糸商売の人、この二十年も、長崎くだりして、万事、人にすぐれてかしこく、京都を[三]出《で》たち喰うて[四]旅用意《ようい》、歩行路《かちぢ》《〔にも〕》・舟路にて《にも》、なかなか《決して》銭壱《ぜに》もんも外なる事に《無駄なことには》つかはず。長崎に逗留《とうりう》の内、終《つひ》に[五]丸山の遊女町《いうぢよまち》のぞかず。[六]金山《きんざん》が居《ゐ》すがた《坐っている姿》[七]のりこんなやら、花鳥《くわてう》が首《くび》すぢの白いやら、夢にも《〔そんなことは〕》見ずして《見た事がなく》、枕に《枕元に》算盤《そろばん》、手日記《手帳》をはなたず《はなさず》、何とぞして、[八]唐人《たうじん》のおろかなるをたらし《まるめこみ》、よきあきなひ事もがなと《うまい商売をしたいものだ》、あけくれこころにかく《心掛けるが》れども、今ほどの《今どきの》唐人は、日本のことばをつかひおぼえ、持ちあます《使い切れない》銀《かね》があるとも《あっても》、[九]家質《かじち》より外に借《か》す事なし。または、[一〇]歩《ぶ》にあふ家《いへ》か《買》うておくを《って置くのを》よい事と合点《がつてん》しければ、[一一]各別《かくべつ》な事は唐《から》《〔に〕》さへなし。まして、日本の智恵《ちゑ》ぶくろは《智恵者は》、世俗《せぞく》にかしこく《俗世間のことに賢く》《〔人に〕》、よい事ばかりはさせぬなり。[一二]利発《りはつ》にて分限《ぶげん》にならば、この男《〔は〕》なれども《なるのだが》、ときの運きたらず、仕合せがてつだはねば、是非なし。

おなじころより長崎にくだり、同じ糸商売する京の人《〔で〕》、大分《大変な》の手《て》

一 長崎で取引を望む諸国の商人を、寛文十二年、大商人・中商人・小商人の三段階に分けたが、その小商人にあたる。資本高五貫目以下、三貫五百目までの商人（箭内健次『長崎』）。

二 唐船・オランダ船で長崎に輸入される生糸売買の特権を許された商人。糸割符人《いとわつぷ》とも。京都の糸割符人は、元禄二年刊の『京羽二重織留』巻六に、「長崎割符取人数」として七十六名記されている。

三 出立。旅立ちの際の食事。朝食をいうことが多い。

四 旅用意を十二分にして。

五 長崎の遊廓。丸山町と寄合町の総称。京の島原・大坂の新町・江戸の吉原と並び称せられた。

六 丸山町豊後屋坂巻五郎兵衛抱えの太夫。延宝九年当時二十二歳。美しくて意気地のある投節の名人。が、「立姿ちとじや〱馬なり」といわれた。花鳥ともども丸山を代表する太夫。「花鳥」の名は、美濃屋五郎右衛門・佐土屋与兵次・豊後屋坂巻五郎兵衛の三軒の遊女屋に見えるが、そのいずれか不明（『長崎土産』五）。

七 利根。気がきいていて利発なこと。

八 「唐土人は律義に、言ひ約束の違《たが》はず、（中略）只ひすらこきは日本」（『日本永代蔵』四ノ二）。

九 家屋敷を抵当にして、金を貸すこと。借りた者は、利子を払うだけだが、期限がきても金を返せない場合、家屋敷は貸し主のものになる。

一〇 家の代金の金利より、家賃の高くとれる家があれば、それを。「六

誰でも知っている商売がよい

前者《まへしや》《資産家》となり、今は[一三]手代を《〔長崎に〕》くだして、その身は都に安楽《あんらく》にして《暮して》、しかも物見・花見・女郎狂ひも相応にして、分限なる人、数しらず。

「これは、いかなる事にて、かくはなりけるぞ」と、たづねしに、「それは、みな、[一四]商人心《あきんど》といふものなり《によるのだ》。子細《しさい》は、世間を見合はせ《世の中の動きをよく見合わせ》、来年はかならずあがるべきもの《に違いない物をねらって》を考へ、ふんごんで《思い切って買い込んで置く》買置きの思ひ入《そのもくろみ》れ《がうまく当って》、あふ事より、拍子《ひやうし》よく、金銀かさむ事《かさんでゆく》ぞかし。ここの《この》[一五]ふたつものがけせずしては、一生替る事なし。この男は、長崎の買もの、京うりの算用《〔利益の〕》して、すこしも違ひなく、跡先《あとさき》ふまへて、たしかなる事ばかりにかかれば《かかりっきりになるので》、算用の外の利を得たる事、一とせもなく《一年もなく》て、皆《〔もうけを〕》[一六]銀《かね》の利にかきあげ、人奉公《他人の利益のために働いて苦心している》して、気をこらしける《〔ようなものだ〕》。毎年、大晦日を、[一七]橋本旅籠屋《はしもとはたご》に定宿《ぢやうやど》こしらへ置き、『ここにて年をとるが、我等が家《我が家》の嘉例《かれい》』といふは、[一八]大払の借銭《しやくせん》《〔が〕》すましかねる《できかねる》ゆゑなり。同じくは《〔そんな〕》、吉例《きちれい》やめて、京の我が宿《家で》にて、年とるやうにいたしたきものぞかし」。

この男、つらつら世《つくづく世間を》を見合せ、「尤もこまへに《小規模の商売》[一九]怪我《けが》はなけれども、

分にまはれば、大屋敷買ふて借屋賃取る程、慥かなる事はなし」(『西鶴織留』二ノ二)。

一一 各別のうまいもうけ咄は。

一二 利発なだけで金持になれるなら。

一三 糸割符を公儀から拝領した商人は、老齢・病身・幼少などのよんどころない理由で願い出ると、名代派遣が許され、それが習慣化して、理由もなく名代で済ますようになっていた。「長崎商ひせし人、(中略)海上の不仕合せ、一年に三度までの大風。年々の元手打ち込みて、残る物とて家蔵ばかり。(中略)昔に変りて手代もなく、我と長崎に下り、人の宝の市に交はり」(『日本永代蔵』四ノ二)。

一四「大商人の心を、渡海の舟にたとへ、我が宿の細き溝川を一足飛びに、宝の島へ渡りて見ずば、打出の小槌に天秤の音聞く事、あるべからず。一生秤《はかり》の皿の中を廻り、広き世界を知らぬ人こそ口惜しけれ」(同右)。

一五 二つ物賭。二つのうちどちらかに賭けて、乗るか反るかの勝負をすること。

一六 借りた資本の利息につぎこんで。利息を払うことを、「利をかく」という。

一七 京都府綴喜《つづき》郡八幡町橋本。かつてかけてあった山崎橋のたもとの意、という。淀の南にある。京街道の宿場で、旅籠屋や遊女屋があった。

一八 大晦日の支払い勘定。

一九 思いも寄らない大きな損失。

皆人沙汰せらるる《誰もが噂されるように》通り、利を得る事なし。当年は、何によらず、我が商ひの外なる事に一思案して、銀まうけせずばあるべからず《せずにはおかない》」と心中極《きは》めて、長崎にくだり、さまざま分別せしに《思案してみたが》、銀《かね》でかねまうくる事ばかりにて《で》、〔元手もなく〕只とるやうな事は《ただで金が手に入るようなことは》、ひとつもなし。「とかく《とにかく》、来《らい》春《はる》の小芝居《しばゐ》[一]、何ぞ替つた見せものがな《がほしい》。京・大坂の細工《さいく》人[二]も、手をつくして、色々仕出し《工夫し》、〔もう〕何かめづらしからねば《何も珍しいものはないので》、からもの[三]に、もしも《もしか》あるべし《したらあるかもしれない》」とせんさくして、「大かたの物にては《並大抵の物では》、銭は取りがたし」と吟味《ぎんみ》するに、定まつて《間違いなく》よいものは、〔誰も〕今まで見せぬ螭龍《あまりよう》[四]の子、また火《ひ》喰鳥《くひどり》[五]など、〔見世物で〕いまだ見せた事なし。〔だが〕これは、長崎にも稀なれば、自由に手に入れがたし。ひそかに[六]唐人をかたらひ《に近づき相談して》、「何と、異国《いこく》にかはりたるものはないか」といへば、「鳳凰《ほうわう》[七]も、雷公《かみなり》[八]も、聞いたばかりにて見た事なし。とかく、伽羅《きやら》[九]も人蔘《にんじん》も、日本に稀なるものは、唐にもすくなし。ことに、銀たいせつにおもへばこそ、百千万里の風波をしのぎ、命と銀と替へる商ひに、〔日本に〕のぼりけるにて《やって来る訳で》、世に銀ほ

一 表に、官許の印としての櫓の上げられない小規模な芝居。多くは宮地芝居か見世物小屋。京都では、四条大橋西詰北側に小見世物芝居があった。

二 からくり細工の職人。当時、大坂の竹田近江掾、江戸の松田播磨掾が、よく知られていた（『松寿軒西鶴独吟百韻自註』など）。

三 中国などから長崎に輸入される舶来品。ここでは珍しい動物の意。かなり輸入されていたらしく、寛文八年三月、天和三年二月に、生類の輸入を禁止している（『御触書寛保集成』三三五）。

四 南洋諸島に住むキノボリトカゲやコモドドラゴンの類。龍を神霊なものとする中国思想や、その奇怪な形のため、早くから注目され、長崎の好事家が輸入し、飼育していた（真山青果『西鶴語彙考証』）。「此《こ》処元《こもと》にて風聞仕り候は、艮龍《あまりよう》の子飼《こがい》御座候よし、何とぞ御才覚なされ、金子五十両までならば、御求め頼み申し候。川原に見せ物ことをかき申し候。春中に大分の銭を取り申す事に候」（『万の文反古』四ノ一）。

五 東インドモルッカ諸島、セラム島の産。駝鳥と記すこともあるが、駝鳥に似て大きく、黒色で、炭火や銅鉄・焼石などを食べる。当時長崎の阿蘭陀商館に飼われていて、評判になっていた（青果同書）。「火喰鳥の卵一つ、判金壱枚に買うてこれを孵《かへ》らさせ、炭火を喰ふ事疑ひなし。いかに珍しきとて、この買置き、国土の費えなり」（『日本永代蔵』五ノ一）。

六 通事などの都合のため、元禄二年閏正月、唐人を

ど、人のほしきものはないと、合点《がてん》いたされよ」とかたりける。「これ尤も」とおもひ、身のかせぎ《一生懸命働いて》に油断なく、色々の一〇わたり鳥調《ととの》へて、都にのぼりしに、みな見せて仕舞ひし跡なれば、ひとつも銭になりがたく、人の見付けたる《見なれた》一一孔雀《くじゃく》は、まだも《いまだに》すたらず、やうやう本銀《元手だけは》取り返しぬ。これを思ふに、しれた事《誰もが知っている当り前のことが》が、よしとぞ。

十禅寺村の唐人屋敷に収容し、一般人との接触を、制限した（『唐通事会所日録』）。

七 麟・亀・龍とともに、四瑞の一つとして尊ばれた想像上の鳥。

八 「雷公《カミナリ》」（『書言字考節用集』一）。

九 寛文八年三月以来輸入を禁止される。人参は輸入されたが、その数量少なく、特に高価な薬種だった。

一〇 外国からつれてきた鳥。音乎《いんこ》・孔雀・鸚鵡など。生類の輸入は禁止されていたが、実際には輸入されて、飼われていた（『正宝事録』一ノ七一八）。

一一 一一〇頁注四参照。

＊ 上方とは一風異る長崎の年末。唐物商いの時分にひと稼ぎして、あとは貧福相応にゆったり暮らす長崎は、年末にも掛取の心配なく、この地の習慣に従って、いつものように酒を飲んで、「住めば都」の心でのんびり過している。この鄙びた長崎の人に対して、何とか一旗あげようと齷齪《あくせく》する京都の零細な糸割符人。運を天に任せて大気な商人心を知らない彼は、せちがしこくも、おのれの商売以外の事に一思案して、人のよい唐人を丸め込もうとしたり、珍奇な見世物を企んで大儲けしようとするが、いずれにも失敗。商売は世間の動きをよく見て、油断なくかせぎ、誰もがしているあたり前の事をするのがよい、と悟る。

入絵

世間胸算用

五

大晦日は一日千金

胸算用《むねざんよう》　巻五

大晦日は一日千金

目録

一　年の瀬も押詰まり、金につまった挙句の果ての。

二　古道具の夜市。京都では、二条南押小路・西堀河一条西・仏光寺通り・六条坊門醒井通りに古道具屋が多く、これを古金棚と称した。そこには市も立ち、仕舞物市と言った。また、夜市も立ったが、真偽・新旧とりまぜて売ったので、騙されぬよう、用心しなければならなかった（『雍州府志』七）。

三　古手紙。不要の手紙。

四　恥の中の恥。恥のうわぬりに同じか。

五　筆のじくで作ったすだれ。

六　大坂から江戸へ、菱垣《ひがき》廻船で輸送する油樽。山城国大山崎八幡宮の社司は、中古以来製油を手がけ、天正年間、秀吉に油座を許されて、油の販売を独占するが、二代将軍秀忠の時代、社司、河原崎某が、大坂から江戸へ、油を輸送することを始めた。初めは陸路を利用したが、販路が拡大するにつれ、油樽を作って、壱樽三斗九升入と決め、より多くの荷を、より安く速く運ぶことのできる海船（菱垣廻船）を利用し、江戸に問屋を置くに至る（『日本財政経済史料』三など）。

三　[一]平《へい》太郎殿

かしまし《やかましい》のお[二]祖母《ばば》を返《かへ》せ
一夜にさまざまの世の噂《うはさ》

四　長久の[三]江戸棚《だな》

[四]きれめの時があきなひ
春の色めく[五]家並《いへなみ》の松

一 親鸞聖人の門弟、真仏。常陸国那珂郡大部の人。俗名平太郎と称す。親鸞に帰依して、他力念仏の教えを奉じた。平太郎が、地頭佐竹刑部左衛門季賢の命で、熊野三所権現に代参の際、凡夫の不浄の身で参詣した平太郎をとがめる熊野権現と、信心了解の平太郎を本願成就の仏身であると擁護する親鸞聖人対座の霊夢を見たのが、貞永元年の節分の夜だったので、高田専修寺派を除く浄土真宗の寺院では、毎年節分の夜に、平太郎熊野詣の事蹟を披露し、信仰の尊いことを教える（『平太郎事蹟談』など）。なお、元旦に立春が重なるのは、貞享四年刊『新撰古暦便覧』などによれば、元禄五年に最も近い頃で、延宝二年。従って、延宝元年十二月三十日が節分になる。
二 行方のわからなくなった老婆を探し出す為の呼び声。一五七頁本文参照。
三 上方の商人が、江戸に出した支店。江戸の出店。
四 品不足の時こそ、よい商売ができる、の意。
五 家々が並んでいること、あるいはそのさま。

商売は胸算用一つ　世にあるものは銀

つまりての夜市

万事《ばんじ》の商《あきな》ひなうて、世間《せけん》がつまつたといふは（世の中が不景気になったというのは）、毎年の事なり。た〔だが〕とへば、十匁に相場《さうば》極《きは》まりて（決まって）、売買《うりかひ》いたせし物を、九匁八分にうれば、時の間に（たちまちのうちに）、千貫目が物も、買手《かひて》あり。また、十匁に買へば、即《そく》座《ざ》に、弐千貫目がものも、売手《うりて》あり。これをおもふに、大場《おほば》にすめる（大都会に住む）商人《あきんど》の心だま（心意気〔は〕）、各別《かくべつ》に広《ひろ》し（大きい）。売るも、買ふも、みな、人々の胸算《むねざん》用《よう》ぞかし（一つにかかっている）。

六 世になきものは、銀《かね》といふは、よき所を見ぬゆゑなり。世にあるものは、銀なり。その子細は、諸国ともに、七 三十年このかた、世界（世の中）のはんじやう、目に見えてしれたり。昔《むかし》、わら葺《ぶき》の所は、板びさし（板ぶきのひさし）となり、八 月もるといへば、九 不破《ふは》の関屋《せきや》も、今は、かはら葺《ぶき》に、しら（白壁の）

六「世界にないないといへど、あるものは金銀ぢや」（一一三頁十四行目）。

七 元禄四年から三十年前は、寛文元年（一六六一）。明暦の大火（一六五七）により、江戸は壊滅的な打撃を受けるが、江戸復興の為の物資流通をバネに、大坂を中心に全国の商工業は、飛躍的な発展をとげる。「難波の津にも、江戸酒作り始めて、一門栄ゆるもあり。また、銅山《あかがねやま》にかかりて、俄分限になるもあり。吉野漆屋して、人の知らぬ埋み金ある人もあれば、小早作り出して、舟問屋に名を取るもあり。（中略）これらは近代の出来商人、三十年この方の仕出しなり」（『日本永代蔵』六ノ五）。

八「月もる」といえば、誰もが思い起こす不破の関屋のあたりも、の意。「秋風に不破の関屋の荒れまくも惜しからぬまで月ぞもりくる」（『新後撰集』巻四、信実）・「播磨路や須磨のせき屋の板廂月もれとてや疎らなるらむ」（『千載集』巻八、師俊）・「ふはの関屋のいたひさし、月もれとてやまばらなる」（幸若『腰越』・『淋敷座之慰』所収「義氏吾妻下りの道行」）。

九 岐阜県不破郡関ケ原町にあった関所。東国三関の一つ。天武天皇二年に作られ、平安朝以後廃止された。古来の歌枕。「関屋」は、関守の番小屋。

土《つち》の軒《のき》も見え、[一]内ぐら・庭蔵《にはぐら》「も建って」、大座敷のふすまにも、[二]砂粉《すなご》はひかり《光るのを》を嫌《きら》ひ、泥引《でいびき》にして、「その上に」[三]墨絵《すみゑ》の物ずき、都《みやこ》にかはる所なし。また、[四]灘《なだ》の塩やきは、「つげの小ぐしもささで」、と誦《よ》みしに《詠まれたのに》、かかる[五]浦人《うら》も、今は、小袖ごのみして《のえり好みをして》、上方にはやるといふ程の事を、聞きあはせ、見おぼえ、「千本松のすそ形《がた》もふるし《裾模様も古い》、当年の[六]仕出し《流行》は、夕日笹《ざさ》のもやうとぞ」と、いまだ、京・大坂にも、はしばしはしらずして《町はずれでは知らずに》、[七]中がたのしのぶ・小桐《ぎり》の衣裳《いしやう》きるうちに、はや、ゐなかに《で》、京ぞ[八]め「の着物を着ると」はしやれたり。[九]昔模様《むかしもやう》の[一〇]肩さきから、染込《そめこ》みの郭公《ほととぎす》の二字、ま

一　母屋の軒続きに建てた蔵。戸口が家の中にある。貴重品や日常身辺で使うものを収納する。これに対して、「庭蔵」は、母屋から離して、庭先に建てた蔵。家具や穀物・商品などを入れて置く。

二　金箔・銀箔の粉末を吹きつけたもの。金砂子・銀砂子とも。蒔絵や襖紙・短冊などに使う。「泥引」は、金泥・銀泥（金銀の粉末を、膠で溶いた絵の具の一種）を、刷毛で薄く引くこと。霞などを描くのに使う。

三　墨絵を描かせるような物好きをして、万事、の意。

四　兵庫県神戸市東灘区、及び芦屋市の海浜一帯。塩焼は、海水を煮て塩をつくる人。「蘆の屋の灘の塩焼きいとまなみ黄楊《つげ》の小櫛もささずきにけり」（『伊勢物語』八七段）。

五　海辺に住む人。

六　不詳。笹の散らし模様に、肩先から夕日の二字を染め出したものか、と言われている。

七　忍ぶ草や小桐の中形模様の着物を着ているうちに。中形は、型染めの一種。大紋（大形）と小紋（小形）の中間の大きさの模様型を使った染物。

八　京都で染色したものの総称。白生地に、華麗な模様を染めるのが特色。良質の水と、平安遷都以来の伝統、及び高度な技術に支えられて、高く評価される。

九　（そうかと思うと、京染は京染でも）昔はやった模様で。

一〇　肩先から大きく郭公の二字を染め出したり。『新撰御ひいながた』（寛文七年刊）下には、小袖の右半

分を、桔梗色の地に白で薄を染め抜き、その右肩先から白地の裾にかけて、大きく郭公の二字を配して、「ほととぎすにすすきのもやう」と記す。

＊ 古道具の夜市の景。四本の灯台に火をともして、室内で夜市を開いている。裁付袴《たつつけ》をはき、重箱を手にして立つのはせり手。左端にはせり値を記す書記役と思われる男。他の十人は買手、または売り手。釜・椀・皿・食籠《じきろう》・舟鋸・箒などが見えるが、正月用の晴着や片身の鰤・蚊屋・蠟地の紙・不動・ごまの壇など、本文にあるほとんどのものが描かれていない。この図、果してこの章の為のオリジナルか。右端には、これから市に加わろうという男二人。どちらも編笠をもつ訳でもない。

一一 葡萄棚の所々に、蔓や葉を茜色に染めた模様の着物を着ているのは、流行おくれでおかしい。「赤ね」は茜草の根を粉末にした染料、及びその染色の名。熟した柿のような赤色。『新撰御ひいながた』下には、「ぢききやう、竹にぶだうのもやう」と記して、これに類似の模様がある。このような肩先から裾にかけての大胆な模様は、この書に多く、元禄頃まで見られるようだが、『女用訓蒙図彙』(貞享四年刊)にはなく、同じ大柄ながら、小袖全体に及ぶ模様になっている。

一二 だが、勿論、はやり始めて最初に見た時は。

一三 だが、金がなければ不自由この上なく、とりわけ。

一四 諺「おかぬ棚をまぶる」。労せずして、あるはずのないものを求めても、無駄だ、の意。

たは、[一一]ぶだうだなの所々に、つるはを赤ねの染入、をかし。[一二]見し時は、各別ぞ《素晴しか》かし《った》。何国《いづく》に居《ゐ》ても、金銀さへもちければ、自《じ》由《いう》のならぬといふ事、なし。

[一三]ことさら、貧者《ひんじや》の大節季《ぜつき》〔は大変で〕、何と分別しても《どんなに考えても》、済みがたし《やりくりができない》。ないといふてから《言ったら》、銭が壱文、[一四]おかぬ棚《たな》をまぶりてから《じっと見つめても》、出所《でどころ》なし。これを思へば、年中、始《し》末《まつ》をすべし。日に、壱文づつ、莨菪《たばこ》にてのばし《を節約してため》ければ《るなら》、壱年に、三百六十文、十年に、三貫六百なり。この心から《心がけで》、算用すれば、茶・焼木《たきぎ》・味噌・塩《しほ》、万事に、何ほどの貧家《ひんか》にても、

飲み暮らして、正月準備のできぬ鍛冶屋

一年に、三十六匁の違ひあり。十年に、三百六十目《匁》。これに、利を《複利で》[一]もりかけて見るときは《加えてみると》、三十年につもれば《で概算すれば》、八《〔銀〕》貫目余の銀高《かねだか》なり。惣じて、すこしの事とて《でも》、不断《ふだん》常住の事には《毎日毎日のことには》、気をつけて見るべし。ことに、むかしより、[二]食酒《けざけ》を呑《の》むものは[三]びんぼふの花ざかり、といふ事あり。

ここに、[四]火ふくちからもなき、その日過ぎの《その日暮らしの》[五]釘鍛冶《くぎかぢ》、[六]お火焼《ほたき》に《の日に》、稲荷《いなり》どのへ進ぜたる《お稲荷様にお供えした》、[七]お神酒《みき》徳利《どくり》のちひさきに、八文づつがはした《のわずかな代》酒《金の酒を》、日に三度づつ、買はぬといふ事なく、四十五年このかた、呑《の》みくらしける。この酒の高《量》、毎日[八]小半《こなから》づつにして、四十石五斗なり。毎日二十四文の銭、つもりつもり《積って》、[九]十二匁銭にして、銀に直し、四貫八百六十目なり。「この男、下戸《げこ》ならば、これほどに貧《ひん》は《貧乏は》せまじきもの」と、笑ふ人あれば、この鍛冶《かぢ》、[一〇]我が家《いへ》をさめたる皃《かほ》つきして、「世の中に、[一一]下戸のたてたる蔵《くら》もなし」とうたひて、また、酒をぞ呑みける。

一 「もりかける」は、足《た》して掛けること。
二 食事の時、酒を飲むものは。
三 諺。この上ない貧乏、あるいは、益々貧乏になることのたとえ。
四 火吹竹で、竈の火を吹く力もない、の意から、この上ない貧乏のたとえ。
五 受領などもし、天皇や親王、公家・大名などが弟子にもなった刀鍛冶に対して、下級の鍛冶職。だが、刀鍛冶もはなはだ困窮し、その日暮らしがほとんどだった（福永酔剣『刀鍛冶の生活』）。それに対して、平和で都市に人口が集中し、都会が膨張し始めた当時、釘鍛冶は零細ながら、その日暮らしぐらいはできたか。
六 八四頁注六参照。
七 神前に供えるお酒を入れる一対の徳利。
八 一升の半分の半分、即ち四分の一（二合五勺）。
九 銀十二匁を銭一貫文替の相場で、計算して。
一〇 一家の主人として、我が家を十二分に治めている、と言わんばかりの顔つきで。
一一 諺。酒を飲まないからと言って、金がたまったと言うこともない、の意。「津の国のほとりに箒木売る翁あり。下戸の建たる蔵もなしとうたひながら往生、うたがひなし」（『正月揃』五ノ二）、「生れつきたる、貧福は、下戸のたてたる、蔵もなし」（『酒飯論』）。

一二 新年の祝儀用の飾物。三方に羊歯《しだ》などを敷き、勝栗・橙・柿・昆布・海老などを盛りつけたもの。

一三 他に日もあるのに、よりにもよって。

一四 漢語であることに注意。夫婦そろって、大げさに、「内談」するのである。

一五 金を借りる為に、質に置く品物。

一六 諺。宝は持主の急場の役に立つ、の意。「たからは身のさしあはせ、げいは身をたすくる」（『毛吹草』二）。

一七 借金をしている者。

一八 夜市の会場になった家の亭主は。

一九 一割と決まっている売買の手数料の金の勢いに、意気込んで調子づき。

二〇 正月用の木綿の綿入。十三歳頃から、娘は一人前の女になる。その祝いもかねた晴着か。

大晦日の夜市、さし詰って皆あわれなり

すでに、その年の大晦日に、あらましに、正月の用意をして、[一二]蓬《ほう》萊《らい》は餝《かざ》りながら、酒小半《こなから》もとむる銭なくて、ことのたらざる宿《わが家が》さびしく、「四十五年このかた、一日も酒のまぬ事のなきに、[一三]日もこそあれ、元日に、酒なくては、年をこしたる《新年を迎えた》甲斐《かひ》はなし」など、夫婦、さまざま[一四]内談《ないだん》するに、酒手《酒代》の借《かり》どころなく、[一五]質種《しちだね》もなく、やうやう思案《しあん》めぐらして、過ぎつる《この夏》あつさをしのぎし編笠、いまだ、青々として、そこねもやらずありけるを《破れもせずにあったのを》、「これ《これがよい》、来年の夏までは、久し《まだ間》き《がある》事なり。[一六]たからは身のさしあはせ。これをうりて、当座の用にたつるより外なし」と、すでに、立《たち》ざかりたる《始まって賑わっている》、古道具の夜市にまぎれて、世間《集まった人々の》のやうすを見るに、大かた行く所なき、[一七]借銭肩《しやくせんおひ》の皃《かほ》つきぞかし。

[一八]宿の亭主《ていしゅ》は、[一九]売口銭《うりごうせん》一割《わり》の、きほひにかかつて、ふり出しける《手を振って値をせり始めた》。こよひになつて、うるほどのもの、よくよくさしつまつて、皆あはれなり。十二三なる娘の子の[二〇]正月布子と見えて、もえぎ色《萌黄色の地色に》に、染《そめ》《鹿》が

の《子》この洲崎《すさき》[一]、うらはらす紅《べに》にして《〔色〕》、中綿もをしまず入れて、いまだ袖口もくけずして《くけていない》、これを《その晴着を》、「望《のぞ》みはないか《ほしい人は》〳〵」とせりければ、六匁三分五厘づつ[二]に落ちける《で人手に落ちた》。よもや、裏ばかりも出来まじ《〔この値段では〕》。その次に、丹後《たんご》[三]の細口《ほそくち》の鰤《ぶり》を、片身《かたみ》、売りに出しける。これもあまらず、二匁二分五厘にうれける。その跡《後》から、二畳釣《でふづり》の蚊屋《かや》出して、八匁より二十三匁五分までせりのぼしける《上げたが》に、うらずして《〔持主は〕》置きける。

「これは、商ひならぬはづなり。蚊屋、大晦日《おほつごもり》まで、質《しち》におかず、持ちたる身躰《持ちこたえた暮らし向き》なれば、たのもしき所あり《まだ余裕があるのだ》」と、笑ひける。そののち、十枚つぎの蠟地《らふぢ》[四]の紙に、御免筆《めんひつ》[五]の名《な》印《いん》[六]までしるしたるを、売りけるに、一分《ぷん》から、やうやう五分《ふん》まで、ねだん付けければ、「それは、いづれも《皆さん》、あまりなる《ひどすぎる》事。紙ばかり《だけでも》が、三匁が物《の値うちはあります》が御座る」といへば、「いかにもいかにも。何もかかずにあれば《書いていなければ》、三匁が紙なり。無用の手本書きて《手本ぶってつまらぬ事を書いて》、五分にも高し《〔これでは〕》。たとへ、いかなる人の筆にもせよ、これを、ふんどし[七]といふ手ぢやや」といふ。「それはいかなる事ぞ」

一 土砂が堆積して水面上に現われた所を「洲」といい、その洲が長く河や海に突出して、岬のようになった所を「洲崎」という。洲崎の鹿子模様。

二 但し、布子は一枚。誤りか。

三 「細口」は小型、ほそめの意。京都府与謝郡伊根町一帯の沿岸でとれる鰤を、丹後鰤といって、鰤の中でも上品とし（『本朝食鑑』八）、上方では正月用の食品として珍重した。「世にある人の絹配り、丹後鰤の肴掛をうらやみ」（『本朝二十不孝』一ノ二）。

四 薄く蠟を引いた紙。なめらかで書きやすく、墨もにじまない。

五 書道流派の一つ、青蓮院流の書法の免許を得た者。青蓮院流は、伏見天皇の皇子、尊円法親王が始めた。朝廷・幕府・諸藩の公文書や制札には勿論、一般にも広く用いられた。御家流とも。「一時軒免筆になれる悦に　岡山のいろはもさぞなゆるし色　宇野浄治」（『俳諧三部抄』上末）。

六 書き判、花押。「此横物は唐筆でござりますが、けしからぬ見事に見えますれど、名印がないゆゑ、誰ぢややら知れませぬ」（『諸道聴耳世間猿』一ノ三）。

七 ふんどし手。褌同様、誰でも書く（掛く）下手くそな筆跡。

といへば、「今の世に、男と生れ、これ程《〔の字を〕》、かかぬものはないによつて、これをふんどし手」《〔というのだ〕》とぞ笑ひける。さて、また、「これは、われもの《割れもの》のわれもの」と、大事に《そうに》かけて、出しけるは、南京[八]のさしみ皿、十枚。その[九]へだてに入れたる、《〔紙は〕》京・大坂の名ある女郎の、文《古手紙》がらなり。これは、と、いそがしきによみて見るに《忙しい最中に読んでみると》、皆、十二月の文どもは、いとし・かはいのおもひをさつて《恋情どころでなく》、「近ごろ《はなはだ》申しかね候へ《ますが》ども」と、無心《むしん》の文ばかりなり。[一〇]恋も、無常《むじやう》も、銀《かね》なくてはなりがたし《どうにもならない》。この皿のぬしも、定めて、大じん《大尽》といはれて、このふみひとつ《一通》が、銀一枚づつにもあたるべし。「然れば、皿よりは、この反古《ほうぐ》に、大分のねうちあり」とて、おのおの、大わらひしける。その跡に、[一一]不動一躰《たい》、[一二]とつこ・[一三]花ざら・[一四]れい・[一五]錫杖《しやくぢやう》、[一六]ごまの壇《だん》の[一七]仕廻《しまひ》もの。「さてさて、この不動も、我が身上《しんじやう》の富貴は《自分自身の富貴は》、祈られぬ物よ」と沙汰《噂》しける。

時に、《〔鍛冶屋が〕》くだんの編笠出せば、その座に、売ぬしの居《ゐ》るもかまは

八 南京焼。中国明末清初、江西省東北部の景徳鎮の民窯で、日本向けの雑品として作られ、輸出された赤絵磁器のことか。火入や皿が、製品の大部分を占める。厚手のものと薄手のものがあり、模様は自由で雅趣に富み、まさに日本人向き、と言われる。「南京焼は慶長年中より渡る」（『嬉遊笑覧』二下）。

九 われないように、その皿と皿の間に入れた。

一〇 「さて連誹の古法より、表八句の間には＼神祇＼釈教＼恋＼無常＼名所＼人名をも嫌ふ事は」（『俳諧古今抄』上）・「身はかぎりあり、恋はつきせず、無常は我が手細工のくわん桶に覚え」（『好色五人女』二ノ一）。また「人の恋もぬれも、世のある時の物ぞかし」（『好色五人女』五ノ五）。

一一 不動明王の尊像一体。

一二 独鈷。四二頁注一〇参照。

一三 法会の時、清めのため、紙製の花や樒《しきみ》の葉などを盛って、仏前に散花《さんげ》する際に使うもの。華籠《けこ》。

一四 鐘に似た金属性の小さな法具。振って鳴らし、仏菩薩を歓喜せしめるのに使う。

一五 四二頁注一一参照。

一六 護摩をたく炉をすえる壇。護摩木をたいて、煩悩や魔障を折伏し、息災などを祈る。

一七 既に用ずみの物。古道具。

言い訳は恥、果報は寝て待て

ず、「あはれやあはれや、この笠、幾夏《いくなつ》かきる《もかぶろうと思って》ためとて、ふるきこ[一]がみにて、紙ぶくろして《を作って》、〔それに〕入れて、さても始末《しまつ》なやつが、うり物ぞ」と、三文からふり出して《せり始めて》、十四文に売りて、この銭うけとる時、「これは、この五月に、三十六文に買うて、何々のせいもん[二]、庚申《かうしん》[三]参りに、只一度かづき《かぶって》、そのまま」〔にしておいたものだ〕といひけるも、その身の恥《はぢ》の《になる》をかし《だけでおかしかった》。

〔ある人が〕その夜の仕舞《しまひ》に、歳暮《せいぼ》の礼扇《れいあふぎ》の箱二十五〔と〕・[四]たばこの入りし箱ひとつで、二匁七分に買うて帰りしに《帰ったところ》、たばこ箱の下に、小判三両入れ置きしは《てあったのは》、思ひもよらぬ仕合せなり。

二　才覚《さいかく》のぢくすだれ

宵《よひ》の年のせつなき事を《大晦日の身動きのとれないつらさを》、わすれがたく、「来年《らいねん》からは、三ケ日過

一 小紙。鼻紙に使う。大和吉野の名産（『毛吹草』四）。
二 神に誓って、決して嘘は言わない、の意。「天照太神を何々、せいもん」（『西鶴織留』四ノ三）。
三 年に六度の庚申の日に、青面金剛をまつる堂に参詣すること。
四 阿波・備中・薩摩・肥後などの産地では、刻み煙草を、籠または箱詰めにして輸送する。「昔、対馬行きの煙草とて、小さき箱入りにして限りもなく時花《はや》り」（『日本永代蔵』四ノ二）。
＊ 金がないないと言うのは嘘で、金はあり余り、商売も繁盛している。従って金さえあれば、あらゆる事が自由自在だ。分不相応の贅沢もできる。作者は先ず、都会に限らず田舎でも、精一杯の奢りに現を抜かす人の姿を描き、後半、その日暮らしの釘鍛冶の目を通して、大晦日の古道具の夜市に集まる人々の、哀れな姿を描く。この鍛冶とて、日に三度の食酒の誘惑に勝てず、正月の準備ができないのである。こまめに働きさえすれば、誰もが、何がしかの金を得る事のできる太平の世に生まれて、それ故にこそ油断して、始末のできない人の姿を描く。彼らは齷齪《あくせく》暮らし、恥をかくばかりだった。だが、そんな人の多い浮世にも、ゆったりかまえて、思わぬ幸運をつかむ人のある事を、作者は最後に記している。

貧福は身の定まり
一升入る壺は一升

ぎたらば、[五]四日より、商売《しやうばい》に油断せず、万事を当座ばらひ《現金払い》にして、銭《ぜに》のないときは、肴《さかな》も買はぬがよし。諸事を《〔の贅沢〕は》、[六]五節供切《せつくぎり》《〔にしよう〕》」と、胸算用を極《きは》め、借銭乞《しやくせんこ》ひのこはい心《は恐しいと思っているうちに》をすぐに、正月になりける。「ことしは、今までの嘉例《かれい》を、いはひ替へる」とて、十日の[七]帳《ちやう》とぢを、二日に取りこし《繰り上げ》、五日にせし[八]棚《たな》おろしを、三日にして、俄《には》かに、身の取《とり》まはし《処し方〔に〕》かしこく、《〔なって〕》「とかく宿を出るからに《こそ》、思ひよらぬ《〔も〕》銀をもつかひ、物見・もの参りにさそはれ、大事の日を、むなしうくらす事、無分別《むふんべつ》」とおもひ定めて、商売の事より外には、人とものをもいはず、毎日心算用《胸算用》して、「諸事に付きて《何ごとにつけ》、利を得る事のすくなき世なれば、内証に《暮らし向きのことに》、物のいらざる《費用の》しあん第一」と心得て、[九]三月の出替りより、[一〇]食《めし》たきを置かず、女房にまへだれさせて《〔台所で働かせ〕》、我も、昼は、旦那といはれて、[一一]見世にゐて、夜は、門の戸をしめ置きて、[一二]でつちがふ《踏》み《む》碓《うす》《の手助けをしてやり》を助けてとらせ、足も、大かたは、汲みたての水《〔お湯でなく〕》で洗ふほどに、気を付けけれども、これかや《こういうのを》、[一三]あふちびんぼふといふなるべし《のであろう》。ま

五 正月四日は、仕事始め・商売始めの日。「諸職人各始ニ家業ヲ市中今日諸売人亦《モ》始《ム》ニ其《ノ》事ヲ」（『日次紀事』正月四日）・「正月三日の内は堅く商売に出ず。是に依て人々三ケ日・五ケ日の買物、旧冬晦日限り買ひ求め、若し油断にて調ねば、はたとこまる」（『我衣』）。
六 人日（正月七日）・上巳（三月三日）・端午（五月五日）・七夕（七月七日）・重陽（九月九日）の五節句。
七 一五頁注四。
八 一五頁注五。
九 三月五日と九月十日に、奉公人を入れ替える（九七頁注八参照）。半季奉公の場合はこの二回だが、一季奉公の場合は、三月五日のみ。
一〇 「壱人の心ざしを以て、家内の外何人か身をすぐるよろこび、これにましたる善根《ぜんごん》なし」（『西鶴織留』六ノ四）。一五七頁注一三参照。
一一 旦那が店にいるので、奉公人もよく働く。
一二 丁稚に飯米の精白をさせるのである。賃搗屋に頼む費用を節約するとともに、夜なべ仕事までそばにいて、仕事ぶりを監督することになる。だが、丁稚は夜、暇な時間を利用して、読み書き算盤などを習った。賢く成長した丁稚は、やがて主家をもりたててゆく。
一三 煽《あお》ち貧乏。扇で煽いでバタバタ風を起こすように、じたばた働いて貧乏していること。もがき貧乏。「果報はねてまてとあれば、さのみ人にすぐれて稼ぐべきにもあらず。かならずあふち貧乏といふ事にて、中々立身は成がたし」（『日本新永代蔵』五ノ一）。

た、それほどに、あきなひ事なくて、いよいよ一日なたに氷のごとし。「何としても、二一升入る柄杓《ひしやく》へは、一升よりはいらず」と、むかしの人の申し伝へし。

されば、三熊野びくにが、［人の］身の一大事の、［を説いた］地ごく極楽の絵図を拝ませ、または息の根のつづくほど《限り》、はやりうた《流行歌》をうたひ、四勧進《くわんじん》をすれども、五腰《こし》にさしたる一升びしやくに、一盃はもらひかねける。さる程に、同じ後世にも《に対しても》、諸人の心ざし、大きに違ひある事かな。六冬とし、七南都大仏建立《こんりふ》のためとて、八龍松院《りゆうしようゐん》たち出《いづ》給ひ、勧進修行《くわんじんしゆぎやう》にめぐらせられ、信心なき人は《には》進め給はず、無言《むごん》にてまはり給ひ、我が心ざしあるばかりを請けたまふも《自分から進んで寄付しようとする人だけからお請けになっても》、九一升びしやくなるに《なのに》、一歩に壱貫、十歩に十貫、［になり］あるいは金銀をなげ入れ、一〇釈迦《しやか》も銭ほど光らせ給ふ《仏も金次第と言わんばかりの有様》。［まことに］今、仏法の昼ぞかし《今は仏法の盛んな時代である》。これは各別《かくべつ》の奇進《きしん》とて、一一八宗《しゆう》ともに一二奉伽《ほうが》の心ざし、［を示して］殊勝さ限りなかりき。すでに、町はづれの小家がちなる所《貧しい小さな家の建てこんだ所》までも、一三長者の万貫《ぐわん》、貧者《ひんじや》の壱文、これもつもれば、一四一本拾二貫目の、

一 日向の氷がすぐに消えるように、蓄えを失って貧乏になること。「され共始末々々といひて、勘略にのみ、気をくくられて、銀まうくるすぢを見つけぬ者あり。これを日南《ひなた》に氷貧乏といへり」（『日本新永代蔵』四ノ三）。

二 諺。「一升入る壺は一升」の諺同様、物にはそれぞれ、その物に応じた限度がある、の意。

熊野比丘尼とは違う、龍松院の勧進

三 紀州熊野の牛王宝印の札を売ったり、地獄極楽の絵解きをして、仏法を勧めて歩いた尼。小歌や俚謡を歌って米銭をもらった。当時は、遊女に変わらず、売色を事とした（『東海道名所記』二など）。

四 僧が人々に善根功徳を勧めて、社寺や仏像の建立・修理などの寄付を募ること。単に施しを受けたり、物もらいをする場合にもいう。

五 熊野比丘尼は、腰に檜の柄杓を差した弟子の小比丘尼をつれて歩き、米銭を乞うた（『一代女』三ノ三）。

六 去年の冬。東大寺の龍松院公慶は、貞享元年、奈良大仏殿の再興を幕府に願い出て許され、貞享二年より諸国を勧進して歩き、多大の反響を呼んだ。大坂の勧進は貞享年中。「この程、下寺町にて、南都東大寺大仏の縁起読み給ふに、貴賤袖を連ねける」（『好色一代女』四ノ一）。

七 大仏殿は、治承四年平重衡《しげひら》の為に炎上、俊乗坊重《ちよう》源《げん》が再建したが、永禄十年松永久秀の乱で再び焼失、その後露仏のままだった。が、公慶の尽力で修理され、

元禄五年には、大仏の開眼供養が行われ、公慶没四年後の宝永六年には、大仏殿の落慶供養も行われた（辻善之助『日本仏教史』近世篇之三）。

八 貞享三年、公慶が大仏勧進所として東大寺穀屋に構え、移り住んだ寺の名。ここでは公慶その人をさす。

九 重源の先例にならおうとした公慶は、重源が東大寺再建勧進の際携えた「蓮実の杓」を、持ち歩いた。天竺の蓮実で作るという。

一〇「阿弥陀も銭ほど光る」・「阿弥陀の光も銭次第」に同じ。

一一 法相・倶舎・成実・三論・律・華厳の南都六宗に、天台・真言の二宗を加えた八つの宗派のこと。東大寺は、元来八宗兼学の寺だが、大仏再建には、幕府から諸宗へ割り当てて寄進を命じた（大系本）。

一二 奉加。勧進によって神仏に金品を寄進すること。

一三 長者の万貫に対して、貧者の一文にすぎないが。諺「長者の万灯より貧者の一灯」をもじった表現。

一四 不詳。「十三貫目の銀を、（東大寺大仏殿ノ）柱一本代の奉加帳に付けて大仏へ納め」（『好色万金丹』三ノ一）。

一五 師匠。寺子屋の師匠は、僧が多かったので、俗体の師匠をも、このようにいう。

一六「南」は中央・中庸を表し、真理を意味する。従って、「指南」は、真理を示す、の意。

無用の欲心は禁物、おのれの役目に専念せよ

丸柱《まるばしら》ともなる事ぞかし。これおもふに、世は、それぞれに気を付けて、すこしの事にても、たくはへをすべし。

分限《ぶんげん》になりけるものは《金持になるものは》、その生れつき各別なり《〔が〕他の人とは大違いだ》。ある人のむすこ、九歳より十二のとしのくれまで、手習につかはしけるに《行かせたところ》、その間《あひだ》の筆のぢくをあつめ、そのほか、人のすてたるをも取りためて《取って溜めて置き》、程なく十三の春《〔になると〕》、我が手細工《ざいく》にして《で》、軸《ぢく》すだれをこしらへ、壱つを一匁五分づつの《〔値段で〕》、三つまで売り払ひ、はじめて銀四匁五分まうけし事、我が子ながら、只ものにあらずと、親の身にしては、嬉しさのあまりに、手習の師匠《ししやう》に語りければ、師[一五]の坊《ばう》この事をよしとは誉め給はず。「我、この年まで、数《す》百人子共を《子供を》預かりて、指南[一六]いたして、見《見て》およびしに《きたが》、その方の《貴方の》一子のごとく、気のはたらき過ぎたる《つきすぎる》子共の、末に《将来》、分限に世をくらしたる《金持になって世間を渡った》ためしなし。また、乞食《こじき》するほどの身《しん》躰《だい》にもならぬもの《身の上にもならないが》、中分《ちゆうぶん》より下の《中流以下の》、渡世《とせい》をするものなり。かかる事には、さまざまの子細《しさい》ある事なり《理由がある》。そなたの子ばかりを、かしこき

一　反古は、屏風の下張りになる。

＊　寺子屋の光景。前髪に振袖姿の手習子が四人。長机の上には、文鎮・硯箱・手習草子・折手本が見える。一様に机の前に坐るが、その姿は様々である。一字も書かず、いつまでも墨をする者、手本を開いて、あちこち見とれる者、一時調子づいて、いとも簡単にさらさらと筆を運ぶ者。向かって左端、一字をじっくり丁寧に書こうとする後ろ向きの子供は、後に江戸廻しの油に一工夫する子供か。彼は手習に集中して、既にもう何枚目かの紙を使おうとしている。

二　当時、せちがしこい人間が多くなっていた。「む

やうにおぼしめすな。それよりは、手まはし《立ち廻り》のかしこき子共あり。我が当番の日《自分の掃除当番の日》はいふにおよばず、人の番の日も、はうきとりとり《甲斐甲斐しく箒をとり》、座敷はきて、あまたの子共が、毎日つかひ捨てたる反古の《不要の紙の》、まろめたるを《丸めたのを》、一枚々々しわのばして、日毎に、屏風屋へうりて帰るもあり《〔子供〕》。これは、筆の軸《ぢく》をすだれのおもひつきよりは、当分《当座》の用に立つ事ながら、これもよろしからず。また、ある子は、紙の《を》余慶《よけい》《余分に》持ち来りて、紙つかひすごして《すぎて》、不自由なる《をしている》子共に、一日一倍まし《一日二倍にする》の利にて《利息で》、これをかし、年中につもりて《積もった利徳は》の徳、何ほど《どれほどと言えないくら》といふ限り

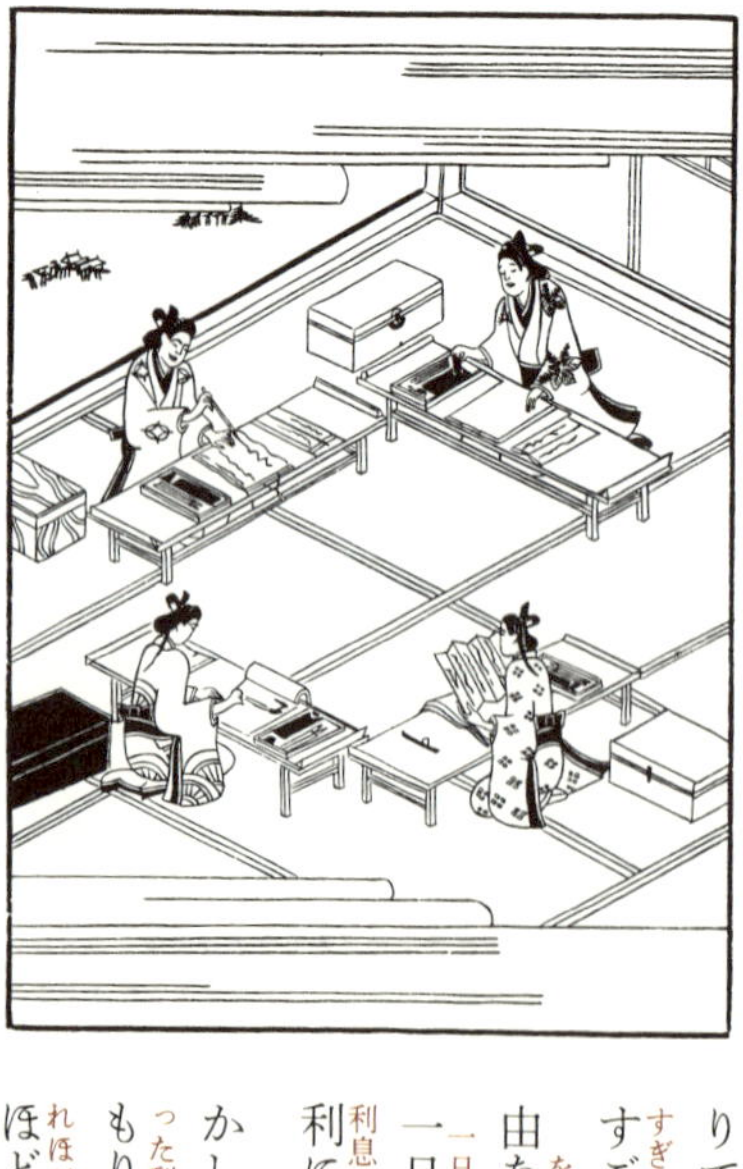

もなし。これらは、みな、それぞれの親の、[二]せちがしこき気を見ならひ、自然と出《いづ》るおのれおのれが智恵《ちゑ》にはあらず。その中にも、ひとりの子は、父母の朝夕仰せられしは、「外の事なく、手習を情《せい》に入れよ。成人してのその身のためになる事」との言葉、反古《ほうぐ》にはなりがたしと、明《あけ》くれ読書《よみかき》に油断なく、後には、兄弟子《あにでし》どももすぐれて、能書になりぬ。この心からは、行く末分限になる所、見えたり。その子細は、一筋に家業《かげふ》かせぐゆゑなり。惣じて、[三]親より仕つづきたる家職の外に、商売を替へて、仕つづきたるは稀《まれ》なり。[四]手習子どもも、おのれが役目《やくめ》の、手を書く事は外になし、若年《じやくねん》の時より、すすどく、無用《むよう》の欲心なり。それゆゑ、第一の、手はかかざることのあさまし。その子なれども、さやうの心入れ、よき事とはいひがたし。とかく少年の時は、花をむしり、[五]紙鳥《いか》をのぼし、[六]智恵《ちゑ》付き時に、身をもちかためたるこそ、[七]道の常《つね》なれ。[八]七十になるものの申せし事、ゆくするゑを見給へ」といひ置かれし。

かしは十三子《うないご》の比《ころ》に、さもしからぬ形を見定めて腰本《こしもと》につかはれけるに、近年町人のせちがしこく、廿にあまるもの置きて、十色もひとりして埒のあくやうにつかひなしける」（『西鶴織留』六ノ二）・「むかしと替り、人皆せちがしこくなつて、今程銀のまうけにくい事はなし」（『西鶴置土産』四ノ一）・「さりとてはかしこ過て、今うたての人心にはなれり」（『西鶴織留』三ノ二）。

三 三二頁八・九行目参照。また、「惣じて人間、その家にうまれて道にかしこき事、士農工商にかぎらず、腹の中よりそれにそなはりし家業を、おろかにせまじき事なり」（『西鶴織留』六ノ四）など。

四 手習子に同じ。師匠について文字を習う子供。

五 凧《たこ》。もと、イカに似たものが多かった。「紙鳶いかのぼり　○畿内にて。いかと云、関東にて。たこといふ」（『物類称呼』四）。

六 知能の発達の著しい時期。七・八歳ころから、十四・五歳ころまでを言うか。「人間も、今は末世の下根なれば、わづか十四五歳までは、春なり。其内に、一生のはかりことをつとめ、あるひはてならひ、或は学問をし、其家々のしよくをならひつがんとするは、春たねをおろすがごとし」（『為愚痴物語』一）。

七 昔も今も変わらぬ、間違いのない生き方だ。

八 「七十にして矩をこえず（七十歳にもなると、心の欲するままに行動しても、道理にはずれることはない）」（『論語』為政第二より）などと言われた。

師《し》の坊《ばう》の言葉にたがはず、この者ども、一我が世をわたる時《自分の思い通りに生活する時》節にな
つて、さまざまにかせぐほどなりさがりて《稼げば稼ぐほどおちぶれて》、軸《ぢく》すだれせしものは《[を]作った者は》、
冬日和《びより》の道のために《雪解け道用に》、二草履《ざうり》のうらに木をつけてはく事、仕出しけれ《し始めたが》
ども、これもつづきて《いつまでも》世にはやらず。また、紙くづあつめしものは、
三ちやんぬりのかはらけ仕出して《土器を工夫して》、世にうれども、大晦日にも、とも《灯火一つ[点す》
し火ひとつの《のがようやっと]》身だいなり《暮らし向きである》。また、手ならひばかりに勢《せい》をいれたる《精を出した》も
のは、物《[に]》ごとうとく見えけるが、自然《しぜん》と大気《たいき》に生れつき、江戸まは《[へ]回》
しの《送する》あぶら《[が]》、寒中《かんちゆう》にもこほらぬ事《方法》を分別《ふんべつ》仕出し《考え出し》、四樽に胡椒《こせう》一粒《つぶ》づつ
入るる事にて、大分利《多額の利益》を得て、年をとりけるに《新年を迎えたが》、おなじおもひつき
にて《でも》、油がはらけと油樽と、人の智恵《ちゑ》ほどちがうたる物《違うもの》はなかりし。

三 平《へい》太郎殿

一「人は十三歳までは弁へなく、それより二十四五までは親の指図を受け、その後は我と世を稼ぎ、四十五までに一生の家を固め、遊楽する事に極まれり」(『日本永代蔵』四ノ一)。

二 利休が考案したと伝える雪駄は、草履の裏に革を打ちつけたもので、広く一般に重宝がられたが、これをまねたか。裏に木をうちつけた草履のことは不明だが、京草履の下に下駄を打ちつけた草履下駄が、宝永頃から、また、革鼻緒の雪駄に歯を付けた駒下駄が、正徳頃から作られた(『我衣』)。

三 瀝青《チヤン》塗りの油がわらけ。チャン(濃褐色の防腐塗料)を土器の内部にぬると、油を吸収しないので経済的。「チヤン 松脂ト油トネリ合セタル者也、船ノ諸具ヲ塗テ水ニ不ㇾ朽タメ也」(『華夷通商考』四)。

四 寒中、硯の水の凍るのを防ぐ為、酒・蕃椒・胡椒の類を入れる(『万宝鄙事記』二、硯墨筆紙門)。寺子屋時代の経験を、油に応用した。

* 諺に、「一升入る柄杓へは一升よりは入らず」というが、現実は必ずしもそうではない。この章では先ず、正月早々嘉例を替えて、女房を追い使い、丁稚に夜なべまでさせて監視する男が、始終貧乏に追い立てられることを描く。怪しげな事をしない訳でもない熊野比丘尼も同様。だが、大仏殿建立の為勧進に出かけた龍松院には、「仏法の昼」にふさわしい寄進がある。そして後半、手習に来て手習に精魂を傾ける子供が、将来成功する咄を

世帯仏法腹念仏
法話も算用ずく

古人《こじん》も「世帯仏法《せたいぶつぽふ》」[五]と申されし事、今以て《今でも》その通りなり。[六]毎年、節分《せつぶん》の夜は、門徒寺《もんとでら》に、定《さだ》まつて《決まって》、平太郎殿の事〔を〕讃談《さんだん》せらるるなり。聞くたびに、替らぬ事ながら、殊勝《しゆしよう》なる義《心うたれる話》なれば、老若《らうにやく》男女ともに参詣《さんけい》多し。

一とせ《先年》、大晦日[七]に節分ありて、掛乞《かけご》ひ・厄《やく》[八]はらひ、天秤《てんびん》[九]のひびき・大豆《まめ》うつ音、〔が入り混って〕まことに「くらがりに鬼《おに》つなぐ」[一〇]とは今宵なるべし。おそろし。さて、道場《だうぢやう》[一一]には、太鼓《たいこ》おとづれて《の音が鳴り響いて》、仏前《ぶつぜん》に御《み》あかし《御灯明》あげて、参り《お参りの》の同行《どうぎやう》[一二]を見合せけるに《の様子をよく見ると》、初夜《しよや》[一三]の鐘《かね》をつくまでに、やうやう参詣三人《参詣人が》ならでは《以外には》なかりし。亭坊《ていばう》つとめ過ぎて《住職は初夜の勤行を済ませて》、しばらく世間《せけん》の事どもをかんがへ、「されば、今晩、一年中のさだめなるゆゑ《〔収支決算の〕決まる日ゆえ》、それぞれにいとまなく、参りの衆《お参りの人》もないと見えました。然れども、子孫《しそん》に世を渡し《子孫に世帯を譲り》、隙《ひま》の明きたる《ひまになった》お祖母《ばば》たちは、けふとても《今日だって》何の用〔も〕あるまじ。仏[一四]のおむかひ船が来たらば、それにのるまいといふ事はいはれまじ。おろかなる人ごころ、ふびんやな、あさましやな。さり

紹介、与えられた事に専念することが、いかに重要であるかを述べる。

五 「世帯仏法腹念仏」の略。仏法も念仏も、世帯をまかない、腹いっぱい食う為のものだ、即ち、信仰もこの世の生活の為だ、の意。「世上仏法」とも。「五穀豊饒、商ひ繁栄、難有き世帯仏法の盛りと、信心せぬ輩もなく、挊ぎに従ひ家富て、永代長者鏡に入こそ目出度けれ」（『渡世身持談義』五ノ三）。

六 一四〇頁注一参照。

七 一四〇頁注一参照。

八 一二一頁注八参照。

九 天秤の針口を叩く音。金銀受け渡しの際、針口を小槌で叩いて針の動きを調節し、銀の重さをはかる。従って、針口を叩く音は、いかにも商売繁盛を思わせるが、ここでは掛乞いへの支払いの為。

一〇 「くらがりに鬼」とも。正体不明で気味の悪い意。

一一 仏道修行の場。寺、特に「一向宗の寺」（『日葡辞書』）。

一二 同じ信仰の仲間。特に浄土真宗の仲間を言う。

一三 初夜を告げる鐘。冬なので、午後七時四十分頃。この時刻に仏事を行う。

一四 弘誓の船のこと。この船に乗って生死の苦海を渡り、娑婆世界にやって来た阿弥陀仏が、一切衆生を済度し極楽に送る、と考えた。従って、浄土宗・浄土真宗では、信者の死を仏の御迎い船が来た、と言う。

ながら、只三人《たった》にきかせまして、さんだんするも《〔仏徳の〕讃談をしても》益《えき》なし。いかに仏の事にても、ここが、胸算用で御座る。なかなか《とうてい》灯明《とうみやう》の油銭《あぶらぜに》も御座らねば《にもならないから》、せつかく口をたたいても《しゃべっても》、世の耗《つひえ》なり。面々《それぞれ》に[一]散銭《さんせん》取り返《かへ》して、下向《げかう》して給はれ《お帰り下さい》。皆、世わたりの事どもにからまされ《しばられて》、参詣もなき所に、各《おのおの》きどく千万、ここを以て信心《これでこそ信心〔というもの〕》、[二]如来も、いそがしき中に足をはこび給ふを《〔御苦労〕を》、そんにはせさせ給はぬなり。[三]金《こがね》の大帳《台帳》に付けおかせられて、[四]未来にて《来世で》、急度算用し給ふなれば《必ず差し引き勘定をして下さるので》、かならずかならず捨てたる《損をした》とおぼしめすな。[五]仏は慈悲《じひ》第一、すこしもいつはりは御座らぬ。たのもしうおぼしめせ」。

[六]時に、ひとりの祖母《ばば》、泪《なみだ》をこぼし、「只今の有《あり》がたい事をうけたまはりまして、さてもさても我が心底《しんてい》の恥づかしう御座ります。今《こん》夜《や》の事、信心にて参りましたでは御座らぬ。ひとりあるせがれめが、つねづね身過ぎに油断いたしまして、借銭《しゃくせん》に乞《こ》ひたてられまして《借金取りに責めたてられまして》、[七]節季《せっき》々々に、さまざま作り事申してのがれましたが、この節季《大晦日》の身[八]

讃談参りの懺悔物語
貧より悪心も起こる

一 賽銭《さいせん》。
二 阿弥陀如来も。
三 閻魔の庁では、悪人の名や悪行を鉄札に、善人の名や善行を金札に記し、地獄・極楽に送る。金札は金紙とも。「かの者、若年の昔より、江河に漁つてその罪夥し。されば鉄札数を尽くし、金紙を汚すこともなく、無間の底に、堕罪すべかつしを、一僧一宿の功力に引かれ、急ぎ仏所に送らん」（謡曲『鵜飼』）。
四 仏法では、現世での善悪が因となって、来世で果を見ること、兎の毛程の違いもないと教える。住職はその教えを、自分に都合のよいように利用した。
五 「仏の万徳円満の御慈悲は、須弥よりも高く蒼海よりも深し。慈悲を専らに行ぜずんば、何ぞ仏果に至る事を得んや」（『花の名残』二）。
六 以下、だまされていることに気づかぬ程、無智で純粋な老婆の懺悔咄につられて、他の者も身の上を懺悔する。この章に大晦日の懺悔咄を配し、次章では万人めでたく新春を迎えて、この作品は終る。見事な構成である。大晦日に懺悔して新年を迎える風習に、削掛の神事（二一四・二一五頁挿絵解説）がある。
七 三月・五月・九月の節句前と盆前の掛買売の決算期。
八 負うべき苦労や責任から脱がれる方法。ここでは借金を返済しないですます方法。

ぬけ、何とも分別あたはず《何としても考え出すことができず》、私には、『道場《だうぢやう》へまゐれ。その跡にて《後で》見えぬ《「おばばが」》となげき出し、近所の衆をたのみ、太鼓《たいこ》[九]・かねをたたきたづね《叩いて尋ね「まわり」》、これにて夜をあかして済ますべし《「このような手段は」》。ふるい事ながら《今始まった事ではないが》、大晦日の夜のお祖母を返せは、我等が仕出し《私の新案》』と思案《しあん》して、世の《浮世の》ふしやうな[一〇]れば《義理とはいえ》とて、あたりの衆《近所の人達》におもはぬやつかいかくる事、これ、大きなる罪《つみ》」とぞなげきける。

また一人は、「生国は伊勢のものなるが、人の縁《えん》ほどしれぬ《わからない》ものはなし。ここもと《この辺に》に親類とてもなきに、大坂《「の」》旦那廻りの太夫[一一]どのにやとはれ、荷持《にもち》をいたせし時《荷物持ちをしていた時》[一二]、この所の繁昌《はんじやう》見まして、『何をしたればとて《何をしたとしても》、ふたり三人《「や」》[一三]の口を喰《く》ふ事、心やすき所ぞ』と見たて、幸《さい》はひ、大和《「大坂から」》がよひして、小間物商《あきな》ふ人の死跡《しにあと》に、ふたつになる男の子あつて、かかも色じろにたくましければ《で丈夫そうだったので》、とも過《すぎ》にして《共稼ぎで》世をわたり、行く末は、その子めにかかる事をたのもしく《世話になることをあてにして》おもひ、入聟《いりむこ》していまだ半年《はんとし》もたたぬに、道[一四]をしらぬかよひ商ひ《行商》に、すこしの銭もみなにな《全部なくして》

九 迷子などの捜索には太鼓や鉦《かね》を叩き、名前を呼んで歩いた。

一〇 不祥。迷惑なことを因果として諦める時にいう。

一一 伊勢神宮の下級の神職、御師《おし》。何々太夫、何々神主と称した。諸国に檀那を持ち、年末に御祓い札や伊勢暦などを配って歩いた。三八頁一行目からの本文参照。

一二 「三里違うて大坂は各別、今日を暮して明日を構はず、当座当座の栄花と極め、思ひ出なる人心。これを思ふに、ほらなる金銀儲くる故なり。女は猶大気にして、盆・正月・衣更の外、臨時に衣装を拵《こしら》へ、用捨なく着古し、程なく針箱の継切れとなりて廃《すた》りし。堺は始末で立つ、大坂はぱつとして世を送り、所々の人の風俗をかし」(『日本永代蔵』四ノ五)。

一三 夫婦に、子供も一人くらいの暮らし。だが、真の町人である親方は、人を使い人を生かす。「町人の出世は、下々を取り合せ、その家を幾多《あまた》に仕分くるこそ、親方の道なれ。惣じて、三人口までを、身過ぎとは言はぬなり。五人より、世を渡るとは言ふ事なり。下人壱人も使はぬ人は、世帯持とは申さぬなり。旦那と言ふ者もなく、朝夕も、通ひ盆なしに手から手に取りて、女房盛りでくふなど、いかに腹ふくるればとて、口惜しき事ぞかし」(『日本永代蔵』四ノ一)。

一四 大和への道も、商売の道(やり方)もわからない。

し《しまって》、極月はじめ《十二月初め》ごろより、何がな《何かないか》と渡世《とせい》しあん《［の］思案》するうちに、女は子を愛《あやして》して、『我《お前》も耳《みみ》があるほどに《のだから》、人《私》のいふ事をよくきけ。小男でも、本の《本当の》とゝさまは、利発にあつたとおもへ。[一]女の手わざ《手仕事の》の食《めし》[二]までたきて、女房は宵からねさせ置きて、我《自分》は夜明けがたまでわらんぢ《わらじ》をつくり、われ《自分》は着ずに、女ばう子どもには、正月布子《ぬのこ》[三]をこしらへ《［てくれた］》、この黄《き》[四]がらちやのきるものも、その時の名ごりぢやぞ。何に付けても、なじみほどよきものはなし。もとのとゝさまこひしやと、なけなけ』といふときは、さりと《まったく》ては入聟口《［の身が］》をしく、堪忍《かんにん》ならぬ

一 先夫と比較して、現在の夫を責める女の言い分は、人をあてにして入婿した男同様、全く身勝手で自分中心。
二 「食《メシ》」（易林本『節用集』）。
三 正月用の木綿の綿入れ。
四 染色の名。黄唐茶・黄枯茶・木枯茶などと書く。楊梅《やまもも》の樹皮の煎汁で染め、灰汁などで媒染する。黄茶色。薄い色から濃い色まで、色調は多様である（中江克己『染織事典』）。

＊おばば捜索の場面。切羽詰った大晦日の夜、大の男が揃いも揃って、どら息子の奸計に乗せられ、大通りをねり歩き、おばばを返せの茶番を演じている。先頭と最後の提灯に照らし出された男たちの姿は、鉢巻や頬被りをし、脚袢を付けて、じんじんばしょりと物々しい。用心の為、棒を持つ者が四人もいる。後の二人は、町の年寄とその家の丁稚か。太鼓を叩き、行列を先導するのは当の息子か。投頭巾に派手な格子縞の羽織を着、脇差をさすその姿は、『万の文反古』一ノ二の挿絵の放蕩息子の姿に、ほとんど同じ。おっとりとして、幾分愁いを含んだ表情は、かわいらしくさえある。むきになった年寄の表情との違いも妙。前に手樽、後に風呂敷包みを天秤棒で担ぎ、道の傍に

おしやられて、忙しい大晦日の夜、先を急ぐに急げず当惑顔の通行人の横には、太鼓を担ぐ男二人と、それを叩く男。鉦を打ち鳴らす男もいる。これらの音に、「おばばを返せ」や、おばばの名を呼ぶ声が入り混って、大晦日の夜は、一層賑やかに混乱する。この太鼓と鉦、寺院で使うそれらに、ほとんど全く同じ物ながら、使う目的は著しく違って、どんづまりの人の世の、哀れを伝える。そうした光景を、脇でながめる街道の並木は、常緑の松。（この左頁の構図は、人物を二人加えると、『万の文反古』一ノ二の夜遊びに出かける道中と思われる図の構図にほとんど同じである。それによったか。『万の文反古』のこの絵の章は、貞享三年下半期頃に草稿ができたか、と言われている）。

五 大晦日の総決算をしよう。
六 四方に折り廻した縁をつけたへぎ製の角盆、または隅切盆。一〇五頁注五参照。
七 折敷に盛るかや・かちぐり・だいだいなどの下に敷く。
八 諺「すつる神あれば、引きあぐる神あり」（『毛吹草』二）。
九 家計のやりくりをつけておいてくれたのだ。
一〇 亭主が集めてきたはずの金に気をよくして、女は人が変ったように甲斐甲斐しい。だが、その期待もはずれると、女の気持はまた変る。

所なれども、是《ぜ》非《ひ》なく日をかさね、『我がふるさとにすこし借《か》し置《お》きたる銀子もあれば、これを取りあつめて、この[五]節季仕舞《じまひ》』とはるばる〔伊勢に〕くだりける甲斐《かひ》もなく、そのものどもは《その当のものどもは》、みな所をされば《その土地を離れていたので》、また、手ぶりにて《手ぶらで》、やうやうけふの夕食《めし》前に、宿《家》へ帰りしに《帰ったところ》、何とか才覚いたしける《どう工面したのか》、餅《もち》もつき、薪《たきぎ》も買ひ、神の[六]をしきに[七]山ぐさ《裏白が》の色めきければ《青々と華やかに見えたので》、『世はなげくまじ。また[八]引きあぐる神もありて、留《る》守《す》のうちに、手廻しよく[九]内証《ないしょう》仕舞ひ置きける』とうれしく、『無事で帰りたる』といへば、女房も[一〇]いつよりは《いつもよりは》機嫌《きげん》よくして、先《ま》づ足の《洗足の》

湯を取りもあへず《湯を取ってくれるとすぐ》、[一]鰯膾《いわしなます》を片皿《かたざら》に、赤いわしの焼ものにて、心よく膳《ぜん》をすゑける程に、箸《はし》とつて喰《く》ひかかる時、『伊勢の銀《かね》どもは取つて御座つたか』といふ。不仕合せいふを聞きもあへず《不首尾の言い訳を最後まで聞きもせず》、『そなたは、手ぶりで《手ぶらで》、ようもようも戻られた事ぢや。この米は、[二]壱斗を、〔米一石〕二月の晦日切に〔支払うと〕約束して、[三]われらが身を《わが身を》〔担保にすると〕手形に《借用証書に》書き入れて、九拾五匁の算用にして《計算で》、借りましたよ。[四]世間《せけん》は〔一石〕四拾目の米喰ふとき、〔うちでは〕九十五匁の米を喰ふ事、そなたのどんなる《がのろいから》ゆゑにかかる仕合せ《こんな目に合う》。〔あなたが〕持つて御座つたものは、ふんどし一筋《すぢ》《褌一本》。何もそんのまゐらぬ事。夜に入れば闇《くら》うなります。[五]足もとのあかいうちに、出て御座れ』と喰ひかかつた膳《ぜん》をとつて、追ひ出す時、近所のものどももあつまりて、『これは御亭《てい》さまのめいわくながら《御亭主様にとっては迷惑なことでしょうが》、入聟のふしやうに《不運と》〔諦めて〕、出ていなしやるが《行かれるのが》男の本意ぢや《というものです》。また、よい所も《入婿先》御座ろ』と、[六]口々に追ひ出しければ、あまりかなしくて泣かれもせず。明日は国元に帰る分別いたしましたが、今夜一夜のあかし所なく、我らは《私は》[七]法花宗《ほつけしゆう》なれども、これへ参

一 鰯膾を一方の皿につけ、その上赤いわしの焼物をつけて。鰯膾は、新鮮な鰯を三杯酢であえたもの。赤鰯は、干したりまたは塩づけにして、赤黒くなった鰯。節分には、鬼の侵入を防ぐ為、悪臭の出るものを焼いた。戸口に焼いわしの頭と柊の小枝をさす習俗も、悪鬼の侵入を防ぐ為といわれ、ニンニクなど臭気の強いものを用いる所もある。大晦日に節分の重なったこの日、女は、赤いわしの外に鰯膾までそえて、男を迎えたのである。「あかいわしさへ年越に見るばかり」(『西鶴織留』五ノ四)。

二 いわゆる春延べ米の契約である。春延べ米については、一二七頁注一四参照。「壱斗」は「壱石」の誤りのようだが、貧しいこの女は、亭主の持ってくる金をあてにして、一石ならぬ一斗の米を、三月ならぬ二月までの約束で我が身を抵当に借りたか。

三 返済できない時は、自分の身柄を引き渡すというのである。いわゆる人質契約である。

四 「常年に米壱石の価ひ、銀六拾銭目なりしを、豊年に銀四拾銭目に売りたり」(『常平問答』)。

五 日の暮れないうちに、の意に、これ以上の弱点をあばかれて、もっと不利にならないうちに、の意も。「まだも、あしもとあかいうちに、御分別をあそばし」(『西鶴織留』二ノ二)。

六 文なしのよそ者の味方を、誰もしない。

七 情強《じようごわ》法華・堅法華などと言われるように、法華宗では他宗を強く嫌った。また、「法華と念仏、犬と

猿」とも。一二六頁注一〇・一二七頁注一二参照。
八 讃談を聞きに来て、多くの人々が集まるだろう。「群集《クンジユ》」（『書言字考節用集』）。
九 この男、たかが酒代のために、現世だけでなく、来世までも台なしにしようとしている。
一〇 人の切れ端もなく。全く人がなく。
一一 欲得の為に、仏像の目もくりぬくこと。仏をだまして悪事を行うこと。
一二「貧の盗み」「貧すれば鈍する」などとも言う。
一三 皆仏性を有し、その姿形は仏体に同じだが、の意。「しまこんじきのぶつたい」（『日本名女物語』一）などと言うように、聖浄なる仏体は黄金で、永遠に存在するが、人は汚穢不浄の人膚の身をもって生まれ、生老病死をまぬがれない。『平太郎事蹟談』五には、「かれ（平太郎）は親鸞がをしへをまもり、念仏をとなへ、その身凡身たりといへども、本願成就の仏身なり」などとある。
一四 仏語。十界（地獄界・餓鬼界・畜生界・修羅界・人間界・天上界・声聞界・縁覚界・菩薩界・仏界）の一つ。迷いの六道の一つでもあり、「にんがいは、一生造悪の娑婆世界」などとも言う。娑婆は忍土、本来は修行の場の意。
一五「箱屋」は指物屋。「九蔵」は職人の通名。

人皆仏体なれど師走坊主も隙のない浮世

りました」と、身のさんげする事、哀《あは》れにもまたをかし。

またひとりの男は、大わらひして、「我が身の事は、とから申しがたし。宿《家》にいますれば、方々《〔借金の為〕》より、いけて《ただでは》おかぬ身なり。どなたへ申して、《〔も〕》銭十もんかり所はなし《〔も〕貸してくれる人がない》。酒は呑《の》みたし、身はさむし。色々無分別《〔なことを考えてみたが〕》、年を越すべき才覚なし。近ごろ《大変》あさましきおもひつきながら、こよひは、道場《だうぢやう》に、平太郎殿の讃談[八]参り、群集《くんじゆ》すべし《〔その人々の〕》。その草《ざう》履《り》・雪踏《せきだ》を盗み取りて、酒[九]の代《しろ》にせんと心がけしに、ここにかぎらず、いづかたの道場《だうぢやう》にも、人[一〇]ぎれなく、ほとけ[一一]の目をぬく事もなりがたし」と、身のうへをかたりて、泪《なみだ》をこぼしける。

亭坊《ていばう》も横手をうつて、「さてもさても、身[一二]の貧からは《その身が貧しいと》、さまざま悪心もおこるものぞかし。各も、みな[一三]、仏躰《ぶつたい》なれども、是非《ぜひ》もなきうき世ぞ」と、つらつら人界《にんがい》[一四]を観《くわん》じ給ふうちに、女けはしくはしり《けたたましく走って来て》来て、「姪御《めひご》さま、只今、やすやすと御平産《御安産》あそばしました。御しらせ申します」といふ。程なく、その跡より、「箱屋《はこや》[一五]の九蔵、今《つい今》の

一　葬式は、日が暮れてからするのが、当時の習慣。翌朝はめでたい正月なので、ここでは通夜もせず、深夜に葬式を行うのである。
二　住職の外出用（ここでは葬礼用）か。
三　職人の仕事始めは四日から。一四九頁注五参照。
四　一番大事な檀家。第一の旦那。
五　「清十郎は人々取まきて、内への御詫言の種にもと、旦那寺の永興院へおくりとどけける」（『好色五人女』一ノ一）。
六　諺に「師走坊主、師走浪人」とも。一般に年末は忙しくどちらも相手にされない。三一頁注一五参照。
＊　この章では、平太郎熊野詣讃談の道場を舞台に、法話が展開する。人々に信仰を勧めるどころか、法話も算用ずくの坊主。借金のがれの為、隣近所も巻き込んで老母を寺に追いやる息子。女房の働きと、わずか二歳の人の子に将来かかる事をあてに、入婿し、やがて追出される男。酒代ほしさに、讃談参りの人の草履や雪駄をくすねようとする男。一切衆生の済度を願う仏の広大な慈悲とは裏腹に、そこにはうっかり油断して、一年どころか一生を過してしまう人間たちの、身勝手で滑稽な姿が描かれる。授かった仏体にも気づかず、生死無常の理にさらされて、人は陽気に大晦日の夜まで齷齪《あくせく》と右往左往する。
七　「天下泰平、国土安穏」（謡曲『翁』）のもじり。天下泰平で、国土は豊かに稔り、誰も彼もが。

さきに《しがた》、掛《かけ》ごひと云分《いひぶん》《口論》いたされまして、《〔相手の〕》首《くび》しめて《〔自分も〕》死なれまして御ざる。[一]夜半《真夜中》過ぎに、葬礼《さうれい》いたします。御くらうながら、野墓《のばか》《火葬場》へ御出でたのみます」というて来る。《〔生死〕》取りまぜてかしましき中に、仕たてもの屋より、「縫《ぬひ》に下されました《寄こして下さった》[二]白小袖を、ちよろりと盗《ぬす》まれました。せんさくいたしまして、出ませずは、銀子たてまして《代金を弁償しまして》、御そんはかけますまい」と、ことわり《詫言》申しに来る。東隣《ひがしどなり》から、「御無心《むしん》なれども、今晩、俄《には》かに井戸がつぶれました。[三]正月五ケ日《五日〔の間〕》、水がもらひましたい《水を貰わせてください》」と申しきたる。その跡から、[四]一旦那《だんな》のひとり子、金《きん》銀をつかひすごし、首尾《しゆび》さんざんにて《〔の体〕で》、所を立ちのくを《〔父親に勘当され〕追放されたのを》、母親の才覚《さいかく》にて《で》、「[五]御坊《ばう》さまへ、正月四日まで」預《あづ》けにつかはしける《てよこした》。これもいやとはいはれず。うき世に住むから《以上》、[六]師走坊主《しはすばうず》も隙のない事ぞかし。

四　長久の江戸棚《だな》

八　油・酒などの雑貨は大坂から菱垣廻船で運んだ。

九　江戸を起点にする主要交通路には、東海道・中山道・甲州道中・日光道中・奥州道中の五街道があり、街道には宿駅を置き、人馬の提供を義務づけた。特に加工品は上方から、多くの食糧や日常必需品は東日本の各地から運んだ（日本の街道2『江戸への道』）。

一〇　慶長七年以後、一駄四十貫となる（大系本）。

一一　十五日は二十五日の誤りか。「廿五日　正月かざり道具市　此日より卅日まで、日本橋四日市の広路にて小屋をたて、一切の売物をあつめて、これを売也」（『国花万葉記』七ノ上、武蔵・惣年中行事・十二月）。

一二　日本橋を中心に、北は神田須田町から、南は芝金杉までの南北大通り。江戸城下の目抜き通り。

一三　板を塗りつぶした胡粉《ごふん》の上に、殿上人と内裏女房を描き、金銀の箔を押した羽子板。

一四　六角または八角形の槌で、球を打って遊ぶ玩具。「兎角正月の御慰み、たまぶりぶりを、白銀・黄金の丸打にして参らする」（『昨日は今日の物語』下）。

一五　一九頁注一四参照。

一六　中店《なかみせ》。「歳の市の間、通り町の中央に臨時の小屋掛けしたる店をいふ」（真山青果『西鶴語彙考証』）。

一七　本船町の略。東京都中央区日本橋本町一丁目から室町一丁目の日本橋川に面する河岸。魚市があった。

一八　千代田区須田町一丁目。野菜市があった。

天下泰平・国土安穏、万に大気な江戸の人心

[七]天下泰平《たいへい》、国土万人《こくどばんにん》、江戸商ひを心がけ、その道々の（それぞれの商売の）棚《たな》出して（支店を）、諸国より荷物《にもつ》、[八]船路《ふなぢ》・[九]岡付《をかづけ》の馬かた（陸路の馬方〔に任せて〕）、毎日、[一〇]数万駄《だ》の問屋《とひや》づき（につく）。こ（この）こを見れば（有様を見ると）、世界《せかい》は金銀たくさんなるものなるに（世の中には金銀が沢山あるはずなのに）、これをまうくる才覚のならぬは（工夫のできないのは）、諸商人に生れて、口をしき事ぞかし。

さるほどに、[一一]十二月十五日より、[一二]通《とほ》り町のはんじやう（の繁昌〔の仕方は物すごく〕）、世に宝《たから》の市とは、ここの事なるべし。常のうりもの棚は捨て置きて（いつもの商売をしている店は振向きもせず〔あたりはもう〕）、正月のけしき（気分〔で〕）、[一三]京羽子板《はごいた》・[一四]玉ぶりぶり（〔の店が並ぶが〕それらの）、細工に金銀をちりばめ、[一五]はま弓一挺《ちやう》を、小判二両などにも買ふ人ありけるは（〔江戸では〕）、諸大名の子息《しそく》にかぎらず、町人までも、万《よろづ》に大気なるゆゑぞかし。町すぢに、[一六]中棚《だな》を出して、商ひにいとまなく、銭は水のごとくながれ、白《しろ》がね（銀貨）は雪のごとし（ように〔積重なる〕）。富士の山かげゆたかに（富士の山容は堂々と美しく）、日本橋の人足《あし》（日本橋を渡る人の足音〔はまるで〕）、百千万の車のとどろくに聞きなしたり（音かと思われる）。[一七]船町《ふなちやう》の魚市《うをいち》（〔の〕）、毎朝の売帳（売上帳〔は〕）、四方の海ながら（四方が海とはいいながらよくも）、浦々に鱗《うろくづ》のたねもある事よと沙汰し侍る（魚類の種がこれほどあることよと噂するほどだ）。[一八]神田《かんだ》須田町《すだちやう》の八百屋もの（野菜〔も〕）、毎

日の〔売る〕大根、里馬に付けつづきて〔在郷の馬に次々と運ばせて〕、数万駄《だ》〔も連って〕見えけるは、とかく畠《はたけ》のありくがごとし。[一]半切《はんぎり》にうつしならべたる唐《たう》がらしは、〔歌枕で知られる〕秋ふかき龍田《たつた》山〔の紅葉〕を、むさし野に見るに似たり〔で見るようなものだ〕。[二]瀬戸《せと》物町・糀町《かうぢまち》の鴈甍《がんかも》、〔の数も莫大で〕さながら雲の黒きを、地にはへたるがごとし〔地上に引き延ばしたようだ〕。[三]本町の呉服《ごふく》もの、[四]五色の京染・[五]屋しき模やうのちらしがた〔お屋敷好みの散らし模様〕〔でうまり〕、[六]四季《しき》一度にながめ、すがたのはなの色《いろ》〔のように美しい〕香《か》ぞかし。[七]伝馬《てんま》町のつみ綿《わた》、〔も歌で知られる〕みよしのの雪のあけぼのの山々。夕べにはちやうちんつらなり、道《みち》〔は〕明らかう〔明るく照り輝き〕、大晦日の夜に入りて、〔ますます〕一夜千金、家々〔の賑いで〕の大商ひ〔では〕〔の最中〕。殊に[八]足袋《たび》・雪踏《せきだ》は、諸職人、万事買

一　たらいの形をした底の浅い桶。

二　日本橋の瀬戸物町では、水禽や野殺《のじめ》物の鳥類を主として扱い、麹町五丁目では、山禽・野鳥の外に甲州・武州の野獣肉類を専ら販売していた（真山青果『西鶴随筆』）。

三　本町で売る織物や反物の類は、の意。日本橋の本町には、呉服所といって、禁中・幕府・大名・公家など御用達の呉服屋が蝟集していた。また、その本店はほとんど京坂にあった（『西鶴地名辞典』）。

四　「五色　ゴシキ　青赤黄白黒」（易林本『節用集』）。京染については、一四二頁注八参照。

五　武家屋敷の奥方や、御殿女中などの武家方好みの模様。「ちらしがた」は、散らし模様に同じ。単位模様を着物地一面に、規則的にあるいは不規則的に散らす。松葉ちらしなど、花弁や葉などが、風で地面に吹き寄せたように散らす「吹寄せ文」も、この一種。

六　それはまるで、四季折々の風情を一度にながめ、花のように美しい女の色香を、目前に見る思いがする。

七　大伝馬町一丁目には、綿屋や木綿問屋が多くあった（『江戸惣鹿子名所大全』五・六）。摘綿は、綿や真綿を塗り桶にかぶせて、袋形に引き伸ばしたもの。小袖の綿入などに使う。その綿の白さを御吉野の雪に譬えた。

八　足袋・雪駄は、年末に主人が奉公人に与える惣物《そうぶつ》の一つ。どんなに苦しくても与えないわけにはいかな

い。

＊武家の年末贈答の使者の行列。江戸が武士の町であることを象徴するかのように、画面一ぱいに武士の姿を描く。この武士は日本国中を治めてもいる。画面むかって左上に、徳川氏（本姓、松平氏）の御代長久を寿ぐ常緑の松。その前を行くのは、先手の徒歩若党。黒の長羽織を着て、両手を大きく広げ、両足も軽快に地を蹴る。馬に乗る使者役の武士は、馬の口取と草履取の奴を従えて、その後にも、槍持と挟箱持の奴二人。また、六尺が二人、贈答用の雁を載せた進物台を担いで従う。本文の目出たさに比べ、これら武士の表情は、決して明るくない。彼らの中には既に、日雇の武家奉公人もいるか。馬上の武士より、馬の方が勢いがあるようにも見える。武士は専ら消費するだけである。その武士が江戸の人口の半数を占め、彼らの生活を支える為に、全国から人や物資が流れ込んで、江戸の経済は成り立ち、江戸は繁栄する。

九 元禄五年末頃の江戸の町方人口は、京都より少ないが、大坂にほぼ同数の三十五万前後（『週刊朝日百科日本の歴史』72）。それに匹敵する武家方人口を加えると日本一になる。

一〇 正月の祝儀用。口に藁縄を通し、シダやユズリ葉を挿して、向い合せに結んだ一対の塩小鯛。歳徳棚や竈・蔵の口などに掛けておく。

一一 橙《だいだい》。不作の為、高価になる。三二頁二行目参照。

物のをさめにして《買いおさめとして》、夜の明けがたに調《ととの》へに来たり。

一とせ《ある年》、江戸中の棚《店》に、せきだが一足《そく》たびが片足《かたし》《片方》、ない事あり。

幾万人はけばとて《はくからと言って》、かかる事は、[九]日本第一人のあつまり所《大都会〔の〕》なればなり《こそだ》。宵のほどは一足七八分のせきだ、夜半《やはん》過ぎには壱匁二三分となり、夜明けがたには一そく弐匁五分になれども、買ふ人ばかりにして《で》、うるものなし。一とせ《〔また〕ある年》、[一〇]掛小鯛《かけこだひ》二枚十八匁づつせし事もあり。[一一]代々《だいだい》ひとつ金子弐歩づつせしに、高うて買はぬといふ事なし。京・大坂にては、相場《さうば》ちがひのものは《〔高値の〕ものは》、たとへ祝儀のものにして《でも》か

ら、なかなか調ふべき人心にはあらず。ここを以て一大名気《だいみやうぎ》とはいへり。京・大坂に住みなれて、心のちひさきものも、その気になつて、銭をよむといふ事なし。小判を、二りんだめにてかける事なし。三かるきをとれば、またそのままにさきへわたし、四世は廻り持ちのたからなれば、ひとりとして吟味《ぎんみ》する事にはあらず。

五十七八日までに、上方への六銀飛脚の宿を見しに、大分の金銀、色もかはらず上りてはくだり、一とせに、道中を幾《いく》たびか。金銀ほど世に辛労《しんらう》いたすものは、外になし。これほど世界に多きものなれども、七小判一両もたずに、江戸にも年をとるものあり。

されば、八歳暮《せいぼ》の御使者とて、九太刀目録・一〇御小袖・一一樽ざかな・箱入りの一二らふそく、何を見ても、一三万代の春めきて、町並の門松、これぞ一四ちとせ山の山口、なほ一五常盤《ときは》橋の朝日かげ、豊かに、静かに、万民の身に照りそひ、くもらぬ春にあへり。

買い調えるような心の人はいない　だから江戸の気質を
〔江戸に住むと〕
〔銭さしの〕一々数える
ではかること
〔というように〕金銀も廻り持ちなので
吟味する者もなくその必要もない
家を見たところ
〔繰返すこと〕か
世間
ところで
〔などの行列が続くが〕
まことに千年山の麓
〔津々浦々まで〕
〔御代の〕清々しい新春を迎えるのである

一 大名のように、鷹揚で華やかな気風。
二 厘秤《りんばかり》。少量の銀をはかる秤。「小釐等《リンタメ》。一厘以上を様《ため》候秤故、釐様と中候」（『金銀職事』下）。
三 軽い金貨。摺り切れたり、削り取られたりして軽くなる。定額貨幣の金貨を主に使う江戸と、銀貨を主にする上方とでは、金銭への対し方が、自ら異る。
四 諺「世は廻り持ち」。また、「金銀は廻り持ち、念力にまかせ、溜るまじき物にはあらず」（『日本永代蔵』四ノ一）。
五 十七日は江戸六日飛脚の出る日、十八日は江戸六日本飛脚の出る日（『国花万葉記』六ノ一）。
六 江戸と大坂の幕府の御金蔵を往復したり、公私金銀の運送に従事した飛脚。江戸には、駿河町・万町・佐内町・新橋南一丁目などに、備前屋与三兵衛などの京・大坂飛脚宿があった（『江戸惣鹿子名所大全』五・六）。
七 その中には、専ら消費に終始する武士、特に下級武士や浪人がいる。
八 将軍家や老中・大名・旗本などの間で行われる年末祝儀贈答の使者。

一夜明ければ、万民豊かな新春

九 進物の太刀の目録。太刀折紙とも。馬を併記する事が多い（『書札調法記』五・『礼式書札集』上）。
一〇 木具台や広蓋に載せて贈る（『礼式書札集』下）。
一一 進物の酒樽と酒のさかな。
一二 貴重品だったので、進物にする。
一三 「花も松ももろともに、万代の春とかや、千代万

元禄五壬申年初陽《正月》吉日

書肆

京二条通堺町
上村平左衛門
江戸青物町
万屋清兵衛
大坂梶木町
伊丹屋太郎右衛門
板行

代の春とかや」(謡曲『老松』)。万代の春と松は縁語。

一四 京都府亀岡市千歳町にある歌枕。また当時既に、隅田川を底辺に、町地・武家地・江戸(千代田)城の順にせり上げ、頂点に不尽山を描く、江戸中心部の図などが、あったか。「春たちて霞たなびく千年山麓の里の影ものどけし」(『夫木抄』巻二十・藤原正家)。「一花《いっけ》開けぬれば天下は皆春なれども、松は常磐の色添へて、(中略)国土豊かに栄ゆくや、千年の山も近かりき」(謡曲『氷室』)。春、松、ちとせ山、常磐は縁語。

一五 一夜明ければ、何と言ってもやはり、常盤橋を照らし出す初日の光は、の意。「常盤橋」は、江戸城大手口から本町一丁目にかかる橋。下に日本橋川が流れる。もと大橋と言った。正保の初め頃、『金葉集』の歌「色かへぬ松によそへて東路のときはの橋にかかるふぢ浪」によって改名した(『東京市史稿』橋梁篇第一)。これ以後の文章、巻一ノ一の「一夜明くれば、豊かなる春とぞなりける」に照応して一篇が終る。

* 懺悔咄に続く最後の一章は、元禄期の豊かな江戸の年末風景。将軍のお膝元である江戸は、諸国から物資が集まり、金も物も溢れて、人の心はこの上なく大気である。だが、作者は、一両も持てずに年を越す人のある事も、忘れない。が、それも束の間、一夜明けるといよいよ天下泰平・国土安穏の様相を示して、万民は一様に、初日の恵みを受け、豊かな新春を迎えることになる。但し、一篇の最後が祝言になるのは、当時の常套。

解説

世にあるものは金銀の物語

松原秀江

一

『世間胸算用』が刊行されたのは、元禄五年（一六九二）正月のことである。西鶴は、翌年の八月十日に、亡くなっている。この作品は、西鶴の生前に刊行された最後の作品であり、彼の小説中最大の傑作である、ともいわれている。

そしてこの『世間胸算用』は、大本五巻五冊、各巻四章ずつの二十話すべて、一年の収支の総決算日である大晦日にかかわる話である。従ってこの作品はこれまで、「銀《かね》が銀《かね》をもうける」商業資本主義社会で、無資本なるがゆえに浮かび上がれない町人大衆の運命を描いたものだ（日本古典文学全集『井原西鶴集⑶』解説）とも、大晦日の貸借支払いの諸相、特に中・下層町人のやりくり算段を描いたものだ（角川文庫『世間胸算用』解説）、などとも言われてきた。だが、果してそうだろうか。

勿論、この作品には、大晦日のやりくり算段のために、質屋（一ノ二）や古道具の夜市（五ノ一）に集まる貧しい人々、借金取りに居留守を使う者（三ノ四）、借金取りからのがれるため、家を出てしまう者（二ノ二）、家には居るが、毎年夫婦喧嘩をして、借金取りを寄せつけない者（二ノ四）、などの姿が描かれてはいる。だが、それは決して、金が金をもうける商業資本主義社会のしくみなどに、原因があるのではない。

たとえば、五ノ一「つまりての夜市」を見てみよう。ここに描かれるのは、火吹く力もないその日

暮らしの釘鍛冶の姿である。彼は日に三度の酒を、わずかではあるが毎日買って、四十五年も飲み暮らし、

この男、下戸《げこ》ならば、これほどに貧《ひん》はせまじきもの

と人に笑われても、

世の中に、下戸のたてたる蔵《くら》もなし

とうたい返して、ついに元旦の祝酒の用意もできず、「酒手の借《かり》どころなく、質種《しちだね》もなく」、思案の末に、この夏暑さをしのいだ編笠を持って、古道具の夜市にまぎれ込むのである。従って、

惣じて、すこしの事とて、不断《ふだん》常住の事には、気をつけて見るべし。ことに、むかしより、食酒《けざけ》を呑《の》むものはびんぼふの花ざかり、といふ事あり。

とあるように、日に三度の酒は、彼にとって、分不相応な奢り以外の何ものでもないだろう。

更に、二ノ二「詫言《うそ》も只《ただ》はきかぬ宿《やど》」を見てみよう。ここには、大晦日の朝飯が終るや否や、不機嫌な女房を残して、自分だけ借金取りからのがれるために、羽織に脇差の姿で、今まで遊んだことのない茶屋に出かけてしまう、商人の姿が描かれている。彼は、一銭も大事の大晦日に、色茶屋で嘘で丸めた見栄をはり、なけなしの金をまき散らした挙句の果てに、借金取り（若衆の草履取りめいた者）に見つけられて、ありったけの金は勿論、羽織・脇差ばかりか、着ていた着物も借金のかたにとられ、それでもまだ見栄をはって、

たはけといふは、すこし脈がある人の事

と笑われてしまうのである。彼の年末の不如意は、彼自身の日頃の若衆遊びが原因だ、と思われるが、家を出る時、置き去りにする女房に言った言葉を見るなら、彼がいかに身勝手な身の程知らずである

かが、理解できよう。彼は、

物には堪忍《かんにん》、といふ事がある。すこし、手前取り直したらば、駕籠《のりもの》にのせる時節《じせつ》も、またあるものぞ。夕べの鴨《かも》の残りを、酒《さか》いりにして喰《く》やれ。掛《かけ》どもをあつめて来《き》たらば、先づ、そなたの宝引銭《ほうびきぜに》一貫のけて置いて、あり次第に払うて、ない所はままにして、掛乞ひの貞《かほ》を見ぬやうに、こちらむきて、寐《ね》てゐやれ

と言っているのである。

二

だが作者は、身勝手で身の程知らずなのは、彼らに限らず当時一般の町人の姿だ、と考えていた。この章の次に続く二ノ三「尤《もっと》も始末《しまつ》の異見《いけん》」には、持参金目あてに醜女をめとった男に、娘の欠点をひとつひとつ弁解して、

ここが、大事の胸算用《むねざんよう》。三十貫目の銀を、慥《たし》かに六にして預《あづ》けて、毎月百八拾目づつをさまれば、これで、四人の口過ぎはゆるり。内義に腰元《こしもと》、中居女《なかゐ》、物師を添へて、我がもの喰ひながら、人の機嫌《きげん》を取る嫁子《よめご》。みぢんも、心に女在《ぢよさい》も、欲《よく》もなきお留守人《るすにん》。

と言いくるめて、家の留守番にすぎない内儀に満足できず、「うつくしきが見たくば」と、色里をすすめる仲人嚊《かか》の咄《はなし》が載っている。もっとも、この章ではそれが目的ではなく、色里での遊興をきれいさっぱり清算してやめる男はめったにないこと、遊里ほど面白くなくても、わが家は気楽で見栄をはる必要もなく、いつも総大将で居られること、また、一家の主人が出歩かずうちに居れば、手代や丁稚などの奉公人がそれぞれの仕事に励んで、その積り積った利益は莫大になることを指摘して、色遊

びなどしないことをすすめる章ではある。だが、この咄を裏返せば、当時そんな教えが必要なほど、色里に入れあげて身を滅ぼしてしまう町人の多かった事は、たとえば二ノ二に見られる通りである。椀久《わんきゅう》などの物語にも明らかだろう。事実この章でも、親の金を譲り受けて四年目の大晦日には、山椒売りに成り下がっても、心うかうかと丹波口まで来てしまい、夜も明け方になった男の咄で終るのである。従ってそんな男の姿と、持参金つきの嫁入りは、決して無関係ではない。というより、欲にかられて持参金つきの嫁を迎える風習のため、遊里に通うことが町人一般の見栄になっていた、と言ってもよいだろうか。

というのも、三ノ四「神さへ御目違ひ」で、作者は、もの堅い堺の町人の胸算用に油断のない暮しぶりを紹介して、次のように言っているからである。

娘の子持つては、疱瘡《はうさう》して後、形《かたち》を見極《きは》め、十人並《なみ》に人がましう、当世《たうせい》女房に生れ付くと思へば、はや、三歳・五歳より、毎年に娌入《よめい》り衣装《いしやう》をこしらへける。また、形おもはしからぬ娘は、をとこ只は請けとらぬ事を分別《ふんべつ》して、敷銀を心当てに、りがし商ひ事、外にいたし置き、縁付《えんづき》の時分、さのみ大義になきやうに、覚悟よろしき仕《し》かたなり。

と。先ず娘の値うちが、見た目の形だけで云々されていることに注目しておこう。勿論、「美目《みめ》は果報の一つ」(『日本永代蔵』三ノ五)ではある。だが、内面的な人柄には目もくれず、娘の値うちを外側の形だけではかる世相のゆきつくところは、当の娘など問題外の持参金の多少だった。それも正真正銘の金箱が届くならまだしも、二ノ一「銀《ぎん》壱匁の講中」では、外聞だけが問題で、聟方と嫁方、両方内談の上、人目を驚かした嫁入り行列の銀《かね》箱の中身は、石瓦にすぎない、というのである。作者は、このような上辺だけの身の程知らずの人のありさまを、人の心ほど、おそろしきものは、御座らぬ。

と言わせているが、智恵をしぼった挙句の果ての、見せかけだけのこのような行為にまで及ぶ世相は、また、男の心を色里にひきつけるだけでは済まなかった。

二ノ三「尤も始末の異見」で、作者は次のようにも言っている。

さるほどに、今時の女、見るを見まねに、よき色姿《いろすがた》に風俗をうつしける。都の呉服棚《ごふくだな》の奥さまといはるる程の人、皆、遊女《いうぢょ》に取り違へる仕出しなり。また、手代あがりの内義は、おしなべて、風呂《ふろ》屋ものに生移《いきうつ》し。それより、横町《よこちゃう》の仕たて物屋・縫《ぬひ》はく屋の女房は、そのまま茶屋者の風義にて、それそれに身躰《しんだい》ほどの色を作りて、をかし。

と。色里にひかれる亭主の好みが、女房に影響して、「物好《ものず》き過ぎたる奥さま」（二ノ二）、即ち、遊び女同様に飾りたてて色っぽく、尻軽な女たちを世の中にうようよさせている、というのである。そんな「分際よりは花麗《くわれい》を好み」「身の程知らず」（『日本永代蔵』一ノ四）の女たちのあり方がまた、それぞれの内証を内側から圧迫することは、改めていうまでもない。

しかも、当時の男女があこがれた、このいわば当世女の理想ともいうべき遊女の住む色里は、皆うそで成り立っている、というのである。再び、二ノ二「誑言も只はきかぬ宿」を見てみよう。ここには、大晦日の朝飯が終るや否や、借金取りからのがれて、今まで遊んだこともない茶屋にやってきた商人を、浮き浮きと笑顔で迎えた女に、たかが十四、五匁の事で身投げもしかねない親がいたり、その女が、年も十九とふれこんで、実は三十九の振袖姿だったことが、記されている。勿論、すべて金のためだが、その金のためには、御大尽ぶって見栄をはるたわけ以下の客の、根も葉もない嘘とひとつになって浮かれ、色三味線をひき、誰はばからぬ投げ節を歌って華やいで見せ、一銭も大事の大晦

日にも、客からなけなしの金を巻き上げるのが、

世界の偽《うそ》かたまつて、ひとつの美遊となれり。

（『西鶴置土産』序）

と言われる色里の色里たる所以《ゆえん》だった。

三

ところで、金銭を媒介にする色里が、嘘でかためた商売であるとしても、改めて考えてみれば、どんな商売にも嘘はつきものだ、と言えるのではなかろうか。

三ノ二「年の内の餅《もち》ばなは詠《なが》め」には、心にもないお世辞を言って、取りづらい掛売りの代金を取って廻る掛商人の姿が、描かれている。

御内証《ないしよう》は存ぜねども、これの御内義さまは、仏々《ほとけほとけ》。天井《てんじやう》うらにさしたる餅ばなに春の心して、地《ぢ》鳥《どり》の鴨《かも》・いりこ・串貝《くしがひ》、いづれ、人の内は、先づ、さかなかけが目につく物ぢや。お小袖《こそで》も、なされましたで御座りましよ。（中略）女房に衣醬《いしやう》。おまつお仕《し》きせは、定めて、柳《やなぎ》すすたけにみだれ桐《ぎり》の中がたで御座ろ。同じ奉公《ほうこう》でも、こんなお家《いへ》に居合《ゐあは》すがその身の仕合《しあは》せ。

などと持ち上げれば、外の借金取りのいない間を見合せ、百匁のうち六十匁は渡すものだ、と言うのである。掛売りが一般だった当時、こうした姿は、商人一般に言えるだろう。というより、お世辞は商売につきものである。

だが、口先だけで人をだしぬいても、己れの利益をはかろうとする人の生き方は、その必然の結果として、主人の為になるものは稀な奉公人を、作り出してしまう。請求通りに代金を全部受け取っても、一部未払いにしたり、小判を悪金にすりかえたり、銀で受け取って銭に両替えしたりして、それ

らの差額を着服するかと思えば、親方のはっきり知らない掛売りの代金は、回収不能にして自分のものにしてしまう、などというのである。

作者は、こんな有様について、同じく三ノ二で、

つらつら世間《せけん》を思ふに、随分身になる手代よりは、愚《おろ》かなる我が子がましなり。子細《しさい》は、自然とまことあらはれ、銀集《かねあつ》まれば皆わがものとおもふから、そこそこにさいそくせず、身の働《はたら》きに私《わたくし》なし。

と述べ、

人は盗人《ぬすびと》、火は焼木《たきぎ》の始末《しまつ》と、朝夕気を付くるが、胸算用《むねざんよう》のかんもんなり。

と記すが、しかし、商売が親子だけでは成り立たないことも事実である。

しかも、他者をかえりみない自分中心の行為は、掛取りの側にだけ見られるのではなかった。たとえば、二ノ四「門柱《かどばしら》も皆《みな》かりの世」を見てみよう。

惣《そう》じて、物に馴《な》れては、もの畏《おぢ》をせぬものぞかし。

と始まるこの章には、借金になれて、

むかしが今に、借銭にて、首《くび》切られたるためしもなし。

とうそぶき、狂言を演じて、大晦日にも出違わない男の姿が、記されている。彼は、

我、年つもつて五十六、命のをしき事はなきに、中京の分限者《ぶげんしゃ》の腹《はら》はれどもが、因果と若死《わかじに》しけるに、われらが買ひがかり、さらりと済《す》ましてくれるならば、(中略)腹《はら》かき切つて、身がはりに立つ

と、狐つきの眼《まなこ》になって包丁を振り廻す所へ、おりよく飛び込んで来た鶏の細首を打ち落し、借金取

りを撃退するのである。のみならず、「人生五十年」といわれた当時、五十六歳にもなった彼が、人の取りにくい掛ばかり取って廻る十八、九の角前髪《すみまえがみ》の丁稚に、「無用の死《しに》てんがう」と見破られ、

こなたの横に出やうがふるい

と唆《そその》かされて教えられるままに、もっとよい掛取り撃退の方法を身につけ、毎年大晦日の昼時分から夫婦喧嘩を演じて、ついには「大宮通りの喧嘩屋《けんくわや》」と言われるようになってしまう。

作者はこの章で、

人は一代《だい》、名は末代。

と記し、三ノ二「年の内の餅《もち》ばなは詠《なが》め」では、次のように言っている。

義理外聞《ぐわいぶん》を思はぬからは、埒《らち》のあかぬ事見定め、古掛《ふるが》けは捨てて、当分《たうぶん》のさし引。それをたがひに了簡《れうけん》して腹たてずにしまふ事、人みなかしこき世とぞなりける。

と。また、次のようにも言っている。

むかしは、売がけ百目あれば、八十目すまし、この二十年ばかり以前は、半分《はんぶん》たしかに済《す》ましけるに、十年このかたは、四分払《しぶはら》ひになり、近年は、百目に三十目わたすにも、是非悪銀《わるがね》二粒《つぶ》はまぜてわたしける。人の心、次第にさもしく、物かりながら、迷惑はいたせど、商ひやめる外なく、

また節季わすれて掛帳に付け置きける。

と。

つまり、目先のことにとらわれて、お互いに人としての義理も外聞もなく、「昼盗人」(一ノ二)同然になってしまうのが、人皆かしこくさもしい近年の一般の風潮だ、と言うのである。それは、十貫目で買った物を、八貫目で売るような商売をしながら、破産を覚悟で丹波に田地を買い置き、女房に

は、昔なら大名の奥方もしないような奢《おご》りを許して、大晦日には換金できない振手形を乱発する一ノ一「問屋《とひや》の寛闊女《くわんくわつをんな》」の商人にもいえることであり、はたまた、持参金の銀箱《かね》が五つも並んだ、外聞だけの盛大な縁組にうかうかとだまされて、無理に金を預けていた町人から、無事金を取り返すや、こざかしい智恵を授けてくれた講仲間には、

　こなたのやうなる智恵袋《ちゑぶくろ》は、銀《かね》かし中間《なかま》の重宝《ちようほう》々々

と、口先だけで感謝してみせて、その舌の根も乾かぬうちに、約束したお礼の品は「正月になってから」と言い捨てて、大晦日にはうやむやにしてしまう二ノ一「銀壱匁の講中」の町人にも、いえることである。

そしてそれらは、齷齪《あくせく》動き廻って、人も己れも欺き、結局は何をしているのかわからないような、見せかけだけの仮の世の人の姿だ、と言ってもよいだろうか。

四

だが作者は、そのような人の行為を、よいとは勿論、仕方がないとも考えない。

三ノ一「都《みやこ》の㒵《かほ》見せ芝居《しばゐ》」を見てみよう。ここには、富裕な中京の衆のまねをし、大金持のような顔つきで有頂天な「川西のやつら」の姿が描かれている。彼ら若い者五、六人は、

　悪所《あくしよ》のさわぎは奢《おご》りらしく見えける。

といった当時の風潮の中で、顔見せの初日に桟敷にめかし込んで陣取り、芸子に色目をつかわせて、平土間の見物を羨ましがらせていたのだった。その彼らの現実は、先ず次のように描かれている。

　黒い羽織の男は、米屋へ入縁《いりえ》して、欲ゆゑの老女房《おいにようばう》、年の十四五も違ふべし。母親には二升入の

碓《からうす》をふませ、弟《おとと》にはそら豆売りにあるかせ、白柄《しらつか》の脇指《わきざし》がおいてもらひたい。その次の玉むし色の羽織は、牛涎《にかは》屋をどこの牛の骨やらしらいで人のかぶる衣装《いしやう》つき。家は質に入れて、借銀《しやくぎん》に目安《めやす》付けられ、東隣へは無理いひかかつて際目論《さいめろん》もすまぬに、遊山《ゆさん》に出るは気ちがひの沙汰なり。三番めのぎんすすたけの羽織きたる男は、利をかく銀を五貫目かりて、それを敷銀《しきぎん》にして、家具《かぐ》ぬしの所へ養子《やうし》に行きて、後家親《ごけおや》をあなづり、養父《やうふ》の死《し》なれ、三十五日もたたぬに、芝ゐ見る事、作法《さはふ》にはづれたる男目。

云々と。そしてこのように、親・兄弟・隣近所をないがしろにして見栄をはり、自分だけいい気な男たちの行きつく姿を、作者は次のように記すのである。

程なう大晦日になりて、独《ひと》りは、夜ぬけふるしとて昼《ひる》ぬけにして、行《ゆ》き方《がた》しれず。またひとりは、狂人《きやうじん》分にして、座敷籠《ろう》。またひとりは、自害《じがい》しそこなひて、せんさくなかば。最前《さいぜん》引き合はしたる太鼓《たいこ》もちは、盗人《ぬすびと》の請《うけ》に立ちけるとて、町へきびしき断《ことわ》り。

と。

更に、四ノ三「亭主の入替り」を見てみよう。ここに記されるのは、年末もおしせまった十二月二十九日の夜の、淀の下り舟に乗り合わせた人々の咄である。その中の一人、兵庫の旅籠屋町の者は、生魚のつかみ取りの商売をして、毎年楽々と暮らしながら少しずつ足らず、この十四、五年も母方のおばに無心していたのに今年は断わられ、自分のものをちょっと取ってくるような当がはずれて、故郷に帰っても年越しのしようがない、と嘆くのである。また一人の男は、弟を芸子に出して、その前借りの給金で、大晦日を切り抜けるつもりだったが、思いの外、耳が貧弱だと言われて是非なく、売色もした歌舞伎若衆になるはずだった弟の心を思いやる事もなく、ただただ、旅費の分だけ損して帰る、という。また一人の男は、親の大事にした日蓮上人自筆の曼荼羅を、浄土宗に宗旨がえした人に売りそこね、借金取りに責められるのがいやさに、このまままっすぐ高野山に参るのだ、という。彼は、

念仏無間地獄、禅天魔、真言亡国、律国賊、諸宗無得道

と、他宗を厳しく嫌って排斥した日蓮宗の親の信仰には、全く無関心である。そしてまた一人の男は、毎年斡旋してきた春延べ米の利子が、今年は高いと断わられ、

いかにしてもむごき仕かけ、(中略)この米借《か》るな

とつまはじきされて、折角鳥羽まで積んで行った米を貸すこともできず、預けたままで帰ってきたのだった。作者は、これらの咄の後で、

船中の身のうへ物がたり、いづれを聞きても、おもひのなきは、ひとりもなし。

と同情しながらも、

この舟の人々、我が家ありながら、大晦日に内にゐらるるは、あるまじ。

と記すが、それも、それぞれの身勝手な生き方そのものの必然の結果だろう。

だが、この章はこれで終ったのではない。この章は、「大つごもりの入れかはり男」という借金のがれの方法を思いついて、宵から一人小唄機嫌の男の咄で、終っている。「入替り」とは、お互いに親密な亭主が、入れ替って留守をし、借金取りが来ると、にせの借金取りになりすまし、女房と大喧嘩をして、本ものの借金取りを撃退する方法である。そして、

この舟の人々、我が家ありながら、大晦日に内にゐらるるは、あるまじ。常《つね》とはかはり、我人《われひと》いそがしき中なれば、人の所へもたづねがたし。昼《ひる》のうちは、寺社の絵馬《ゑんま》も見てくらしけるが、夜に入りて、行き所なし。これによつて、大分の借銭負《しやくせんお》ひたる人は、五節季の隠《かく》れ家《が》に、心やすき

妾《てかけ》をかくまへ置きけるといふ。それは、手前も、ふりまはしもなる人の事、貧者《ひんじや》のならぬ事ぞかし。

との文章に続くこの男の咄は、勿論、貧乏人が大晦日に出違わず、家にいる方法として語られてはいる。だが、家は家でも他人の家で、しかも人の妻女と心にもない大喧嘩をして、本来支払うべきはずの借金を支払わない、というのである。この奇妙な方法を思いついた男は、うまく人をだしぬいたと、己れの悪智恵に得意満面なのだが、しかし、挿絵を見ると、この男のまなざしの彼方には、水垂明神が鎮座ましますことを、見逃す訳にはゆくまい。

五

というのも、この章の前にある四ノ二「奈良の庭竃」を見る時、この作品の作者の意図する所は、実に明らかだ、と思われるからである。

即ち、奈良を舞台に三話で成り立つこの章の第一話は、鮹売《たこう》り八助の咄。彼はそもそも、奈良に通い始めた時から、二十五年もたった今まで、八本の鮹の足を七本にして売っていた。そしてその事に人の気づかぬ事を幸いに、更に二本ずつ切って六本にして、忙がしまぎれに売り、

物には七十五度とて、かならずあらはるる時節《じせつ》あり。

との言葉通り、暮にも暇な法体姿の隠居の親仁《おやじ》に見つけられて、其後誰が噂するともなく、世間に知れ渡り、狭い町の角から角まで、「足きり八すけ」と言い触らされて、一生の暮らしの為の手段を失ってしまうのである。作者はこの咄を、

これ、おのれがこころからなり。

と結んでいる。のみならず、八助が得意先ができ、家族三人ゆったり暮らしながら、銭五百文も持って新年を迎えたことがなく、雑煮を祝うのが精一杯の生活をしなければならない理由を、他人は勿論、母親や念仏講仲間にまで徹底した、彼の日頃の強欲非道ぶりゆえと指摘して、

まことに、死《し》ねがな目くじろの男なり。これほどにしても、あのざまなれば、天のとがめの道理《だうり》ぞかし。

と記すのである。とすれば、この章の三話を貫くのは、身の行いを支配する己れの心が、必然的に導く天の理だ、と言ってよいだろう。万物を平等に慈しむ天は、自他の差別を厳しく嫌うのである。

即ち、第二話は、借金も手元に金のある限りは精一杯にすまし、支払えない分は正直にわびて、早々と正月の気分にひたる奈良の豊かな町人の咄である。彼らは、旦那ばかりでなく、下人も一緒にのんびり座って、庭火で焼いた餅を祝い、都の外の宿《しゅく》の者にも餅や銭を与えて、元旦には一家一門、すえずえの親類まで引きつれ、先ず春日大明神へ参拝し、特産の奈良晒の収支決算は、正月も五日にする鷹揚さだった。

そして最後の咄は、その奈良晒の銀荷《かね》をねらって、追剝ぎに出る素浪人の咄である。彼らは、四人もの人数で、命を捨てて待ち伏せながら、あまりの大金に度胆を抜かれて手も出せず、挙句の果てには、小男のかつぐ菰包を奪って逃げ去るのである。だが、その男が、

明日《あす》の御用には、とても立つまい立つまい

と囃すように、菰包の中身の数の子は、豊かさの象徴ではあっても、大晦日を過ごしかねて追剝ぎに出た彼らには、ほとんど何の役にも立たない。

同様のことは、一ノ二「長刀《なぎなた》はむかしの鞘《さや》」にもいえよう。この章は、掛買が一般の当時、貸す人

もなく、すべて現金の当座買にして、せっぱつまった大晦日には、質を置いて年を越す貧しい相借屋、持ち込み、六、七軒の咄である。その四軒目、気むずかしい紙子牢人の妻女は、似せ梨地の長刀の鞘を質屋へ持ち込み、

こんなものが何の役に立つべし

と思わず口走った質屋の亭主の言葉尻を捉えて、銭三百文と黒米三升をゆすり同然に、持ち帰ったのだった。作者が、

さても時世《ときよ》かな。

と嘆息するように、昔は千二百石取りの武家の息女の、今の貧につれてなり下がった浅ましくも哀れなこの咄は、この章の中心であり、また繰り返し紹介されて、人にもよく知られている。

だが、作者は、この牢人を先ず気むずかしい人物として紹介し、更に近所の者には、ゆすりだと言わせている。しかも、

昔の剣は今の菜刀

の諺通り、今の世にはほとんど何の役にも立たない長刀の、しかも鞘を投げ返す質屋の亭主に取り付き、この男の女房は、次のように泣き喚く。

人の大事の道具を、何とてなげてそこなひけるぞ。質にいやならば、いやですむ事なり。そのうへ、何の役にたたぬとは。ここが聞き所ぢや。それはわれらが親《おや》、石田治部少輔《いしだぢぶのせふ》乱《らん》に、ならびなき手がらあそばしたる長刀《なぎなた》なれども、男子《なんし》なきゆゑに、わたくしに譲《ゆづ》り給はり、世にある時の嫁《よめ》入りに、対《つい》の挟箱《はさみばこ》のさきへもたせたるに、役にたたぬものとは。先祖の恥。女にこそ生れたれ、命はをしまぬ。相手は亭主《ていしゅ》

と。彼らは昔の栄華が忘れられず、残りの人生もしくじってしまったのだった。本来は「人の鑑《かがみ》」といわれた武士（『武道伝来記』一ノ一）だったにもせよ、その人としての中身のない頼りなさは、似せ梨地の長刀の鞘に象徴的だろう。

だが、この章はこれで終ったのではない。この牢人の隣には、親類も子もない三十七、八ばかりの後家風の女がおり、彼女が、目立たないが昔の色香を残して、普段は奈良苧《そ》を慰みのようにひねり、見苦しくなく暮らして、十二月も初め頃には、既に正月の準備もおえ、家主や近所の者にも礼儀正しく年を取る様が、描かれている。もっとも、作者はこの女について、

人のしらぬ渡世《とせい》、何をかして、内証《ないしょう》の事はしらず。

と記してはいる。だが、このいわば動と静との二組のありように対応するかのように、この章は、その奥の相住みの二人の女の咄で終るのである。

即ち、一人は、年も若く耳も目鼻も人並にそろうが、鏡を見るたびに、一生独身のわが身の不幸を、我ながら納得する女。そして一人は、旅籠屋の出女をした時、木賃泊りの質素な抜け参りにつらく当り、米など盗んだ罰が、たちまちこの世のうちに報い、鉢ひらき坊主になってもわずかの米しかもらえず、心にもない空念仏に明け暮れるうちに、霍乱《かくらん》を患って衣を売り払い、米二合の勧進も受けられなくなってしまった女。

人の後世《ごせ》信心に替る事はなきに、衣を着たる朝は米五合ももらはれ、衣なしには弐合も勧進《くわんじん》なし。

との言葉は、外見にまどわされやすい世の人心を語ると同時に、目には見えない神仏のお蔭も、己れの心とその所業が導く因果応報の理も理解しない、この女の内心の不満をも語っている。

そして、そんな女の咄は、己れをかえりみないさもしい人の心が、人の境遇をどんどん変え、人の

世の無常の原因になっていることを、思い知らせてくれるのである。

六

だがそれにしても、この作品には、己れの欲望に執着して、そんな人の世の無常など、本気で理解しようとしない人間が、何と多く描かれていることだろう。その典型は、一ノ四「鼠《ねずみ》の文《ふみ》づかひ」の老婆だ、と言ってもよいだろうか。

彼女は、七十一歳にもなって、

○いかに愚智《ぐち》なればとて、人の生死《しやうじ》を、これ程になげく事では御座らぬ。

と、仏の目から見れば、全くさかさまの事を口走って、去年の元旦に妹からもらった年玉金一包がないと、大騒ぎを始めるのである。そして大掃除が済んで、屋根裏の棟木の間から、杉原紙の一包が出て来て、鼠のしわざだったと言われても、家の者に対する疑いは晴れず、当時の知識人の典型である医者が、年代記を引いて説明しても納得せず、鼠つかいの藤兵衛のさまざまな芸尽しを目前にして、ようやく我を折ったのだった。にもかかわらず、

さりながら、かかる盗み心のある鼠を、宿しられたるふしやうに、まん丸一年、この銀をあそばして置きたる利銀を、急度《きつと》、おもやからすまし給へ

と、言いがかりをつけて、一割半の利子を受け取り、大晦日の夜、「本の正月をする」と安心して、独り寝をするのである。

この徹底した姿には、思わず噴き出してしまうが、○印をつけた彼女の言葉に注意するなら、これは、

後世心と情を知ては、金といふものは溜らるるものでなし。　（『商人家職訓』一ノ三）

などといった当時一般の風潮を、背景にしたものだったろう。『日本永代蔵』一ノ三にも、金持になるため避けるべきことの一つとして、

物参詣《ものまうで》・後生心

をあげている。

だが作者は、二ノ一「銀壱匁の講中」で、大名貸の貸付けの内談に明け暮れる老人たちを批判して、次のように言っている。

世に、金銀の余慶《よけい》あるほど、万《よろづ》に付けて目出たき事、外になけれども、それは、二十五の若盛《わかざか》りより油断なく、三十五の男盛《をとこざか》りにかせぎ、五十の分別《ふんべつ》ざかりに家を納《をさ》め、惣領《そうりやう》に万事をわたし、六十の前年《まへどし》より楽隠居《らくいんきよ》して、寺道場《だうぢやう》へまゐり下向《げかう》して、世間むきのよき時分なるに、仏《ぶつ》とも法《ほふ》ともわきまへず、欲の世の中に住めり。

と。また、『日本永代蔵』一ノ一でも次のように言っている。

人間長く見れば朝を知らず、短く思へば夕べに驚く。されば、天地は万物の逆旅《げきりよ》、光陰は百代《はくたい》の過客《くわかく》、浮世《ふせい》は夢幻《ゆめまぼろし》といふ。時の間《ま》の煙《けぶり》、死すれば何ぞ、金銀、瓦石《ぐわせき》には劣れり。黄泉の用には立ち難し。然《しか》りといへども、残して、子孫の為とはなりぬ。

と。とすれば、他人は勿論、家の者も信じようとせず、ただひたすら金銭に執着して、挙句の果てには独り寝こそが最も心安らかなこの老婆にとって、

目前《もくぜん》に見ぬ事は、まことにならぬ

と言い切るように、神ならぬ我が身こそが世界の中心であり、絶対であって、死ぬなどとは考えられ

ないのだろう。

そして、この己れこそが絶対だという考え方は、勿論、彼女が次のように紹介されることと、無関係ではない。

過ぎし年は、十三日にいそがしく、大晦日に煤はきて、年に一度の水風呂《すいふろ》を焼《た》かれしに、五月の粽《ちまき》のから、盆《ぼん》の蓮《はす》の葉《は》までも、段々にため置き、湯のわくに違ひはなしとて、こまかな事に気をつけて、世のつひえぜんさく人に過ぎて、利発《りはつ》がほする男あり。

同じ屋敷の裏に、隠居たてて、母親の住まれしが、この男うまれたる母なれば、そのしはき事かぎりなし。

と。つまり彼女は、息子より以上に、利発顔でこまかな事に気のつく抜け目ない女だった。彼女は、もらった年玉金を、先ずは恵方棚に上げて置き、盗まれたと思うと、諸神に願をかけ、それも甲斐がないとなると山伏をたよって、己れの欲のためには、最も効果的だと思うものは何でも利用する。だが、彼女がたよった山伏は、からくりを仕掛けて人を欺く近年流行の「仕かけ山伏《やまぶし》」にすぎず、彼女は抜け目なく立ち廻っても、結局お初穂の分だけ、損してしまうのである。

皆人賢《かしこ》過ぎて、結句《けつく》、近き事にはまりぬ。

と作者は記すが、人の世の無常を理解せず、神仏を利用してはばからないのは、勿論彼女だけではない。一ノ三「伊勢海老《いせえび》は春の栬《もみぢ》」の老婆も、同様だろう。

彼女は、正月には欠かせない伊勢海老を、大晦日まで買わずにいた息子夫婦を、
そんな事で、この世帯がもたるるものか。

と非難し、既に買って置いた海老を譲る際にも、一ノ四の老婆同様、次のように言い切るのである。

いかに親子の中でも、たがひの算用あひは、急度《きつと》したがよい。海老がほしくば、五抱もたして、取りにおこしや。どの道にも、牛房に替へる伊勢えび。

と。のみならず、五節句の贈答も、少しずつ得のいくように返すことをさとして、

お伊勢様も損のゆかぬやうに、この家三十年仕来《しきた》つたに、そちに世をわたしてから、銀壱枚づつ上げらるる事、いかに神の信心《しんじん》なればとて、いはれざる事なり。太神宮にも、算用なしに物つかふ人、うれしくは思《おぼ》しめさず。そのためしには、散銭《さんせん》さへ、壱貫といふを、六百の鳩《はと》の目を拵《こしら》へ置き、宮めぐりにも、随分《ずいぶん》物のいらぬやうにあそばしける。

と息子夫婦に教える彼女の言葉は、彼女が、九十二歳という年齢になっても、いまだにいかに大まじめに、金銭やこの世に執着して、始末第一に暮らしているかを、示している。そしてそれがまた、世間一般の人々の姿でもあった。

七

だが、神仏を蔑《ないがし》ろにし、あるいは利用して欲得ずくで生きるのは、何も俗世間に限ったことではない。一ノ四の老婆が頼りにした山伏が、今時はやる「仕かけ山伏《やまぶし》」だったように、神仏に仕える側も、ほとんど全く俗世間並に欲得ずくである。一ノ三には次のようにある。

さる程に、欲の世の中、百二十末社の中にも、銭の多きは恵美酒《ゑびす》・大黒。「多賀《たが》は命神《いのちがみ》、住《すみ》よしの船玉《ふなだま》、出雲《いづも》は仲人《なかうど》の神、鏡の宮は娘の顔をうつくしうなさるる神、山王《さんわう》は二十一人下々《したじた》をつかはさしやる神、いなり殿は身躰《しんだい》の尾が見えぬやうに守らしやる神」と、宮《みや》すずめ、声々《こゑごゑ》に商《あきな》ひ口をたたく。皆、これ、さし当つて、耳よりなる神なれば、これらにはお初尾上げて、その外の神

のまへは、殊勝にてさびしき。

云々と。そして作者はこの章を、

「神前長久《しんぜんちやうきう》、民安全《たみあんせん》、御祈念《きねん》のため」、口過ぎのためなり。

と結ぶが、

古人《こじん》も「世帯仏法《せたいぶつぽふ》」と申されし事、今以てその通りなり。

と始まる五ノ三「平太郎殿」も、同じだろう。

この章は、節分の重なった大晦日、平太郎殿熊野詣讃談の門徒寺を舞台に、咄が展開する。人々に信仰を勧めるどころか、法話も算用ずくの坊主。彼はたった三人の参詣人を目の前にして、

されば、今晩、一年中のさだめなるゆゑ、それぞれにいとまなく、参りの衆もないと見えました。然れども、子孫《しそん》に世を渡し、隙《ひま》の明きたるお祖母《ばば》たちは、けふとても何の用あるまじ。仏のおむかひ船が来たらば、それにのるまいといふ事はいはれまじ。おろかなる人ごころ、ふびんやな、あさましやな。

と坊主らしいことを言ったその口の下で、灯明の油代を心配し、

いかに仏の事にても、ここが、胸算用で御座る。

と、彼らを帰そうとするのである。そしてわずか三人の参詣人も、信心のために来たのではなかった。身過に油断した息子の借金のがれのため、寺に追いやられた祖母《ばば》。女房の働きと、わずか二歳の子に将来かかることをあてに入聟し、商売にしくじって追い出され、一夜の宿もなく、門徒寺を頼った法華宗の男。借金のため家にも居られず、「酒は呑《の》みたし、身はさむし」と、讃談参りの人々の草履や雪駄をくすねようとやって来て、参詣人のあまりの少なさに、

ほとけの目をぬく事もなりがたし

と嘆く男。そしてそんな人々の話を聞いて、

さてもさても、身の貧からは、さまざま悪心もおこるものぞかし。各も、みな、仏躰《ぶったい》なれども、是非《ぜひ》もなきうき世ぞ

と、坊主が人の世の哀れを思い知る間もなく、安産を知らせる女、葬式を頼む声、外出用に用意したかと思われる白小袖を、「盗《ぬす》まれました」と詫びに来る者、井戸がつぶれたと騒げば、一の檀那の放蕩息子をあずかってほしいなどと、様々の人が入り乱れて、本来暇なはずの師走坊主も、生死無常の浮世の闇に呑まれてしまうのである。

だが、この章では、坊主が口にした

各も、みな、仏躰

という言葉の重さを、見逃す訳にはゆくまい。というのも、この章が、平太郎殿熊野詣讃談の道場を舞台にしているからである。

先ず「道場」とは、勿論この場合一向宗の寺の意ではある。だが、この言葉は本来、釈迦が悟りを開いた菩提樹下金剛座の漢訳で、文字通り、寺格など無関係の仏道修行の場を意味する言葉だった。そしてまた「平太郎殿」とは、親鸞上人が常陸に赴かれた折の在俗の弟子だが、庄屋の彼が、地頭の代参で熊野三所権現に参詣した際、凡夫の不浄の身で参詣した平太郎を責める熊野権現に、親鸞上人が、信心了解の平太郎を本願成就の仏身であると、擁護する霊夢を見た人物として、伝えられている(『平太郎事蹟談』など)。更に、

各も、みな、仏躰

とは、仏体に同じ姿形の人間が、皆それぞれ生まれながらに仏性を有する人の真実を、語っている。だが、「しまこんじきのぶつたい」（『日本名女物語』二）などと言われるように、清浄無垢の仏体は、黄金で朽ちることなく、始めなき始めから、終りなき終りまで、久遠に確固と存在するが、人は汚穢不浄の人膚の身をもって、一瞬の夢のような仮の世に、まるで泡か幻のように生まれ、仏体に等しい己れ自身や、外の人々の本来の姿に気づかず、自他の差別に明け暮れ、神仏を蔑《ないがし》ろにして、生老病死の四苦八苦をまぬがれられないのだった。

だが、ともう一度言わねばならない。この章の題名ともなっている平太郎殿は、凡夫に全く同じ人膚の不浄の身でありながら、信心了解の結果、本願成就の仏身として語られているのである。つまり人が、一切衆生の済度を願う慈悲第一の御仏を信じ奉り、煩悩から全く解放される時、その身はこの世でそのまま、自由自在の仏だ、というのだろう。しかも、仏とは、本来の己れ自身であり、この世の無常を悟り、生死無常の苦海に漂う一切衆生を済度しようとする慈悲第一の存在である。

とすれば、この章の意図するところは、そのまま三ノ三「小判は寐姿《ねすがた》の夢《ゆめ》」につながってゆく。勿論、ここに語られるのは、世間並の仕事には見向きもせず、一足とびに金持になる事を夢みた貧者の咄である。彼は以前、江戸の駿河町で見た山のような金のかたまりに執着して、その一念のままに悪心は魂に入れ替り、十二月晦日の曙に、まんまと小判のかたまりになってしまう。そしてとうとうとした彼が見たのは、牛頭《ごず》・馬頭《めず》に追いたてられて、生死の境を、地獄に向かう己れ自身の姿だった。

だが、呼び起こされて、

今の悲しさならば、たとへ後世《ごせ》は取りはづし、ならくへ沈むとも、佐夜《さよ》の中山にありし、無間《むげん》のかねをつきてなりとも、先づこの世をたすかりたし。目前《もくぜん》に福人《ふくじん》は極楽《ごくらく》、貧者は地ごく。

と嘆くこの男の言葉を聞いて、女房は次のように答えている。

世に、誰《たれ》か百まで生きる人なし。然れば、よしなき願ひする事、愚《おろ》かなり。たがひの心替らずば、行く末に目出たく年も取るべし。

と。一瞬の仮の世だからこそ、最後まで二人で人らしく暮らしたい、と言うのである。そして、女が子を残して、涙ながらに乳母奉公に出かけてしまい、やがて大晦日の暮れ方になると、一人残された男は、この世の無常と女房の情を思い知り、赤子の泣き声を聞きつけてやって来た隣の嬶《かか》たちから、女房の奉公先の主人の艶聞を聞くや否や、金どころでなくなり、

最前《さいぜん》の銀は、そのままあり。それをきいてからは、たとへ命がはて次第

と、馳け出して行って、女房を取り返し、涙ながらの正月を迎えることになる。この夫婦がどんな年越しをしたか、——これまでは、

女房を取返した彼の行手に待受けてゐるものは、泪ではふせぎのつかない飢と寒さのみである。

（西鶴　評論と研究下）

この夫婦にとっては、貧乏はどうすることもできない。

（日本古典文学全集頭注）

死のうとままの年の暮

（日本古典文学大系本文見出し）

などと考えられてきた。だが、

夢にも身過ぎの事をわするな

と始まり、

兎《と》角《かく》、我がはたらきならでは、（金は—筆者注）出る事なし。

と結ぶ冒頭の文章に合わせて読むなら、女房を取り返して、女房の願い通り、お互いに心替りもせず、

一心同体で新春を迎えたこの男は、やはり女房の願い通り、貧しくても命がけで人らしくまじめに生きる人間に生まれ変ったと読みたい。

彼は、残して行かなければならない子への愛にひかれて、何やら両隣へ頼み、おろおろと泣く女房や、置き去りにされる赤子を振り返って、母親をなくした不便《ふびん》な孫を思い、人の世の哀れを思い知る奉公先の隠居や、はたまた、そんな二人を見ても、情容赦もなく、

それは、銀《かね》がかたき。あの娘は、死次第《しにしだい》

と言い捨てて、女房をひったててゆく金銭第一主義の人置の嚊の姿を、見ているのである。そしてやがて、人の世の無常を思い知った男は、

我、大分のゆづり物を取りながら、胸算用《むねざんよう》のあしきゆゑ、江戸を立ちのき、伏見《ふしみ》の里に住みけるも、女房どもが情ゆゑぞかし。大ぶくばかりいはうてなりとも、あら玉の春に、ふたりあふこそ楽しみなれ。心ざしのあはれや。かんばし二ぜん買ひ置きしか

と反省するのである。経済的に上り坂の江戸に比べ、伏見は往時の面影もなくさびれていた。そんな町に住んでも、生きてこられたのは、女房の情ゆえだった、と言うのである。そんな女の心ざしが哀れだというこの男の物語は、ひたすら夫を思い子を思うけなげな女の愛が、男を本来の人らしく立ち直らせた咄だ、と言ってよいだろう。換言すれば、人は生まれながらに人なのではない、御仏の慈悲にも等しい人らしい人の愛によって、はじめて人間らしい人間になるのだ、と言えようか。

自を忘れて他を恵む事、菩薩の大悲心に同似す。（石平道人行業記弁疑）

我ヲサヘ忘レバ成仏也。（反故集）

慈悲の心なからんは人倫にあらず。（麓草分）

などといった言葉を見るまでもなく、人はお互いに憐れみ助けあって、人の間に生きているのだった。

八

ところで、人と人との間に生きるのが人間なら、金銭も同じだろう。金銭は人と人との間を行き来してこそ、初めて値うちがある。そして、

世に銀ほど、人のほしきものはない　（四ノ四）

などと言われるように、人は金銭のもとに集まってくる。人が見栄をはるのも、そのせいだろう。だが、だからといって、金銭はどんな人のもとにも集まる、と言うのではなかった。

四ノ四「長崎の餅柱」を見てみよう。ここに描かれるのは、零細な京都の糸割符人である。彼は、何事も人にすぐれて賢く、その上油断なく働くのに、古里での正月どころか、まだ長崎に居残って、愚かな唐人でもまるめ込んで、何とかよい商売にありつこうと、齷齪《あくせく》走り廻っている。そしてその挙句の果てに、「大かたの物にては、銭は取りがたし」と、珍奇な見せ物を企てて京に上るが、ひとつも銭にならず、ついには、

しれた事が、よし

と悟るのである。そんな彼を作者は、

利発《りはつ》にて分限《ぶげん》にならば、この男なれども、ときの運きたらず、仕合せがてつだはねば、是非なし。

と記している。そしてまた、働いても働いても利子につぎ込むばかりで、まるで他人のために働いているような結果にしかならない理由を、彼には、のるかそるかの商人心がないからだ、と言わせている。いつも己れの小さい智恵に執着し、人をだしぬくことばかり考えて、運を天にまかせる大気な商

人心のない商人に、運命の女神はほほえまず、金もよりつかないと言うのだろう。

だが、四ノ一「闇の夜のわる口」はどうだろう。もっとも、この章に先ず描かれるのは、京都祇園社の削りかけの神事で、口拍子よく人を言いすくめながら、正月の晴着も用意できない己れの欠点を見事に指摘されて、それが闇夜の口から出まかせの悪口だったにもかかわらず、ひるんで逃げてしまう男の咄である。作者はこの咄を、

人の身のうへに、まことほど恥づかしきものはなし。とかく大晦日の闇《やみ》を、足もとの赤いうちから合点《がてん》して、かせぐに追ひ付く貧方《びんばう》なし。

と結んではいる。だが、だからといって、こざかしく働くことが、金持への道ではない。後半、作者は、金を手にした事もなく、財産の額も知らず、すべて手代にまかせ、万事大名風に栄華に暮らして、大晦日には、金銀が瓦石のように集まる金持の咄を記している。まさに、金が金を生む非常の世にふさわしい咄のようだが、しかし、

この仕合せ、そなはりし福人《ふくじん》。

と、人に羨望される彼ら一族が、親には、何事も心まかせの孝養を尽し、例年の衣配りにも、商売の元手になる程の代金も惜しまず、親類縁者は勿論、下人に至るまで小袖を与え、初芝居ができないと嘆く太夫には、五百両もの金を貸す、そんな人々の集りであることを、見逃す訳にはゆくまい。つまり彼らは、四ノ四の糸割符人とは全く正反対の、親には孝行で、人には情をかける人間として、描かれているのである。そしてそんな彼らの本来あるべき人としての徳が、そのまま得につながり、人の思惑を超えて金が金を生む、というのである。得を徳と表記する所以でもあろう。

しかも作者は、そんな彼らの姿を、人としてのみならず、町人としても本来のあるべき姿だ、と考

えていた。五ノ二「才覚のぢくすだれ」を見てみよう。

この章は三話で成り立つが、最初の咄は、「内証に、物のいらざるしあん第一」と、倹約に徹する男の咄である。彼は正月早々、

今までの嘉例《かれい》を、いはひ替へる

と、十日の帳とじを二日に繰り上げ、五日の棚おろしを三日にして、急に抜け目なく立ち廻り、商売の事以外には、人とものも言わず、毎日毎日胸算用ばかりして、飯たきも置かず、女房を台所で働かせ、自分は夜まで唐臼を踏む丁稚のそばについて、その仕事ぶりを監督し、足も水で洗う程の徹底ぶりである。

だが、作者は次のように言っている。


壱人の働きにて大勢を過ごすは、町人にても大方ならぬ出世《しゆつせ》、その身の発明なる徳なり。

（『日本永代蔵』六ノ五）


町人の出世は、下々《したじた》を取り合せ、その家を数多《あまた》に仕分くることそ、親方の道なれ。

（『日本永代蔵』四ノ一）


その家の親《おや》かたにそなはりし人は、その身ばかりの世わたりにはあらず。壱人の心ざしを以て、家内《かない》の外何人か身をすぐるよろこび、これにましたる善根《ぜんこん》なし。

（『西鶴織留』六ノ四）

などと。また、

朝夕も、通ひ盆なしに手から手に取りて、女房盛りでくふなど、いかに腹ふくるればとて、口惜しき事ぞかし。

（『日本永代蔵』四ノ一）


近年分限《きんねんぶんげん》になる人の子細《しさい》を聞くに、その家によき手代ありて、これらが働きゆゑなり。また、家

栄《さか》えたる人の俄《にはか》におとろへるを聞かば、これまた、その家の手代どもが仕《し》かたゆゑなり。

（『西鶴織留』六ノ四）

などとも。

とすれば、女房に前だれをさせて飯たき同然に追い使い、夜間の余暇を利用して読み書き算盤を習った丁稚（二ノ三・『日本永代蔵』五ノ五）に、夜まで飯米の精白をさせて監視し、賃搗《つ》きの費用を節約するこの男が、「金銀よりは人の傷をおもひや」る、即ち、人の世の哀れを思い知る「天性大家の旦那殿」（『商人家職訓』一ノ三）でないことは明らかである。賢く成長した丁稚は、やがて主家をもり立ててゆく手代にもなるだろう。従って作者は、こんな男を、

これかや、あふちびんぼふといふなるべし。また、それほどに、あきなひ事なくて、いよいよ日なたに氷のごとし。

と記すのである。つまり、下々に情をかけて守り立ててゆく本来の町人としての親方の心がまえもなく、目先のことにとらわれて、人を追い使い、ただじたばた働いても、そんな町人は、いつも貧乏で、その上商売の運にも恵まれず、益々貧乏になるばかりだ、と言うのである。そしてこの咄の終りには、

何としても、一升入る柄杓《ひしやく》へは、一升よりはいらず

と物事の限界を示して、この男の無益な倹約ぶりを批判するが、しかし、四ノ四の糸割符人や四ノ一の金持の場合がそうだったように、世の中は、この諺通りに必ずしも動いているのではなかった。

この咄の次に作者は、柄杓に一杯の勧進もない熊野比丘尼と、同じ一升柄杓なのに、仏法の昼と言われる今の世を、まさに体現する程の喜捨を受ける龍松院の咄を、記すのである。そして、

同じ後世にも、諸人の心ざし、大きに違ひある事かな。

と何気なく記すが、同じ後世に対する諸人の心ざしが、売春もした熊野比丘尼にはきびしく、重源の先例に習って、東大寺の大仏殿建立のため、勧進修行にひたすらうちこむ龍松院には、明らかに温かいのである。

その上更に作者は、己れに定められた務めには上の空で、脇道にそれてじたばたする人間と、ひたすら己れの役目を務め上げようとする人間の違いを、この章の最後に記して、決定的な駄目押しをする。即ち、最後の咄は、手習に来て、読み書きに油断なく、後には能書になった子供と、字を書く己れの当面の役目もいい加減に、親の真似をしてせちがしこく、無用の欲心に耽る子供の咄である。手習の師匠が、

気のはたらき過ぎたる子共の、末に、分限に世をくらしたるためしなし。また、乞食《こじき》するほどの身躰《しんだい》にもならぬもの、中分《ちゅうぶん》より下の、渡世《とせい》をするものなり。

と述べた通り、成人して成功したのは、手習に精を出した子供だけだった。その理由を作者は、

一筋に家業《かげふ》かせぐゆゑなり。

と述べている。

外の事なく、手習を情《せい》に入れよ。成人してのその身のためになる事

との親の言葉を守って、子供の頃には子供らしく手習に熱中し、成人してからは一心に家業に打ち込んで、自然と出る己れ自身の智恵で、商売に独得の方法を見つけ出すこの男の生き方は、まさに、親の意志を継いで親を超える子としての本来の生き方であり、それはまた、まぎれもない一個の人間としても見事な、しかもいつの世にも通じる間違いのない生き方だろう。

そして、

とかく少年の時は、花をむしり、紙鳥《いか》をのぼし、智恵《ちゑ》付き時に、身をもちかためたるこそ、道の常《つね》なれ。

と記す文章の「道の常」という言葉に注目するなら、このような人間の生き方をよしとする作者の目はまた、京・大坂とは一風異なるそれぞれの地方の年末風景を、そのままよしとする作者の心に通じている。

即ち、四ノ二「奈良の庭竃」の一節。ここには、人としてできる限りの事は精一杯し、旦那も下人も一緒に、この地方独得の庭竃で楽しむ奈良の町人の姿が、描かれている。彼らが、神仏を大切にして正月も賑々《にぎにぎ》しく祝い、年末の収支決算も、正月の五日にする鷹揚さだったことは、既に述べた。また、四ノ四「長崎の餅柱」の冒頭部分。十一月晦日で終る唐物商いの時分に、一年中の貯えを一度にため込んで、あとは貧福相応にゆるりと暮らし、ほとんどが当座払いのため、掛取の心配もなく、今も古代の掟を守り、この地方の習慣通りに、のんびりと暮らしている人たち。ここには何のてらいも不満もない。作者も、

兎角住みなれしところ、都の心ぞかし。

と満足げにながめている。世間一般の人が、「万《よろづ》につけて、都の事は各別《かくべつ》なり」と、考えるように、上方に行くことを望み田舎を嫌った、三ノ四「神さへ御目違ひ」の歳徳の神の一人が、堺の商家の外見の華やかさにだまされて、思いも寄らぬみじめな正月を迎える所以でもある。つまり、平凡などこにでもある暮らしや生き方の中にこそ、人のみならず、生きとし生けるものの真実がある、と言うのだろう。

九

とすれば、人は、齷齪《あくせく》と走り廻る必要は何もないのだった。見栄をはって己れを見失わず、人としての誠を尽し、己れに定まった家職に励めばよい、と言うのである。そして本来の自己が仏なら、神仏をまつることも、つけ加えるべきだろう。一ノ一や一ノ三の親不孝な息子が、ともに神仏を蔑《ないがし》ろにする人間であるのを見ても、人は人の範囲内では、人たり得ないと思われるのである。

ところで、その一ノ三には、金持は金持らしく分相応に豊かに暮らすのがよい（なぜなら、そんな暮らしは世間を潤し、その分だけ慈悲につながるから）、と述べた直後に、次のように記している。

さるほどに、大坂の大節季、よろづ、宝の市ぞかし。商ひ事がないないといふは、六十年このかた、何が売りあまりて捨《す》たる物なし。ひとつ求むれば、その身一代、子孫までも譲り伝へる挽碓《ひきうす》さへ、日々年々に、御影《みかげ》山も切りつくすべし。まして、蓮《はす》の葉《は》物、五月の甲《かぶと》、正月の祝ひ道具は、わづか朔日《ついたち》・二日、三日坊主《ばうず》。寺から里への礼扇《れいあふぎ》、これらは明けずに捨《す》たりて、世のつひえかまはず。人の気、江戸につづいて寛活《くわんくわつ》なる所なり。

と。また、五ノ一「つまりての夜市」にも、次のようにある。

世になきものは、銀《かね》といふは、よき所を見ぬゆゑなり。世にあるものは、銀なり。その子細は、諸国ともに、三十年このかた、世界のはんじやう、目に見えてしれたり。昔《むかし》、わら葺《ぶき》の所は、板びさしとなり、月もるといへば、不破《ふは》の関屋《せきや》も、今は、かはら葺《ぶき》に、しら土《つち》の軒《のき》も見え、内ぐら・庭蔵《にはぐら》、大座敷のふすまにも、砂粉《すなご》はひかりを嫌《きら》ひ、泥引《でいびき》にして、墨絵《すみゑ》の物ずき、都にかはる所なし。

と。

勿論当時は、「今この娑婆に抓《つか》み取《ど》りはなし」（『日本永代蔵』一ノ二）とも、「万《よろづ》の商ひ事がないとて、我人年々悔む事、およそ四十五年なり」（同六ノ五）などとも、言われていた。そして、五ノ一も同様に、

万事《ばんじ》の商《あきな》ひなうて、世間《せけん》がつまつたといふは、毎年の事なり。

と始まり、この章の大半を占めるのは、火吹く力もないその日暮らしの釘鍛冶を中心にした、貧者の哀れな大晦日の姿である。がしかし、作者が記す次の言葉、

貧者《ひんじや》の大節季《ぜつき》、何と分別しても、済みがたし。ないというてから、銭が壱文、おかぬ棚をまぶりてから、出所なし。これを思へば、年中、始末をすべし。

の傍点部分に注目するなら、借金をして行き場もなく、古道具の夜市に集まる彼らは、金さえあれば何事も自由自在の花の都に住んで、それゆえにこそうっかり油断して、始末することのできなかった人間たちだった。釘鍛冶のような零細な職人でさえ、その日暮らしができ、その上更に、日に三度の酒が、わずかながらものめるのである。そんな時代の豊かさは、この章の最後に、ほんの数行付けたりのように記す、思いも寄らぬ仕合せをつかんだ男の咄にも、明らかだろう。作者は、この男が古道具の夜市のしまいに、歳暮の礼扇の箱二十五箇と一緒に、たかだか二匁七分で買って帰った煙草箱の下に、小判が三両も入っていた、と記すのである。まさに、

世界《せかい》にないないといへど、あるものは金銀ぢや。（四ノ一）

といった言葉通りの現実だろう。

のみならず、この作品の最終章「長久の江戸棚」は、次のように始まる。

天下泰平《たいへい》、国土万人《こくどばんにん》、江戸商ひを心がけ、その道々の棚《たな》出して、諸国より荷物《にもつ》、船路《ふなぢ》・岡付《をかづけ》の馬かた、毎日、数万駄《だ》の問屋《とひや》づき。ここを見れば、世界《せかい》は金銀たくさんなるものなるに、これをまうくる才覚のならぬは、諸商人に生れて、口をしき事ぞかし。

と。

江戸は当時、寛永期以来の江戸を一変させたといわれる明暦の大火と、その復興計画が直接の引金になって、既に「日本第一」の「人のあつまり所」、即ち大都会になっていた。もっとも、元禄五年末の江戸の町方人口は、ほぼ三十五万。京都よりやや少なく、大坂にほとんど同じである（『週刊朝日百科日本の歴史』72）。だが、将軍のお膝元である江戸には、参勤交代でほぼ同数の武家が集まり、近世後期にもなると、総人口は百万を超え、ロンドン・パリをしのぐ世界最大の都市へと膨張してゆく、そんな勢いの中にある。そして、そんな江戸の繁栄は、膨大な武家の消費を支えるためのものであり、そのために、江戸の中心である日本橋を起点に、五街道がしかれ、港や水路も整備されて、人も物資も全国から流れ込んでくる。

従って、年末の江戸城下の目抜通り、通り町の繁昌ぶりは、

世に宝《たから》の市とは、ここの事なるべし。

といわれる程のものだった。そこには、不景気な街の気配など、みじんもない。銭は水の如く流れ、白金は雪のように積み重なり、日本橋を渡る人の足音は、まるで百千万の車が轟くように聞こえてくる。船町の魚市に集まる魚も、よくもこれ程、と人が噂する程であり、神田須田町に運び込まれる大根ひとつをとっても、在郷の馬に付けて次々と運ばれて来るその様は、まるで畠が歩くようであり、本町で売る呉服類の美しさも、四季折々の風情を一度にながめ、花のような美女の色香を、目前に見

上方へ行く銀飛脚の家を見れば、莫大な金銀が上っては下り、下っては上り、一年に何度も道中を繰り返して、金銀ほど世に辛労《しんらう》いたすものは、外になし。

と思われてくる、というのである。

にもかかわらず作者は、

これほど世界に多きものなれども、小判一両もたずに、江戸にも年をとるものあり。

と記すことも忘れない。この中にはたとえば、挿絵に描かれる武家の年末贈答の使者の行列のように、無用の外聞ばかり重んじて、専ら消費に終始する武士、特に下級武士や浪人もいるだろう。のみならず、自らの心得違いから思わず油断して、四苦八苦する多数の町人もいるだろう。

だが、そんな人々もすべて呑みこんで、天下泰平国土安穏に治まる元禄の御代を照らし出す初日の光を、作者は、次のように記して、この作品を結ぶのである。

何を見ても、万代の春めきて、町並の門松、これぞちとせ山の山口、なほ常盤《ときは》橋の朝日かげ、豊かに、静かに、万民の身に照りそひ、くもらぬ春にあへり。

と。「ちとせ山」は、『夫木抄』の歌、

春たちて霞たなびく千年山麓の里の影ものどけし

で著名な歌枕である。と同時に、祝言で終る最終章の最後らしく、徳川家（本姓松平氏）の居城千代田城をも喩えて、御代の千歳を祝う意もこめている（『対訳西鶴全集』13）。加えて、千代田城の背後にそびえる不尽山をも含む、と考えてよいだろうか。鍬形蕙斎《くわがたけいさい》の『江戸一目図屛風』（文化六年）には、江戸の町が、「隅田川を底辺に、町地→武家地→江戸城の順にせり上がり、富士山を頂点とする雄大な三角形」に、描かれている（『週刊朝日百科日本の歴史』72）。この絵は勿論、江戸も後期のものだが、こうした姿は、城下町としての江戸の原型だった（同上）。しかも、

本町通り、日本橋通りなどの主要な通りの方向について、富士山、筑波山などの遠景の山や、江戸城の櫓などの建築が見える方向に合わせたとの見解がある。

ともいわれている（同上）。そして、大橋を正保の初め頃、『金葉集』の歌、

色かへぬ松によそへて東路のときはの橋にかかるふぢ浪

によって改名した常盤橋は、江戸城大手口から本町一丁目にかかり、下には日本橋川が流れている。また家康が征夷大将軍になった年に架橋された日本橋についても、

橋上から江戸城と富士山が望め、江戸が日本の中心地であることを実感できるところであった。

などと言われている（『江戸学事典』）。

浮世の常として、上下の差別は厳然とあるのだが、しかし、それらはすべて一と続きであり、自然も人為も、千代田城も町屋も、同じ江戸の一部でしかない。のみならず、金色《こんじき》の初日の光は、まるで一切衆生を我が子の如くいつくしむ御仏のように、そしてまた、元禄の御代をうるおす金銀のように、静かに豊かに津々浦々まで行き渡り、森羅万象ことごとく平等に、新春を迎えるのである。

しかもこの最後の結びは、序の次の文章に見事に対応して、この一篇は、完き作品となっている。

松の風静かに、
初曙《はつあけぼの》の「若えびす〳〵」、
諸商人「買うての幸ひ、売つての仕合せ」。
さて、帳閉ぢ、

棚おろし、
納《をさ》め銀《がね》の蔵びらき。
春のはじめの天秤《てんびん》、
大黒《だいこく》の打出《うちで》の小槌《こづち》。
何なりともほしき物、
それそれの智恵袋より、
取出《とりいだ》す事ぞ。
元日より、
胸算用《むねざんよう》油断なく、
一日千金の大晦日《おほつごもり》をしるべし。
改めて振り返れば、十二月十三日の煤はきの日は既に、「ことはじめ」（二ノ三）であり、大晦日は闇どころか、本来はすべての負債を返して、心もすがすがしい、
先づ以て、目出たき年のくれ　（一ノ四）
であった。
そして、大掃除をし、借金を返して、新年を迎えるこの風習は、この作品が、祝言で終る最終章の前に、大晦日の懺悔咄（「平太郎殿」）を配置して、めでたい正月の初日の出で終ることとも、見事に対応している。

付録

西鶴略年表

年号	西暦	年齢	西鶴関係事項	参考事項
寛永十五	一六三八			二月 原城陥落、島原の乱平定。 十月 『清水物語』（朝山意林庵作）刊。『祇園物語』によれば二、三千部も売れたという。
十六	一六三九			七月 ポルトガル人来航禁止（第五次鎖国令、鎖国の完成）。
十七	一六四〇			この年の前後に、『仁勢物語』成立か。 一月 幕府、譜代大名・旗本の奢侈を禁じる。 六月 天領に宗門改役を置く。 七月 京都所司代板倉重宗の命で、六条三筋町の遊廓を西新屋敷（いわゆる島原）に移す。
十八	一六四一			四月 オランダ商館を平戸より長崎出島に移す。
十九	一六四二	1	この年、大坂に生まれる。井原氏。出自・家系など不明。『見聞談叢』巻六には、平山藤五と称した、と伝える。	五月 譜代大名にも参勤交代を命じる（諸大名参勤交代制の確立）。 九月 寛永十一年ころから慢性的に続いた飢饉が、絶頂に達したため、酒・雑穀・鷹場などの御掟を出す。 『可笑記』（如儡子作）刊。
二十	一六四三	2		一月 『新増犬筑波集』（松永貞徳作）刊。

寛永二十	一六四三	2		三月　田畑永代売買を禁止。
正保　元 (一二・一六)	一六四四	3		三月　糸割符法の改定を、五カ所の商人に通達。 この年、芭蕉、伊賀に生まれる。
二	一六四五	4		二月『毛吹草』(松江重頼編)刊。
慶安　二	一六四九	8		二月　検地条目、および農民法度(慶安御触書)公布。 三月　大名・旗本に倹約令を出す。 江戸で三階建て町屋禁止。 六月　木下長嘯子没(81歳)。 十月『棠陰比事物語』刊。
三	一六五〇	9		三月　お蔭参り(ぬけまいり)大流行。
四	一六五一	10		七月　由比正雪の乱(慶安事件)。
承応　元 (九・一八)	一六五二	11		六月　若衆歌舞伎を禁止。湯女を一軒に三人に制限。 このころ、江戸に旗本奴・町奴流行。 十月　江戸に辻斬横行、浪人の実態調査をする。
二	一六五三	12		三月　幕府、野郎歌舞伎を許可。 九月　江戸市中、日傭頭より日傭の鑑札を出し、無札の宿泊を禁止。 十一月　松永貞徳没(83歳)。 この年、近松、越前吉江藩士の次男として、福井に生まれる。本名、杉森信盛。
明暦　元 (四・一三)	一六五五	14		四月　幕府、糸割符を廃止、相対貿易とする。 五月『紅梅千句』(貞徳ら作)刊。 六月　鈴木正三没(77歳)。
二	一六五六	15	このころ、俳諧を学び始める。	二月　手拭での頬被り・覆面など、華美な服装を禁止。 十二月　関東諸国に盗賊取締条例を発布。
三	一六五七	16		一月　江戸大火(振袖火事・明暦の大火)。江戸の大半

				焼失。元吉原も類焼。 二月　徳川光圀、『大日本史』編纂に着手。 七月　旗本水野十郎左衛門、幡随院長兵衛を殺害。 八月　浅草山谷村に、新吉原開設。
万治元（七・二三）	一六五八	17		九月　江戸に定火消を創設。
二	一六五九	18		三月　『堪忍記』（浅井了意作）刊。
三	一六六〇	19		六月　金平浄瑠璃の先駆的代表作『北国落』（和泉太夫正本）刊。 七月　大文字送り火（中川喜雲作『案内者』四）。
寛文元（四・二五）	一六六一	20		三月　『むさしあぶみ』（浅井了意作）刊。 十二月　『因果物語』（片仮名本、義雲・雲歩編）刊。
二	一六六二	21	このころ、俳諧点者となる。	五月　竹田近江、大坂道頓堀に竹田芝居を開設。 この年、伊藤仁斎、京都に古義堂を開塾。
三	一六六三	22		五月　武家諸法度を改定、殉死を禁止。 この年、京都・大坂・江戸の三都に定六飛脚成立。
四	一六六四	23		四月　『松平大和守日記』十一日の条に、この頃流行の「清十郎ぶし」は、猿若勘三郎座で狂言にして以来のこと、と記す。
五	一六六五	24	五月　祖父、西誉道方没。	一月　『大倭二十四孝』（浅井了意作）刊。 七月　諸大名の人質を停止。諸宗寺院法度を制定。 十・十一月　不受不施派を弾圧。
六	一六六六	25	三月　鶴永の号で、西村長愛子編『遠近集』に、発句三句入集。	七月　『訓蒙図彙』（中村惕斎編）刊。 十月　幕府、山鹿素行を赤穂に幽閉。

寛文 六	一六六六	25		十一月 人身売買を禁止、年季奉公は十年に限る。
七	一六六七	26	夏「軽口にまかせてなけよほととぎす」を発句とする百韻（延宝三年刊『大坂独吟集』所収）を詠む。	五月 堕胎業を禁止。
九	一六六九	28		二月 斗量制を定め、江戸升を京升に統一。
十一	一六七一	30	三月 以仙編『落花集』に、「長持へ春ぞくれ行く更衣」の一句入集。	二月『宝蔵』（山岡元隣作）刊。近松、実名で父らと入集。 三月 幕府、伊達騒動を裁く。 七月 河村瑞賢、東廻り航路を開発。 十月 諸代官に宗門人別改帳の作製を命じる。
十二	一六七二	31		一月 芭蕉、伊賀上野天満宮に、『貝おほひ』を奉納して、江戸に下る。 二月 江戸浄瑠璃坂仇討。 この年、河村瑞賢、西廻り航路を開発。
延宝 元（九・二一）	一六七三	32	三月 生玉社南坊で万句俳諧を興行。 六月『生玉万句』刊。自序に、阿蘭陀流と非難されたその俳諧を、新風と誇示。 十月『歌仙大坂俳諧師』刊。 冬 鶴永を西鶴と改号。	五月 江戸市中に、出版取締り令。京都大火、皇居炎上。 八月 伊勢松坂の三井高利、江戸と京都に越後屋呉服店を開業。 十二月『湖月抄』（北村季吟著）成立。
二	一六七四	33	春 西山宗因を訪ねて入門。	二月 新銭四貫文＝金一両とし、古銭の通用を禁止。 七月『枕草子春曙抄』（北村季吟著）成立。 この年、諸国に慢性化した凶作・飢饉の被害甚大。
三	一六七五	34	四月 三児を残して、妻病没（25歳）。初七日に追善のため、	

			郭公独吟千句を興行、『俳諧独吟千句』と題して刊行。 この年剃髪、鎚屋町の草庵に入る。	前年にひき続き飢饉。 この年、宇治賀太夫、京都四条河原に宇治座創設。
四	一六七六	35	一月　『俳諧大坂歳旦』を刊行。 十月　『古今俳諧師手鑑』を刊行。 この年、江戸に下るか。	
五	一六七七	36	四月　中村西国に、『俳諧之口伝』を授ける。 五月　生玉本覚寺で、一夜一日千六百句独吟を興行、『西鶴俳諧大句数』と題して刊行。	九月　奈良極楽院で、月松軒紀子が、千八百句独吟を興行。 十月　『たきつけ・もえくひ・けしずみ』刊。
六	一六七八	37	三月　『胴骨三百韻』刊。序に、阿蘭陀流を堂々と標榜。 五月　『大坂檀林桜千句』刊。	一月　幕府、出火者は斬罪、名主・五人組は入牢と定める。 二月　初代坂田藤十郎、『夕霧名残の正月』で、藤屋伊左衛門を演じ一代の当り芸となる。 五月　『大矢数千八百韻』（月松軒紀子編）刊。 六月　東福門院和子没（72歳）。 十月　『色道大鏡』（藤本箕山作）成る。 このころより、農村で商品作物の栽培が盛んになる。
七	一六七九	38	七月　三田浄久撰『河内鑑名所記』刊。発句入集。 八月　大淀三千風撰『仙台大矢数』の跋文で、紀子大矢数の虚構を暴露、判者高政を非難。 十月　大坂天満天神で一日千句を興行、『飛梅千句』として刊行。	三月　大淀三千風、三千句独吟を成就。 十月　越後騒動。 十二月　『俳諧破邪顕正』（中島随流撰）刊。西鶴を「阿

延宝 七	一六七九	38		蘭陀西鶴」と罵る。 冬 『俳諧熊坂』（松江維舟作）刊。西鶴を「ばされ句の大将」と罵る。
八	一六八〇	39	二月 夢に俳諧の悟を開く。 五月 生玉社南坊で、矢数俳諧を興行、一夜一日四千句独吟を成就。	一月 岡西惟中、歳旦三物に、「西山梅翁跡目」と肩書して配布。 三月 『俳諧猿黐』（中島随流作）刊。西鶴を「邪流の張本」と罵る。 五月 家綱、綱吉を後嗣とする。家綱没（40歳）。『備前海月』（難波津散人著）刊。惟中が西鶴の付句を盗んだことを暴露。 八月 後水尾院没（85歳）。 閏八月 『俳諧太平記』（西漁子作）刊。惟中を非難し、西鶴を「楠西鶴」とほめる。 十二月 大老酒井忠清（下馬将軍）免職。 この年、諸国風水害のため凶作、米価騰貴。
天和 元 （九・二九）	一六八一	40	三月 斎藤賀子撰『山海集』成る。挿絵、西鶴。 四月 『西鶴大句数』刊。	七月 『次韻』（桃青・其角・才丸・楊水の四吟）刊。天和調への第一歩を記す。
二	一六八二	41	一月 土橋春林編『百人一句難波色紙』刊。西鶴自筆の大坂俳諧師九十八人の画像と発句。 四月 紙谷如扶撰『三ケ津』刊。「大晦日定めなき世のさだめ哉」の句、初出。	一月 綱吉、元旦の読書初めに、『大学』三綱領を講義させる。以後恒例となる。 三月 西山宗因没（78歳）。綱吉、駿河の孝子、農民五郎右衛門を表彰。

			梅林軒風黒撰『高名集』刊。挿絵・板下は西鶴。 十月　浮世草子の嚆矢『好色一代男』刊。	五月　綱吉、諸国に「忠孝札」を立てさせる。 十二月　江戸大火（八百屋お七の火事）。
三	一六八三	42	一月　役者評判記『難波の㒵は伊勢の白粉』刊。 三月　西山宗因追善本式百韻を興行、『俳諧本式百韻精進膾』と題して刊行。 八月　「夢想之俳諧」成る。	一月　金紗・縫・惣鹿子などの衣裳の仕立てを禁止。 二月　小袖一反の最高価格を銀二百目と定める。 三月　八百屋お七、火刑。 五月　三井高利、江戸に両替屋を開業。やがて、現金掛値なしの新商法を開始。 六月　『虚栗』（其角編）刊。天和調を鼓舞。 九月　『世継曾我』（近松作）宇治座で初演。 おさん・茂兵衛、京都粟田口で処刑。
貞享　元 （三・二一）	一六八四	43	三月　『好色一代男』（江戸板、菱川師宣画）刊。漢字を多く仮名に改め、西鶴に無断で刊行。 四月　『諸艶大鑑』（好色二代男）刊。 六月　住吉社神前で、一夜一日二万三千五百句独吟を成就。以後、二万翁と称する。	二月　竹本義太夫、大坂に竹本座を創設。 八月　芭蕉、門人千里を伴い、『野ざらし紀行』の旅に出発。 十月　幕府、渋川春海作成の貞享暦を採用。 十二月　渋川春海、幕府天文方となる。 大坂堺筋の町人、椀屋久右衛門水死。 冬　『冬の日』（荷兮編）成る。

貞享　二	一六八五	44	一月　加賀掾の大坂進出のために書いた『暦』を上演、竹本座の『賢女の手習并新暦』（近松作）との競演に敗れる。『西鶴諸国ばなし』刊。 二月　『椀久一世の物語』刊。 三月　再度下坂した加賀掾のために、『凱陣八島』（近松との説もある）を書くが、上演中に出火して中止、加賀掾は帰京。 七月　加賀掾段物集『小竹集』に序を与える。	一月　樽屋おせん自害。『宗祇諸国物語』（嘯松子未達作）刊。 竹本座の二の替りに『出世景清』（近松作）を上演。 この年、初世団十郎、荒事を初演か。糸割符制を再興。
三	一六八六	45	一月　西鷺軒橋泉作『近代艶隠者』刊。挿絵・板下・序は西鶴。 江戸で、『好色一代男』の本文を頭書にした『好色やまとゑの根元』・『ふうぞく絵本』刊。菱川師宣画。 二月　『好色五人女』刊。 六月　『好色一代女』刊。 十一月　『本朝二十不孝』刊。田中玄順撰『本朝列仙伝』刊。挿絵は西鶴か。	一月　『好色三代男』（嘯松子未達作？）刊。 二月　江戸大伝馬町木綿問屋仲間結成。 閏三月　『好色訓蒙図彙』（洛下の野人作）刊。 八月　『春の日』（荷兮編）刊。
四	一六八七	46	一月　『男色大鑑』刊。 三月　『懐硯』刊。 四月　『武道伝来記』刊。 五月　『西行撰集抄』刊。挿絵は西鶴。	一月　生類憐みの令を布告。 四月　近松の父没（67歳）。この頃より芝居に専念する決意から、近松は作品に署名。 五月　『仮名本朝孝子伝』（藤井懶斎著）刊。『好色破邪顕正』（白眼居士作）刊。『諸国敵討』（内題「武道一覧」西沢貞陳稿、神保氏入

			九月　江戸板『好色一代男』再板。菱川師宣画。	道補）刊。 六月　大坂南御堂前の仇討。 九月『好色旅日記』（片岡旨恕作）刊。西鶴発句を引用。 十月　芭蕉、『笈の小文』の旅に出発。 十二月　立役嵐三郎四郎割腹自殺。
元禄　元 （九・三〇）	一六八八	*47*	一月『日本永代蔵』刊。巻末に『甚忍記』板行を予告。 二月『武家義理物語』刊。 三月『嵐は無常物語』刊。 大坂の医師、真野長澄宛返状に、「此ごろの俳諧の風勢気に入不申候」とあり。 五月『日本永代蔵』地方別改編板重板。 六月『色里三所世帯』刊。 浄瑠璃『新十二段』刊。西鶴作か。 九月以前に『好色盛衰記』刊。 十一月『新可笑記』刊。自序に「難波俳林西鵬」と署名。	二月　鶴字法度。元禄元年十一月から、元禄四年三月までの西鶴の西鵬号はこのため。 十月　住所不定・無頼の日傭人足の雇用禁止。 十一月　三田浄久没（81歳）。 南部直政・柳沢吉保、側用人となる。 十二月　大坂堂島新地の町割を行い、米穀取引所を設置。 冬　上洛中の其角、西鶴を訪れる。 この年、『万葉代匠記』（契冲著）初稿本できる。
二	一六八九	*48*	一月『一目玉鉾』刊。 『本朝桜陰比事』刊。 三月　磯貝捨若作『つねづね草』刊。「一代男世之助」の名で頭注を加える。挿絵・板下も西鶴。	三月　芭蕉、曾良を伴い、『奥の細道』の旅に出発。 四月　五節句以外に、食膳に酒を供えることを停止。

元禄 二	一六八九	48	十一月　俳諧式目伝書『俳諧のならひ事』（仮題）を書写、宗因から伝えられた一切を、門人に伝授。	十二月　北村季吟・湖春父子、松平大和守直矩の推挙で、幕府の歌学方となる。
三	一六九〇	49	二月　上島鬼貫らと、鉄卵追善百韻を興行。五月刊の鬼貫撰『大悟物狂』に収める。 十一月　阿波の鳴門見物。 十二月　上京、北条団水亭で、両吟歌仙二巻を試みるが、半ばでやめる。	六月　『真実伊勢物語』刊。西鶴作を擬装。 九月　『物見車』（加賀田可休撰）刊。西鶴点を嘲笑。 十月　『特牛』（北条団水著）刊。可休に反論。 十二月　上野忍岡の聖堂を湯島へ移す（昌平坂学問所のおこり）。
四	一六九一	50	一月　『椀久二世の物語』刊。 北条団水編『俳諧団袋』刊。団水との両吟歌仙二巻と、「寓言と偽とは異なるぞ。うそなたくみそ、つくりごとな申しそ」の西鶴の言葉を収める。 八月　難波松魂軒の仮名で『俳諧石車』刊。加賀田可休の『物見車』に反論。	一月　浅井了意没（？歳）。 七月　『猿蓑』（去来・凡兆編）刊。蕉風の確立。 日蓮宗悲田派僧二十六人遠流。
五	一六九二	51	一月　『世間胸算用』刊。 三月　四日付書簡に、眼を患い執筆困難と記す。 盲目の一女没。法名、光含心照信女。 秋　熊野に遊び、独吟百韻一巻できる。後に自注を加え、画	十一月　灰屋紹益没（85歳）。 冬　山太郎なる者、西鶴に自作の独吟歌仙一巻を送って判を乞い、西鶴を文盲と罵る。 三月　東大寺大仏開眼供養。 十月　雑俳集『咲やこの花』（静竹窓菊子編）刊。

六	一六九三	*52*	巻（『独吟百韵自註絵巻』仮題）とする。 一月『浮世栄花一代男』刊。	三月 京都万太夫座で、歌舞伎『仏母摩耶山開帳』（近松作）初演。 六月 幕府、流言者取締りのため、江戸の町々の住民を人別に書上げさせる。江戸町方人口三十五万三千余人（『正宝事録』）。
七	一六九四	没 *1*	八月 大坂に没す（52歳）。法名、仙皓西鶴。寺町誓願寺に葬られる。 冬 第一遺稿集『西鶴置土産』刊。巻頭に、辞世の句「浮世の月見過しにけり末二年」と、肖像画を載せる。 二月『西鶴置土産』の江戸板『西鶴彼岸桜』刊。 三月 第二遺稿『西鶴織留』刊。	春 北条団水、西鶴の旧庵を守るため、京より移り「二代西鶴」と称す。 四月『おくのほそ道』清書完成。 六月 菱川師宣没（?歳）。 七月『好色万金丹』（夜食時分作）刊。 十月 芭蕉、大坂にて客死（51歳）。 十二月 柳沢吉保、老中格となる。 この年、江戸に十組問屋成立。
八	一六九五	没 *2*	一月 第三遺稿集『西鶴俗つれづれ』刊。	一月『好色十二人男』（舎衣軒明昏作）刊。西鶴を「予が俳の師」と言う。 『好色赤烏帽子』（桃林堂蝶麿作）刊。 八月 幕府、金銀貨改鋳を布令。
九	一六九六	没 *3*	一月 第四遺稿集『万の文反古』刊。 二月『好色つは物揃』刊。『色里三所世帯』の改題増補本。 六月『男色通鑑全書』成る。『男好大鑑』より十二章を抄写。	

元禄十	一六九七	没4	一月『朝くれなゐ』刊。『西鶴彼岸桜』の改題本。	五月『西鶴冥途物語』（幻夢作）刊。
十一	一六九八	没5	二月『浮世栄花一代男』再板。	一月『小夜嵐物語』（西鶴に仮託）刊。 八月『新色五巻書』（西沢一風作）刊。 九月 江戸大火（勅額火事）。
十二	一六九九	没6	四月 第五遺稿集『西鶴名残の友』刊。	一月『けふの昔』（四方郎朱拙撰）刊。西鶴を「風雅の瞽者」、「好色の書をつくりて活計の謀としたる罪人」と罵る。 六月 河村瑞賢没（83歳）。 八月 全国的な暴風雨、不作。
十三	一七〇〇	没7	八月『世間胸算用』再板。	三月『御前義経記』（西沢一風作）刊。 この年、北条団水、西鶴庵を出て、帰京。
十四	一七〇一	没8	一月『西鶴栄華咄』刊。『好色盛衰記』の改題再板本『好色栄花物語』を求板改題。	二月 契沖没（62歳）。 三月 赤穂城主浅野長矩、吉良義央を江戸城中に斬り、切腹、改易。 八月『けいせい色三味線』（江嶋屋其磧作）刊。
十五	一七〇二	没9		三月『元禄太平記』（都の錦作）刊。西鶴を「文盲」と罵り、本屋から潤筆料を前借りしたまま死去した、と暴露。 十二月 赤穂浪士、吉良義央を討つ。

この年表作成にあたり、多くの年表類を参照させていただいた。特に、野間光辰『西鶴年譜考証』、谷脇理史「西鶴略年譜」（日本古典文学全集『井原西鶴集』㈢所収）、および歴史学研究会『日本史年表』のお世話になった。心より厚く謝意を表したい。

新潮日本古典集成〈新装版〉

世《せ》間《けん》胸《むね》算《ざん》用《よう》

平成三十年九月三十日 発行

校注者 金《かな》井《い》寅《とら》之《の》助《すけ》
松《まつ》原《ばら》秀《ひで》江《え》

発行者 佐藤隆信

発行所 株式会社 新潮社
〒一六二―八七一一 東京都新宿区矢来町七一
電話 〇三―三二六六―五四一一(編集部)
〇三―三二六六―五一一一(読者係)
http://www.shinchosha.co.jp

印刷所 大日本印刷株式会社

製本所 加藤製本株式会社

装画 佐多芳郎/装幀 新潮社装幀室

組版 株式会社DNPメディア・アート

乱丁・落丁本は、ご面倒ですが小社読者係宛お送り下さい。
送料小社負担にてお取替えいたします。
価格はカバーに表示してあります。

©Toshi Kanai, Hidee Matsubara 1989, Printed in Japan

ISBN978-4-10-620870-6 C0393

好色一代女　村田　穆　校注

天成の美貌と才覚をもちながら、生来の多情さゆえに流転の生涯を送った女の来し方を、嵯峨の奥深く侘び住む老女の告白。愛欲に耽溺する人間の哀歓を描く。

日本永代蔵　村田　穆　校注

致富の道は始末と才覚、財を遣い果すもこれ人生。金銭をめぐって展開する人間悲喜劇のさまざまを、町人社会を舞台に描き、金儲けとは人間にとって何であるかを問う。

好色一代男　松田　修　校注

七歳、恋に目覚めた世之介は、六十歳にしてなお見果てぬ夢を追いつつ、女護ケ島へ船出する。愛欲一筋に生きて悔いなき一代記。めくるめく五十四編の万華鏡！

近松門左衛門集　信多純一　校注

義理人情の柵を、美しい詞章と巧妙な作劇で織り上げ、人間の愛憎をより深い処で捉えて感動を呼ぶ「曾根崎心中」「国性爺合戦」「心中天の網島」等、代表的傑作五編を収録。

浮世床四十八癖　本田康雄　校注

九尺二間の裏長屋、壁をへだてた隣の話もつつ抜けの江戸下町の世態風俗。太平楽で、ちょっぴりペーソスただようその暮しを活写した、式亭三馬の滑稽本。

三人吉三廓初買　今尾哲也　校注

封建社会の間隙をぬって、颯爽と立ち廻る三人の盗賊。詩情あふれる名せりふ、緊密に絡み合う人と人の絆。江戸の世紀末を彩る河竹黙阿弥の代表作。

東海道四谷怪談　郡司正勝 校注

江戸は四谷を舞台に起った、愛と憎しみの怨霊劇。人の心の怪をのぞく傑作戯曲に、正統迫真の演出注を加えて刊行、哀しいお岩が、夜ごと軒先に立ちつくす。

芭蕉文集　富山　奏 校注

松尾芭蕉が描いた、ひたぶるな、凛冽な生の軌跡。全紀行文をはじめ、日記、書簡などを年代順に配列し、精緻明快な注釈を付して、孤絶の大詩人の肉声を聞く！

芭蕉句集　今　栄蔵 校注

旅路の果てに辿りついた枯淡風雅の芸境。俳諧を通して人生を極めた芭蕉の発句の全容を、なめらかな口語訳を介して紹介。ファン必携の「俳書一覧」をも付す。

誹風柳多留　宮田正信 校注

柳の枝に江戸の風、誹風狂句の校注は、酸いも甘いもかみわけた碩学ならではの斬新無類・機智縦横。全句に句移りを実証してみせた読書界学界への衝撃。

與謝蕪村集　清水孝之 校注

美酒に宝玉をひたしたような、蕪村の詩の世界を味わい楽しむ――『蕪村句集』の全評釈、『春風馬堤ノ曲』『新花つみ』・洒脱な俳文等の、個性あふれる清新な解釈。

浄瑠璃集　土田　衞 校注

義理を重んじ、情に絆され、恋に溺れる人間の、哀れにいとしい心情を、美しい詞章にうたいあげて、庶民の涙を絞った浄瑠璃。『仮名手本忠臣蔵』等四編を収録。

新潮日本古典集成

古事記　西宮一民
萬葉集　一～五　青木生子・井手至・伊藤博・清水克彦・橋本四郎
日本霊異記　小泉道
竹取物語　野口元大
伊勢物語　渡辺実
古今和歌集　奥村恆哉
土佐日記　貫之集　木村正中
蜻蛉日記　犬養廉
落窪物語　稲賀敬二
枕草子　上・下　萩谷朴
和泉式部日記　和泉式部集　野村精一
紫式部日記　紫式部集　山本利達
源氏物語　一～八　石田穣二・清水好子
和漢朗詠集　大曽根章介・堀内秀晃
更級日記　秋山虔
狭衣物語　上・下　鈴木一雄
堤中納言物語　塚原鉄雄
大鏡　石川徹
今昔物語集　本朝世俗部　一～四　阪倉篤義・本田義憲・川端善明
梁塵秘抄　榎克朗
山家集　後藤重郎
無名草子　桑原博史
宇治拾遺物語　大島建彦
新古今和歌集　上・下　久保田淳
方丈記　発心集　三木紀人
平家物語　上・中・下　水原一
金槐和歌集　樋口芳麻呂
建礼門院右京大夫集　糸賀きみ江
古今著聞集　上・下　西尾光一・小林保治
歎異抄　三帖和讃　伊藤博之
とはずがたり　福田秀一
徒然草　木藤才蔵
太平記　一～五　山下宏明
謡曲集　上・中・下　伊藤正義
世阿弥芸術論集　田中裕
連歌集　島津忠夫
竹馬狂吟集　新撰犬筑波集　木村三四吾・井口壽
閑吟集　宗安小歌集　北川忠彦
御伽草子集　松本隆信
説経集　室木弥太郎
好色一代男　松田修
好色一代女　村田穆
日本永代蔵　村田穆
世間胸算用　金井寅之助・松原秀江
芭蕉句集　今栄蔵
芭蕉文集　富山奏
近松門左衛門集　信多純一
浄瑠璃集　土田衞
雨月物語　癇癖談　浅野三平
春雨物語　書初機嫌海　美山靖
與謝蕪村集　清水孝之
本居宣長集　日野龍夫
誹風柳多留　宮田正信
浮世床　四十八癖　本田康雄
東海道四谷怪談　郡司正勝
三人吉三廓初買　今尾哲也